大城貞俊
未発表作品集　第四巻（朗読劇・戯曲）

にんげんだから

インパクト
出版会

目次

第Ⅰ部　朗読劇

にんげんだから

◇登場人物
　男
　女
※第四の場面から複数人の男女が加わり群読になる。

◇序　プロローグ
　太鼓の音、銅鑼の音、ホラ貝の音。火を燃やし、足を踏みならし、雄叫びを上げて、予祝と豊穣を感謝する共同体の祭祀の場面を想定し、長い時代の経過を音楽で演出する。続いて風の音、川のせせらぎの音などを経て、やがて音は静まり、その中で朗読、スタート。

1　ことば（第一の場面）

ナレーション
時は遠く、遠く、遥か遠く、旧石器時代に遡る。男たちは掛け声をあげながら野生の動物を追いかけている。村人は収穫を祝い、神に感謝する祭りを行っている。

言葉はまだ生まれていない。それでも協力する知恵は生まれている。にんげんの誇りも、友情も生まれている。にんげんは高い志を持って生きている。

私は語り手、魔の者、樹の精だ。

この地で永遠の命を得て生きてきた。いわば証言者だ。私がこれから語るのはにんげんの歴史とにんげんの志の物語といってもいい。

私はにんげんを愛している。にんげんを信じている。そして、尊敬もしている。知恵と工夫と信念で、必ずやこの世界にユートピアをもたらすはずだと信じているんだよ。これから私は見たまま、思ったままを語る。共に語り合い、共に夢をつくりましょう。

男　ぼ、ぼ、ぼく……。
女　わ、わ、わたし、
男　お、俺、
女　あ、あなた。
男　お前……。
女　私たちは言葉を手に入れたのね。
男　話せるようになったんだよ。
女　言葉で伝え合うことができるようになったのよ。

ナレーション　人類は長い歳月を経て言葉を獲得し、互いを呼び合うようになりました。そして、目に写るもの、形あるものに名前を付け、伝え合いました。

男　あれを見ろ！
女　え、何？
男　ほら、あれ、夜空に浮かんでいるもの。
女　ツ……、ツキ。
男　ツキ？
女　月！　そう、月よ。
男　月だ。
男　じゃあ、あの輝いているものは？
女　あれは……、ホ、ホシ！
男　ホシ。
女　あれを見て。

男　あれって？
女　指さす方向よ。ほら、大きく広がっている。
男　ウ、ウミ、海だよ、広い！
ナレーション
陽は昇り、また陽は沈む。繰り返される何億万回の昼と夜。人類の誕生はおよそ600万年前に遡ると言われています。言葉を獲得したにんげんは、言葉で夢を語りました。そして、夢はにんげんを育てました。より豊かなもの、未知なるものを求めて、にんげんの冒険は始まります。

※

女　何かしら、あれ？
男　あれって？
女　ほら、見て。キラキラ輝いているわ。
男　あー、あれは文字だよ。文字が空を飛んでいるんだ。
女　文字は時代も空間も飛び越える。
男　文字はにんげんをつなぐことができる。思いを伝えることができる。
女　音でしかなかった言葉が、目に見える文字となり広がっていく。
男　文字はにんげんの作ったものの中でも最高の栄誉。
女　文字は語る。
男　文字は踊る。
女　文字は世界を駆け巡る。
男　かつて人々は文字で自らを語ってきた。
ナレーション
人類は言葉や文字を獲得し、過去や未来を共有することができるようになったのです。驚きや喜び、悲しみや怒りを伝えることができるようになったのです。

男　プラトンの言葉＝自分の人生の主人公になりなさい。あなたは人生で、自分の望むどんなことでもできるのです。（古代ギリシャの哲学者。前427ごろ〜前347年）

女　マザー・テレサの言葉＝神様は私たちに成功して欲しいなんて思っていません。ただ、挑戦することを望んでいるだけよ。（カトリック教会の修道女。1910〜1997年）

男　ルネ・デカルト＝一日一日を大切にしなさい。毎日のわずかな差が、人生にとって大きな差となって現れるのです。（フランス生まれの哲学者。1596〜1650年）

女　アンネ・フランク＝太陽の光と雲一つない青空があって、それを眺めている限り、どうして悲しくなれるっていうの。（ユダヤ系ドイツ人の少女。1929〜1945年）

男　「名探偵コナン」＝一度口から出しちまった言葉はもう元に戻せねぇんだぞ。言葉は刃物なんだ。使い方を間違えると厄介な凶器になる。言葉のすれ違いで一生の友達を失うこともあるんだ。（青山剛昌の推理漫画『名探偵コナン』を原作としたアニメ作品。初回1996年）

女　チャーチル＝決して屈するな。決して、決して、決して！（英国の政治家。1874〜1965年）

ナレーション

沖縄にも言葉の歴史がありました。生活の言葉、祈りの言葉、記録の言葉、文学の言葉、愛する言葉、話し合う言葉、黙り込む言葉。相手に届く言葉を探し求めた沖縄の先人たちの言葉の歴史です。生きることは言葉を求め、ふるさとを求めることだったのです。

女　大田昌秀＝沖縄は日本なんですか？

男　太田昌秀＝繰り返して言う。君たち若者こそが未来の日本を創り出す当事者である。政治はいやだ、とそっぽを向いても、政治は疑いようもなく君たちの人生そのものをからめ取ってしまうに違いない。このことを念頭に入れて、だれしもがにんげんらしく、楽しい生活ができる国作りに邁進してくれることを、切に期待して止まない。

女　仲宗根政善＝「先生！　もういいですかと手榴弾を握りしめたる　乙女らの顔」「沖縄戦　かく戦へりと　世の人の知るまで　真白なる丘に　木よ生えるな　草よ繁るな」

男　DA・PUMP・イッサ＝いろんな経験を積んでいけば、そのうち自分に何が向いているか、本当は何がしたいかっていうことも見えてくる。

女　安室奈美恵＝「何をやってもダメなんだ」という人は、きっと、いろんな理由をつけて、まだ必死にはやってないだけかもしれない。

ナレーション
私は魔の者、海の精……。
世界をつなぐのは海です。そして、言葉です。
にんげんとにんげんとの懸け橋にもなります。魚は泳ぐことができますが、世界を発見することはできません。船は海の上を走りますが、言葉を持ち合わせてはおりません。言葉をつくり、文字をつくったのはにんげんだけです。
やがてにんげんは神を見いだし崇《あが》めました。
そして、自らが神にもなりました。世界は一つになれると信じた最初の試練です。そこかしこに多くの神々が現れました。

男　俺が神だ！
女　私が神だ！
男　私は、国家をつくることができる。
女　私はあなたの病を治すことができます。
男　ぼくは、いつもあなたと共にいます。寂しいときも、病めるときも、ぼくは、あなたなのです！
女　世界に多くの国ができた。
男　アメリカという国。
女　中国という国。
男　日本という国。
女　琉球という国。

2　いのち（第二の場面）

ナレーション
やがてにんげんは他人を愛することを覚えます。素晴らしい瞬間です。男は女を愛し、女は子どもを愛し、父親は息子を愛しました。
そして、多くの子どもたちが愛したものは未来でした。至る所でいのちは受け継がれ、喜びの声をあげました。

男　（産声）生まれたぞ！　ほら、元気な赤ちゃんだ。六江、大丈夫か？
女　うん。
男　よく頑張ったな。

女　うん。生まれたのね。私たちの子……。
男　そうだよ。無事に生まれたよ、俺たちの子どもだ。
女　私は母親になったのね。男の子？
男　ううん、女の子だよ。可愛い女の子だ。
女　この子は私たちの希望の星ね。
男　幸子。幸子ってどう？
女　幸子？
男　そう、幸せを運ぶ子、幸子だ。
女　いい名前じゃない。幸子。
男　我が子よ。あなたはぼくたちのいのちだ！
　何世紀にもつながる永遠のいのちだ。
女　いのちは至るところで輝いている。
男　いのちは遠い先祖からつながっている。
女　引き継がれている。
男　町でも、村でも、どんな世界でも。
女　世界の至る所で。
男　私たちが生きることは私たちの奇跡だ。
女　どんな時でも、ぬち（命）どぅ宝だね。
男　幸子、俺が父さんだよ。
女　私がお母さん。
男　ぼくは、お兄ちゃんの光太郎だよ。
女　幸子〜、おばあちゃんだよ。
男　ぼくは、まだ生まれていない未来の弟。
女　マンサン祝い（一歳の祝い）には、何を取ってくれるのかしら？
男　保育園には父さんが連れて行くよ。
女　入学式には写真を撮りましょう。
男　母さん、運動会には、大きなお弁当をつくってね。
女　卒業式にはお父さんも参加してね。
男　成人式には振袖だな、母さん。
女　どんな仕事に就くのかしら？
男　俺は、結婚式ではゼッタイ泣かない！

女　お父さんたら、もう泣いているじゃありませんか。

ナレーション
世界の村々で、次々と子どもが生まれました。たくさんの家族ができました。家族が寄り添い、いくつもの村をつくります。いくつもの村が寄り添い、いくつもの国が生まれます。家族や村人の愛情に育まれ、子どもたちは夢を持ちます。
一人の幸子、たくさんの光太郎が夢を耕し、夢の樹を植えるのです。一本の樹がそよそよ揺れて林になります。林がザワザワ揺れて豊かな森が生まれるのです。

女　幸子〜、あんたよー、大きくなったねえ。
女　ねえ、お母さん、私の夢はね、ケーキ屋さんになることだよ。
男　幸子はケーキ屋さんになるんだ。
女　うん。
女　そうねえ。だったら、おいしいケーキをいっぱい、つくってちょうだいね。
女　うん。えーとね。ケーキはね、いっぱいあるよ。「ショートケーキ」に「チーズケーキ」に「チョコレートケーキ」に「ティラミス」「ミルフィーユ」「ロールケーキ」。えっと、「パイ」、「モンブラン」も。
男　すごいなー、幸子は！
女　いっぱい名前を知っているんだね。
女　お父さんとお母さんは、どれが食べたい？
男　それでは、チーズケーキを一つください。
女　えー、じゃあ、お母さんはミルフィーユにしようかな。(笑い)
女　はい、チーズケーキとミルフィーユをお一つずつですね。少しお待ちくださいい。
男　お父さん、お父さん。
男　ん？　なんだ？　光太郎。
男　えっとー、ぼくの夢はね、世界一周。
女　へえ～？　光太郎の夢は、世界一周なの？。
男　飛行機で行こうかな、お船にしようかなって、悩んでる。
男　そうか、悩んでいるんだ。それで、光太郎は、なんで世界一周がしたいの？
男　なんでったらさ、いろんな国で、いっぱいお友だち作ってから、みんなで歌、歌いたい。
男　みんなで歌、歌いたいんだ。
女　踊りも踊ったらいいさ。
男　踊りも、踊るよ。えっとさ～、でも、まださ、何歌うか、決まってない。
女　何ね、また悩んでいるの？
男　「谷茶前」がいいかなあとかさ、えっとさ、「てぃんさぐぬ花」にしようかなあとかさ、悩んでる。
女　あんたよ～、いっぱい考えて悩めばいいさ。
男　ははは（笑い）。光太郎、夢があるから悩むんだよ。夢を持つことはいいことさ。光太郎はすごいねえ。あっ、りさ、お前の夢は何だ？
女　私の夢はね、お父さん。学校の先生になることよ。
男　そうか、学校の先生かあ。りさなら、必ずなれるよ。頑張れよ。
女　うん。
男　父さん、俺にもあるよ、夢。
女　そういえば、大輔の夢って聞いたことないわよね、お父さん。
男　そうだなあ。ないかもしれないなあ。
男　俺も迷っている。
女　え？　大輔も世界一周なの？
男　まさか〜、違うよ。二つの夢で迷っているんだよ。
男　二つもあるのか、夢が。
男　うん。一つはね、ユーチューバーになろうかなって思っている。
男　ほー　格闘家か？
男　はあ？
男　チューバー、なんだろ？
男　父さんよ、何言ってるば〜。ユーチューバーっていうのはそんな仕事じゃないよ。ネット上に動画を投稿して、広告収入を得て稼ぐ仕事だよ。
男　そんなチューバーがあるのか。父さんにはよく分からないけど、なんか、すごそうだな。で、もう一つは。
男　ヤンバルのおじいが畑を譲ってもいいって言ってたさー、だから、「ハルサー」もいいかなあって思っている。
男　おお、農業かあ。いいねえ、それも。
女　いいんじゃない、ハルサーも。いいと思うわ。
男　母さん、今からの農業は、畑を耕すだけでは駄目らしいよ。
女　え、そうなの？
男　だから俺は大学に進学して、バイオテクノロジーと経済学を学ぼうって思っているよ。
男　ほお〜、バイオ……か、大輔、お前、思ったより、しっかりしてるな。
男　はあ？　普通だよ。
男　大学まで行くなら、しっかり勉強しないと、だな。
男　分かっているよー。でも、父さん、俺、部活は続けるよ。
男　おお。
女　チーちゃん、チーちゃんの夢は、何ねえ？
女　あたしはね……。
女　うん、なあに。
女　あたしはね、えーと……。
男　チーちゃんの夢は、何かなあ……。
女　可愛いお嫁さんになること。
女　そう、お嫁さんなのね。
男　そうか、可愛いお嫁さんか。
女　素敵な王子様と結婚して、美味しいハンバーグとか、クッキーとか、いっぱいつくってあげたいなあ。
女　素敵！　チーちゃん、最初の味見は、お母さんにさせてね。
男　最初の味見は、父さんだよな、チ～ちゃん。

※

女　娘よ。あなたたちの夢は私たちの夢だ。
男　息子よ、お前は俺たちの誇りだ。
女　アイエナー、ヌチガフウ（命果報）どうや。
男　生きてこそ、幸せがつくれるのだ。
女　山も生きている。海も空も。
男　象も生きてる。クワガタもカブトムシも。
女　桜も、トマトも。
男　にんげんも生きている。いのちは平等だ。だれもが四つ葉のクローバーを探すことができる。

※

女　生まれたわよ！
男　何が？

女　キボウよ。キボウが生まれたのよ。

3　争い（第三の場面）

ナレーション
にんげんは言葉をつくり、夢をつくり、文化をつくり、希望をつくりました。家族を、村を、国をつくりました。
だが、一方では、にんげんは夢を壊し、家族を壊し尊い文化さえも壊すものも、つくったのです。他の生き物にはつくれないもの。それは何か。考えてごらんなさい。そう、静かに。豊かさと正義を口実にして、にんげんを壊すもの……。

男　戦争だ！

女　そうだ！　戦争だ！

男　戦争は、いつでも正義のよろいをまとってやって来る。

女　戦争はいつも味方の顔をしてやって来る。

男・女　そして、にんげんを、壊す。

※

ナレーション
人類の歴史は証明しています。この世界に絶えず醜い戦争があったことを。にんげんこそが互いに殺し合うことを。
戦争は幸せをつくるためだと権力者は言いますが、それは、欺瞞だ！　戦争に正義はない。死ぬことが証明されるだけです。あなたの命が失われることは、あなたにつながる未来が失われることと同じです。

女　一つめの遺書。

男　天皇陛下万歳。大命を拝し、新平、只今、特別攻撃隊の一員として醜敵艦船撃滅の途に就きます。日本男子として本懐これに過ぐるものはございません。必中必沈以て皇恩に報い奉ります。

新平、本日の栄誉あるは二十有余年に渡る間の父上様、母上様の御薫陶の賜と深く感謝致しております。

新平、肉体は死すとも魂は常に父上様母上様のお側に健在です。父上様も母上様もご老体ゆえ、くれぐれもお体を大切にお暮し下さい。決して無理をなさいませぬよう。

では、日本一の幸福者、新平、最後の親孝行にいつもの笑顔で、元気で出発致します。親類の皆様方、近所の人たちによろしく。

少尉　第七九振武隊　昭和二〇年四月十六日出撃　戦死　岩手県　二三歳　佐藤新平。

女　二つ目の遺書。

男　我れ南十字星の下、大海原を越え空の決戦場に征かんとす。母上様、憲二、生まれてより今日まで一度として母上に満足なことをなさずご苦労をおかけ致し申し訳なく存じます。

母上様、憲二は大命により征かんとして居ります。門の外まで憲二の門出を喜びお見送り下さる母上の顔が見えます。憲二はどうして死ぬことなど恐れましょう。桜の花の散る校庭に学び得ました憲二です。兄上様姉上様には、父亡き後、常に範を示し、ご指導くだされ、心より御礼致します。千鶴子、俺の分まで母上様に孝行してくれ。兄が死したと聞かば、立派にお国の為に大空に華と散りましたと父上様に御報告してくれ。俺の前には若鷲の香りする香をたいてくれ。
大尉　飛行第一九戦隊　昭和二〇年五月一八日出撃　戦死　埼玉県　二三歳　中村憲二。

女　あい、私はだれかって？　あんたよー、私のこと忘れたの。私はカマーだよ、前田加那子、ワラビナーはカマー。あいえー、あんたもボケたね。えー、ついこの間、私、トーカチ祝い、終わったわけさ。でも、見てごらん、全然ボケてないよ。七十、八十は、まだワラビ。百歳になってからが、一人前だよ。
　みんな一人前になれずに、半人前のままで死ぬから、戦争のことも忘れるんじゃないかね。あんなに辛かった戦争のこと、忘れてはいけないのに、だあ、何もかも忘れてしまうさーね。にんげんは忘れないと生きていけないイチムシなのかね。

男　あなたは、どなた様ですか？

女　アイエナー、兄《ニ》イニィよ。カマーと言ったら。カマーだよ。あり、ほんとに覚えていないの？。カマーだよ。（間）兄ィニィに殺されたカマーだよ。

男　ぼくが殺した？

女　ウー（はい）

男　カマー？

女　ウー。カマーだよ。

男　カマーは死にましたよ。

女　はい、死にましたよ。だから、私が迎えに来たんです。

男　カマーは、ぼくが殺しました。まだ昔のことではありません。わずかに七十六年前のことです。

女　だから、迎えに来たんです。

男　ぼくは、生きています。

女　私は死んでいます、もう……。だから迎えに来たんだよって言っているでしょう。あの世から迎えに来たんだから、兄ィニィはやがて死ぬというわけよ。私はね、ずっとあの世から兄ィニィのこと見ていたわけさ。アイエナー、そしたらチムグリシクなってね。あんたは、もう十分苦しんだんだから、もういいんじゃないかねえって、それで迎えに来たわけさ。

男　ぼくは、幸せになってはいけないんだ。

女　アイエナー、兄ィニィよ。この戦争を体験した人たちはね。辛いことは、みんな忘れて生きてきたんだよ。戦争中は、だれもが辛い体験をしたさあね。忘れないと生きられないでしょう。兄ィニィも早く忘れてくれればよかったのにね。私や、お父を殺したことを。

女　幸子ネエは、兄ィニィと生きたかったって言っていたよ。どうして幸子ネエと一緒に生きようとしなかったの？　二人ともせっかく戦争を生き延びてきたのに、どうして幸子ネエと結婚式あげなかったの？　夫婦になろうって、約束したんでしょう。

男　お国のために一緒に死のうって約束したんだ。

女　死ぬ、死ぬ、死ぬ、ああ死ぬばっかり。なんで、兄ィニィは生きようとはしないの？　生きること、幸せになること、それが戦争で死んだ人たちへの一番の供養になるんじゃないね。兄ィニィはいつでも、「ぼくは幸せになってはいけません」。アイエナー、こればっかり。私たちは、なんのために死んだわけ？

男　分かりません……。

女　平和をつくるためでしょう。

女　兄ィニィ、幸子ネエはね、泣いてたよ。兄ィニィが、ぼくは幸せになってはいけない、って言っても、兄ィニィ一人だけの問題じゃないんだからね。その思いが結局はだあ、幸子ネエの幸せも奪ったわけさ。（泣）幸子ネエも巻き込んだんだよ。一人で、幸せにならないっていってりきんでも一人じゃないんだよ。みんなつながっているわけさ。にんげんだから、にんげんだからね……。

男　泣くな！

女　泣くさ。

女　だから、もういいから、兄ィニィ、だれも泣かさんで。みんなで生きて、みんなで笑イカンティ、生きていくのがいいでしょう。一緒に幸子ネエのところに行こう。幸子ネエは、あの世でも一人で待っているよ。幸子ネエは、兄ィニィのことが絶対好きだから。今でも好きだからさ。

男　ぼくは……、親も妹も殺した。やむを得なかったでは済まされません。集団自決です。ぼくは幸せになってはいけません。

女　あり、また言った。アイエナー、兄ィニィよ。兄ィニィはいつまでも戦争のことは忘れられないんだね。どうしようかね。私が間違っているのかね。死んだ人を幸せにしては、いけないのかねえ。

ナレーション
先の戦争では、日本人三百三〇万人が犠牲になりました。沖縄では二十四万人の犠牲者が出たんです。そのうち県民の犠牲者は十四万人だと言われています。
様々な場所で、様々な死がありました。

摩文仁《まぶに》で、ヤンバルで、慶良間《けらま》諸島で、久米島《くめじま》で……。砲弾を浴びての死があり、集団自決があり、病死がありました。もちろん、戦争ですから、餓死もありました。
ナレーション
幼い命が奪われた対馬《つしま》丸の撃沈、摩文仁での
ひめゆり女子学徒隊、男子学徒の鉄血勤皇隊
……。どんなにか怖かったことでしょう。どんなにか悔しかったことでしょう。
ナレーション
ご存知のようにスパイ容疑での惨殺もありましたね。多くの人が家族や愛する人を失ったんです。カマーも、兄イニイも……、そして
「読谷《よみたん》のおじい」も、その一人でした。
※
〈詩・朗読〉

読谷のおじいはいつも空を見ています。

あの時と同じ空を見ています。

沖縄県の快晴日は全国で最も少ないのです。

白い雲の形、あれは死者たちのメッセージです。

読谷のおじいは、九十歳になってから三線を習いました。

縁側に座って蛇の皮を撫で、竿をつかみ続けて二一九〇日。

空を睨んで一人でつぶやくのです。

「おばあ、今死んだらよ〜、おばあのところに行けるんだけどよ、まだ、おばあのところに持っていくチトゥ（手土産）の準備ができてないんだよ。お土産がないと寂しいからねえ。戦争の中を生き延びてきたんだ。だから、もう少し、戦争で死んだ人のマブイを慰めてから、おばあのところに行くからよ

……」


沖縄県に吹く風は、死者たちのマブイを集めて吹くのです。

台風の道、あれはマブイの道なのです。

海での戦死者たちは皮膚を裂かれ、肉をついばまれ、骨は魚たちのすみかになりました。

山での戦死者たちは土と化して木々を生い茂らせています。


「おじいよ、あの世からの眺めているとね、心が苦しくなるよ。島中の戦争で死んだ人たちのマブイは全部、成仏できないといって、あまくまで迷っているよ。ヤマトンチュも、ウチナーンチュも、アメリカ〜たあーも、みんなだよ。アイエナー、チムグリサヨー」

「だけど、おじい、心配しなくていいからね。美代子〜は、私と一緒にいるからね。美代子〜は、イッペエー（とても）可愛いぐゎだったよね。戦争の時には、まだ、三つだったけれども、おじいが、イッペエー可愛がっていたよねえ」

「あんやたんやー。美代子〜は、今でもまだ、笑って暮らしているか〜」

「思い出すねえ、おばあ……、戦争の時のガマの中で聴いた三線の音、あの音がずっと頭から離れんよ。ウチナーンチュの悲しみや苦しさ、全部集めて、泣いているような音だったなあ」

「おじい、忘れないでね。チムグリサ、チムガナシャは、ウチナーンチュの真心だからね。真心を奏でる三線の音色は、ウチナーンチュの宝なんだよ」

島のおじいたちは、九十歳になってからこそ三線を習うのです。
縁側に座り蛇の皮を撫で、竿をつかみ続けて二一九一日目。
空を仰いで一人でつぶやくのです。

「おばあ……、美代子ーも、タラーも、マカトゥもみんな一緒かあ……。待ッチョーキヨ。待ッチョーキヨーヤー。お土産、いっぱい持っていくからよ」
「ワッター島、ウチナーは、まだアメリカの軍事基地はなくなっていないよー、あり、自衛隊も、いろいろな島々に、基地造ろうとしているよ。だあ、ウチナーは、まだ、ニライの風は吹かないからね〜、おじいが、三線で、チュラ風、吹かせてから、おばあのところに、行くからよ、もう少し、もう少し、待ッチョーキヨー」

読谷のおじいも、北谷のおじいも、ヤンバルのおじいも……。
島のおじいたちは、いつも空を見ています。
手土産を語り継ぐ空を見ているのです。

ナレーション
忘れてはいけない悲惨な戦争。沖縄戦だけではありません。東京大空襲、人々が逃げ惑い、焼け死んだ、あの惨劇を忘れてはいけません……。忘れてはいけないんです。一九四五年八月六日、広島に原爆が落ちた日のことを。

※

女　一九四五年八月九日、長崎にも原爆が落ちました。地獄でした。

男　一瞬にして町が燃え、にんげんが燃えたのです。

女　建物が壊れ、血だらけのにんげんが地面を這ったのです。そして……息絶えました。真っ黒に焦げたにんげんはにんげんでなくなったのです。

男　忘れてはいけない。私たちの町にも空襲があり、砲弾が落ちた。至る場所で鉄の暴風が吹いた。雨が降るように砲弾は降り注ぎ、にんげんのいのちを狙った。雨が避けられないように、いのちを守ることは偶然でしかなかった。

女　ガダルカナルでも、フィリピンでも、満州でも、シベリアでも、中国でも、インドネシアでも・たくさんの人々が死んだ。

男　ヤンバルでも、摩文仁でも、たくさんの人々が死んだ。

男　貴重ないのちだった。この時代につながる貴重な頭脳だった。

女　アウシュビッツではユダヤ人六百万人の死者！　シベリアでは日本人二十五万人余の死者。

男　人のいのちを数字に換算してはいけないが、一人のいのちは永遠のいのちだ。

女　二十世紀は戦争の世紀とも言われています。

男　世界が、壊れたんだ。

ナレーション

世界よりも先に壊れたのはにんげんでした。私たち魔の者は、にんげんの変貌に驚きました。謙虚で、慎み深く、いのちを大切にしていたにんげんが、私たち魔の者をさえ邪魔者扱いにしたのです。共に自然を尊び、共に生き継いできたのに、私たちは森からも海からも至る所から追放されたんです。

でも、私たちは信じているんです。いつの日かにんげんの歴史に私たちの物語が甦ることを。

なぜ、信じているのかって？　にんげんはおろかではないからです。

私たちは忘れてはいません。にんげんの知恵を。にんげんの尊い意志を。

困難でも、それに立ち向かう勇気を持った人類の歴史が、世界の至る所にあることを。

4　つくる（第四の場面／群読）

ここから複数人が登場して朗読に加わる。

男□女□は加わった複数人の群読者を示す。

女　つくること、壊すこと、どれもにんげんの行為です。私たちの一匙《ひとさじ》の努力が平和をつくる。七十五億のにんげんの一匙を集めれば、七十五億の匙になる。大きな山をつくることができるのです。
男　私たち魔の者は希望をつくるにんげんを支持します。にんげんがつくる平和を支持します。にんげんが備えている豊かな心を信じているんです。

※

男□　ストライク！
男□　平和っていいよな。
男□　当たり前だよ。野球を楽しめる。
女□　夢を叶える自由もある。
女□　個人の意志が尊重される。
男□　シュート！

男□　サッカーだって楽しめる。
女□　読書も楽しめる。
男□　釣りも楽しめる。
女□　食事も楽しめる。
男□　ドライブも楽しめる。
女□　言葉を取り戻そう。
男□　信頼できる言葉を。
女□　夢を語れる言葉を。
女□　一日一日を楽しみながら、大切に生きよう。
男□　どこにいても、だれもが自由に生きることのできる日々。
女□　人々の暮らしが幸せの基盤になる日々。
男□　にんげんだから。
女□　にんげんだから、夢をつくる。
男　にんげんの行為は弱い者を探して戦争をすることではない。
女　強い者を味方にして、弱い者をいじめることでもない。
女□　私たちは、いのちを育てている。
女□　いのちを引き継いでいる。
男□　ぼくたちには夢がある。
男□　夢を耕すことができる。
女□　空を見て、
男□　山を見て、
女□　海を見て、
男□　太陽を見て、
男□　己を信じよう。
女□　私たちは日々の暮らしをつくる。
男□　暮らしやすい街をつくる。
女□　沖縄の祈りね。
男□　にんげんの祈りだ。
女□　にんげんは負けない。
男□　沖縄も負けない。

男□　負けてないから今も戦っている。
男□　そう、闘っているってことは、負けてないってことの証拠だ。
女□　そうよね。
女□　今日《きょう》、一つ行動することは、明日、十《とお》のことを考えることに劣ってはいないのよね。
男　そうだよ。生きるとは行動することだ。
男□　正しさは強い者の側にあるとは限らない。
男□　弱い者の側にこそ歴史に耐える勝利はある。
女　沖縄の歴史を振り返ると涙が出てくるわ。一六〇九年の薩摩の侵攻。一八七九年の琉球処分。そして先の大戦での多くの犠牲者たち。
女□　それから、終戦後、日本国から切り離され亡国の民となった沖縄の歴史。
女　二十七年間の米国統治下で人権を守る闘い。由美子ちゃん事件、宮森小学校ジェット機墜落事故、コザ暴動……。今なお残る米軍基地。
女□　人権が脅かされる基地の島、沖縄。
女□　それでも、負けない。
全員　平和を願う沖縄の心。
男□　お金や権力がにんげんをつくるのではない。
女□　憎しみや利己的な心がにんげんをつくるのではない。
男□　にんげんをつくるのは、希望だ。
女□　この島に希望の樹を植えましょう。
男□　海には希望の船を浮かべよう。
男□　幸せになることは私たちの権利だ。
男　自由を得ることも、平和を考えることも私たちの権利だ。
男□　夢は諦めずに持ち続ければ、きっと叶えられる。

男全　明るい未来は、必ずやって来る。
女　世界の祈り、日本の祈り、沖縄の祈り。
女全　にんげんの祈り。
男　ムルシ、ユガフウ　ニガラや。
男□　皆で幸せな世を願おうな。
男　やあ、ワカムンヌチャアよ。
男□　なあ、若者たちよ。
男　ミルクユ（弥勒世）願ティ、意地イジャサヤ。
男□　平和な世を願って、意地を出そうな。
男　ウチナーネエ（沖縄には）黄金《クガニ》クトゥバやウフッサアインドー。
女□　沖縄には、黄金言葉がたくさんあるよ。
男　若サルナンジェー、コーティン　シイ。
女□　若いうちの苦労は買ってでもした方がよい。
男　ニジールクトゥヌナイシガドゥ、ウフユートゥイル。
女□　耐え忍ぶことのできる者が大きな魚を釣ることができる。
男　片手ィシヤ音やイジラン、ターチヌ手シイル音やイジン。
女□　片手では音は出ない。両手だからこそ、音を出すことができる。
男　アイコーヌ持ッチイチン減ナユン。
女□　蟻んこが持ち去っても減ってしまう。
男　あり、ムルシ、力合ワチ、チバラヤ。
女□　みんなで、力を合わせて頑張ろうな。
女　おじい、ナーヒンアインドー。
女□　おじい、もっとあるよ。
女　ユクシムニーヤ、ヌスドゥヌハジマイ。
女□　嘘つきは泥棒の始まり。
女　イチャンダクワッチーヤ、アトゥヌアンマサン男□　ただのご馳走は、後が怖い。
女　チムヤアラナソーティ、ロヤ花咲カチ。
女□　心にもないのに、口先だけきれいごとを言って。
女　あり、マーガラヌターガラカイ、ニチョウンヤ。
男□　あれ、どこかのだれかに似ているね。
女　鷹ンモーレー、ガラシン、モーユン。
女□　鷹が舞うと烏もまねをして舞う。
女　クワヤ、ンマグァトゥ、ワラワリーシガ、ジントゥヤ、ワラーラン。
男□　子や孫とは笑えるが、お金とは笑えない。
女　ミートンダヤ、カーミヌチビティーチ。
女□　夫婦はあの世までも一緒。
女　生マレ島ヌクトゥバ、ワシンネー国ワシユン。
男□　生まれ島の言葉を忘れたら国を忘れるよ。
女　ニゲードゥ（願えど）幸せ。
女□　願うことが、幸せにつながる。
女　ワカムンヌチャーヨ、ウヤファーフジヌ、ユシグトゥヤ（遺言は）チムニ、スミリヨヤ。
男□　若者たちよ、ご先祖の遺言《ゆいごん》は心に染めておけよ。

※

ナレーション
正しさは武力では証明できないんです。このことは歴史が証明しています。目の前の出来事を、長い歴史の尺度で考えること。海も生きている。山も生きている。にんげんも自然と共に、町と共に生きているんです。憎むことより愛することを学ぶために生きているんです。生きることは自分の運命を発見することなのです。

ナレーション　かつて、ウチナーには、民衆を守る盾となり、米軍に「ＮＯ！」を突きつけた者がいた。非暴力による行進を行うことで島の土地を守ろうと訴える者もいた。もっとも辛い時代に闘った多くの沖縄の先人たちの思い……。ウチナーンチュはこのことを誇りにしていいんだよネ。

※

男□　アイ　ハブ　ア　ドリーム（英語で／私には夢がある）

女□　アン　ニョイ　ハセヨ（韓国語で、こんにちは）

男□　Faisons la paix　（フェゾン　ラ・ぺ）（フランス語で／平和をつくろう）

女□　再見（ツァイ・チェン）（中国語で／また会おうね）

男　ワイドー、沖縄！（宮古方言で、頑張ろう沖縄）

男□　一寸の虫にも五分の魂。

男　ワジワジイスシガドゥ、ニンジンドウヤ。

男□　怒ることができるのがにんげんだよな。

女　アリクリ違イル意見ヌアイシガドゥ、上等ドウヤ。

女□　様々な意見があることが健全な社会なのよね。

男□　俺たちは現在を変えることができる、考えや行動で。

女□　今が、変われば未来が変わる。

男□　人類は様々な言葉を作ったんだよな。

男□　そう、だから、言葉の数だけ、平和を作ることができる。

男□　にんげんは武器を持つために生まれたん

じゃない。
女□　そうだよね。
男□　武器を置くことも大きな勇気だ。
女□　にんげんの権利を守る暮らしをつくろう。
男□　にんげんとしての誇りを取り戻そう。
女□　喜びをつくるのよ、私たちの手で。
男□　その喜びを、ぼくたちの胸に。
女□　未来に。
男□　この土地に。
女全　沖縄に。
男全　日本に。
全員　世界につなげよう。
女□　空も、海も、世界につながっているんだよね。
男□　俺たちの心もつながることができるさ。
女□　瞬時につながるインターネットの社会でも、フェイクニュースに怯えることはないのよね。
男□　当たり前だよ。真実は強い。
男□　まずは俺たちから手をつなごう。
男□　腕を組もう。
女□　幸せを、祈ることから始めれば。
女□　平和を、祈ることから始めれば、きっとつくることができるよ。
男□　幸せが飛び跳ねる社会を。
女□　子どもたちの笑顔があふれる社会ね！
女□　お年寄りにも夢が描ける社会だね。
男□　にんげんを信頼することで、つくりあげる社会！
男□　つくる。
女□　平和をつくる。
女□　つくる。
男□　夢をつくる。

男□　つくる。
男□　幸せをつくる。
女□　つくる。
女□　にんげんをつくる。
男□　つくる
男□　社会をつくる。
男全　にんげんだから。
女全　にんげんだから。
男全　シュート！
女全　スマッシュ！
男全　ストライク！
全員　にんげんだから。
全員　にんげん、だから。

〈了〉

※制作協力：朗読集団「うおの会」（＝上江洲朝男、田場裕規、高宮城六江）
※演出：上江洲朝男

いのち――沖縄戦七十七年

◇登場人物
仲村渠（なかんだかり）徳治
与那城加代
※二人の登場人物を複数人で演じてもよい。

Ⅰ　はじめ（第一の場面）

◇プロローグの工夫例
戦争の爆撃音、空襲音など。

やがて音は静まり、その中で朗読劇、スタート。

ナレーション（徳治）

ワッターー（私たち）の島、沖縄には戦争がありました。今から七十七年も前のことです。それはもう悲惨な戦争でした。人間の命が、軽んじられたのです。

沖縄は十五世紀の始めごろ尚巴志によって統一され、琉球王国がつくられます。その後、一六〇九年の薩摩の侵攻を受け、一八七九年には明治政府によって王国が滅ぼされ沖縄県が誕生します。

沖縄には多くの困難な時代がありましたが、沖縄戦は最も困難な時代でした。

ドイツがポーランドに侵略を開始した第二次世界大戦の開戦から二年後、一九四一年の十二月八日、日本がアメリカ太平洋艦隊の拠点となっているハワイの真珠湾を攻撃したことから太平洋戦争が始まります。

一九四五年には、アメリカ軍が沖縄に上陸しました。上陸の始まりは同年三月二十六日の慶良間諸島です。四月一日には沖縄本島に上陸し三か月余の地上戦が始まります。地獄でした。

私はだれかって？　ヤンバルで生まれたハルサーおじいです。名前？　名前は仲村渠徳治。徳じいって呼ばれているよ。沖縄戦を語るのに、あの世からやって来たのです。あの世からはこの世がよく見えるんです。この世からあの世は見えないでしょう。

ナレーション（加代）

徳じいよ、沖縄でのイクサ（戦い）の始まりは一九四五年の慶良間諸島への上陸からではないよ。その前の年の那覇十・十空襲、さらに前の八月の対馬丸の沈没などで戦争はもう始まっていたんだよ。気がついたときはもう遅かったんだね。

私は、あの世から来たおじいのドゥシビ。友達だよ。名前は与那城加代さ。

私は戦争前は那覇の女学校で先生になるために一所懸命勉強していたんだよ。でもたくさんの友達が死んでしまいました。

私たちのマブイは、みんな沖縄が平和であることを願っています。今日はたくさんのマブイがでてくるけれど、あの世からのユシグト（遺言）だと思って聞いてちょうだいね。みんなで戦争について、沖縄について考えてみようねえ。

1　十・十空襲

徳治　一つ目の悲劇。一九四四年、十・十空襲。

加代　日本はヨーロッパの植民地になっているアジアの国々を助けるという口実で、東アジアの国々に軍隊を派遣していました。アジアの国々が一緒になって仲良く繁栄していこうということで大東亜共栄圏と名付けていました。

徳治　実際には侵略でした。一九三七年には「盧溝橋事件」を口実に日本と中国の武力衝突が始まりました。十二月には南京を占領し、日本軍による大虐殺があったとも言われています。そして一九四一年十二月にはハワイの真珠湾を攻撃し、中国だけでなく、米英とも戦火を交える太平洋戦争に突入したのです。

加代　最初は日本側有利に進んでいた戦争も、やがて形勢が逆転して、南洋諸島では日本軍玉砕の悲劇が始まりました。

徳治　ガダルカナルでも、ジャワでもマレーシアでも、テニアンやサイパン、フィリピンや硫黄島でも、多くの戦死者が出ます。

徳治　テニアンやサイパンでは捕虜になるよりは死を選べという教育を受けてきた多くの民間人が崖から身を投げて命を絶ちました。

加代　沖縄でも一九四四年那覇十・十空襲と呼ばれる大規模な空襲が始まったのです。

徳治　アメリカ海軍機動部隊が行った空襲でした。日本軍の艦船などに甚大な損害を与えるとともに、民間人にも大きな被害が出ました。那覇だけでなく沖縄各地が空襲を受けたのです。

加代　十月十日午前6時45分、アメリカ軍の第1次攻撃隊は日本軍の北飛行場に攻撃を開始。その後も第4次攻撃、第5次攻撃隊を繰り出し、宮古島など他の島への攻撃を合わせると、出撃機数は延べ１３９６機と言われています。

徳治　被害は各地で発生しました。最も被害の大きかったのは那覇市です。当時の市街地の9割が焼失し、死者は255名にのぼったと言われています。本島全体では330人が死亡し、455人が負傷しています。本島で全壊となった家屋は1万1451戸。沖縄戦では合計24万人余の人々が犠牲になりますが、その始まりになったのです。

2　対馬丸撃沈

徳治　二つ目の悲劇。一九四四年八月二十二日学童疎開船対馬丸の撃沈。

加代　あたしはね、大きなお船に乗るのは初めてだったから、とてもワクワクしていたよ。なんかみんなと一緒にピクニックに行く気分だった。高ちゃんも、範子も、佑子ちゃんもみんな一緒だったからね。みんなお友達だよ。

徳治　ぼくも両親と別れて、友達と一緒の宮崎県への疎開だった。ちっとも怖くなかった。お国のためだったからね。我慢することを訓練されていた。

加代　沖縄で戦争が始まるから、兵隊さんたちの邪魔にならないようにって、国や県が本土への疎開を勧めていたんだよね。

徳治　ぼくはどんなときでも泣かないつもりだった。でも、船が沈没して友達がサメに襲われるのを見て泣いてしまった。

加代　私はね、お人形もカバンも、みんななくしたのでとても悲しかった。高ちゃんも、範子も、佑子ちゃんも、みんな死んでしまった。

徳治　ぼくはサメに食べられた多くの人間の血のにおいのする海で、流れてきた樽に掴まって頑張って立ち泳ぎをしていました。けれど、ぼくの目の前にもサメが現れました。ぼくも食べられて、サメのお腹で、死んでしまいました。

加代　私はね、翌朝までいかだにつかまっていたんだけどね、だんだん力が弱くなってね、だんだん眠くなって、手を離したら、海の底へ沈んでしまいました。

徳治　ぼくは遺骨のない戦死者。

加代　私は、数えられない戦死者です。

徳治　対馬丸がアメリカの潜水艦の攻撃を受けて沈没したのは、那覇空襲のあったおよそ二か月前の八月二十二日、沖縄から疎開する学童らを乗せて九州に向かっていました。死者は分かっているだけで1484人、このうち800人は子どもだったのです。

加代　私は、保母さんになるのが夢でした。

徳治　ぼくはお医者さん。

加代・徳治　私たちの夢は一瞬にして消えたのです。

3　集団自決（強制集団死）

加代　徳治！　ヒンギレー、ヒンギレー。

徳治　お母、逃げろって言うのか。お母。ヒンギたら売国奴になるよ。一生笑いものになるよ。

加代　笑いものになってもいいさ。ヌチ（命）が大切だよ。

徳治　お母、命よりも大切なものがあるよ。

加代　何があるか。

徳治　日本という国。

加代　三つ目の悲劇。集団自決。強制集団死とも言われています。
加代　伊江島でも、渡嘉敷島でも、読谷でも。座間味島でも。沖縄では至る所で集団自決が行われました。親が子を殺し、子が親を殺すのです。地獄でした。
加代　ヒンギレー、徳治！
徳治　自分は、逃げることはできません。なんのために手榴弾が渡されたのですか。自決するためです。生きて虜囚《りょしゅう》の辱めを受けず。日本人として名誉の死を全うするためです。
加代　ウチナーンチュ（沖縄人）は日本人でないよ。
徳治　日本人になるのです。この戦争は日本人になる絶好の機会です。国のために死ぬことで日本人になれるのです。
加代　あり、あんたよ。国よりもウヤファーフジが大切でないのか。沖縄が大切でないのか。
徳治　国があっての人間です。自分はこのような教育を受けてきました。社会の幸せがあって個人の幸せが守られるんです。いまさら変えられません。
加代　変えなさい。お母のお願いだよ。
徳治　国家へ捧げる死は日本人の美徳です。お母のお願いよりも、国家の命令が何倍も何十倍も価値があるのです。
加代　アイエナー、私の子どもかね。教育は恐ろしいもんだねえ。
徳治　強制集団死での犠牲者は、伊江島のアハシャガマなどで約１００人、恩納村で11人、読谷村のチビチリガマなどで１２１人以上、沖縄市美里33人、うるま市具志川で14人、南城市玉城で7人、糸満市、カミントウ壕などで80人、座間味島234人、慶留間島53人、渡嘉敷島329人などとされています。沖縄戦研究者の中には合計1000人以上との見方もあります。

加代　徳治よお、沖縄にはヌチドゥタカラ（命が宝）という言葉があるよ。

徳治　昭和の時代。日本が世界に飛躍する時代です。国があってのヌチ（命）です。

加代　アイエナー、私はだれを生んだのかねえ。

徳治　お母、一緒に死にましょう。

加代　私は、鬼の子を生んだのかねえ。

徳治　手榴弾は不発でしたが、よく切れる剃刀があります。ぼくがお母の喉を切ります。

加代　私たちの死は、報われるかねえ。

徳治　日本、万歳！　日本人、万歳！　天皇陛下、万歳！

II　なか（第二の場面）

ナレーション（徳治）

一九四五年四月一日、沖縄本島中部、北谷海岸や読谷海岸に上陸した米軍は一気に島を制圧していきました。沖縄を北部と南部に分断したのです。

沖縄戦の特徴は、数か月に渡って地上戦が行われ住民を巻き込んだことにあります。海は壁になって島からは逃げられなかったのです。

ナレーション（加代）

数々の悲劇が至る所で起きました。護郷隊、ひめゆり学徒隊、鉄血勤皇隊など、若い人々の戦死も沖縄戦の特徴の一つです。

1

護郷隊の悲劇

※「沖縄護郷隊隊歌」流れる。

一　運命《さだめ》かけたる沖縄島に
我ら召されて護郷の戦士
驕《おご》れる米兵　撃ちてしやまん

二　お召しを受けて感激の日々
死所《ししょ》を求めてああ死所を得たり
郷土を護るはこの俺たちよ

三　赤き心で断じてなせば
骨も砕けよ肉また散れよ
君に捧げて微笑む男児

四　いらぬは手柄浮雲《ふうん》の如く
意気に感ぜし人生こそは
神よ与えよ万難《ばんなん》われに

徳治　ぼくは14歳。ふるさとを守る護郷隊に入隊しました。

加代　実際はゲリラ部隊。持久戦を行うためにヤンバルの少年だけを集めて組織した遊撃隊です。

徳治　ケンゾーくんも、ヨシキ君もハジメくんも一緒でした。みんな一緒だったから怖くなかったよ。

加代　村に残っていた者は老人と婦女子、子どもだけでした。その子どもを戦場へ駆り出したのです。それこそ根こそぎ動員です。

徳治　ケンゾーくんは釣りが得意だったよ。ヨシキくんは、野菜作りで、お母さんと一緒によく畑を耕していました。

加代　ハジメさんは木登りが上手で、パパイヤの木にもするすると登っていったね。

徳治　ぼくはハルサー。ぼくの畑でトマトが実ったときは、お父さんに誉められたよ。ぼくが護郷隊に入隊したとき、お父さんは、もう戦争に征って家にはいなかった。

加代　護郷隊は、10代半ばの少年兵により構成された日本軍のゲリラ部隊です。隊長は諜報や秘密作戦を専門とする陸軍中野学校出身の将校が務めました。

徳治　ぼくたちは、すぐに厳しい訓練を受けたよ。射撃訓練で標的にあたらなければ、その日の夕食はなし。敬礼を怠れば殴られた。軍人勅諭を言えなければ、また殴られた。

加代　第一護郷隊、第二護郷隊の二隊が組織されました。一九四五年七月中旬に解散するまで、恩納岳や多野岳など北部の山岳地帯に潜伏して戦いました。

徳治　ぼくたちはね、銃弾はお前たちの命よりも大切だ。弾を粗末にするなと言われたんだよ。また爆弾を背負って戦車を爆破する訓練も受けたよ。

加代　護郷隊約1000名の隊員のうち戦死者は、約160人と言われています。

徳治　一九四五年四月十七日の真喜屋、稲嶺、源河の遊撃戦では、上官の命令で「敵に利用される家ならば」と里の家に火を付けたんだ。とっても悲しかった。お父、お母が苦労して建てた故郷の家なんだ。自分たちの家なんだよ。ケンゾーくんは泣いていた。「お父、お母、ごめんなって」

加代　護郷隊は秘密部隊であったため軍人恩給などは支給されませんでした。だから鉄血勤皇隊などの学徒隊は有名だけど、護郷隊は長く歴史の闇に葬られていたんです。

徳治　ぼくたちは無名の戦士です。
徳治　ぼくたちにとって何よりも辛かったのは、集合に遅れたというだけで制裁のために仲間うちで互いに殴りあったり、銃殺させられたりしたことです。だから、上官の命令だったとはいえ、生き延びた仲間のだれもが過去の体験を口にすることができませんでした。
徳治　ぼくたちは、戦争が終わっても、死んだ友達のことを忘れることができませんでした。

2　学徒隊

加代　私は、ひめゆり学徒隊として戦いました。多くは戦場での看護隊です。
徳治　看護婦さん、助けてください。
徳治　看護婦さん、水を下さい。
徳治　看護婦さん、身体から蛆が湧いてくるのです。蝿が飛んできて身体を咬むんです。痛いんです。
加代　私たちは、あちらこちらから聞こえる兵隊さんの声に、飛んで行って兵隊さんを励ましたのです。もう医薬品も包帯も足りなくなっていました。しまいには一緒に泣いてやることしかできませんでした。
徳治　ひめゆり学徒隊は、一九四四年十二月に日本軍の看護訓練によって作られた女子学徒隊です。沖縄師範学校女子部と沖縄県立第一高等女学校の生徒・教師で編成されたものでした。
加代　他にも白梅学徒隊、なごらん学徒隊、瑞泉学徒隊、積徳学徒隊、梯梧学徒隊、宮古高女学徒隊、八重山高女学徒隊、八重農学徒隊と8つの女子学徒隊があったんです。看護だけではありません。炊事、弾薬運び、食糧探し、戦死者の遺体運び、埋葬、何でもやりました。そして……、多くの仲間たちが死にました。

徳治　ぼくは師範鉄血勤皇隊として戦いました。戦前、沖縄には21の旧制中学校があり、沖縄戦では、これらすべての男女中学校から生徒が戦場に動員されました。男子生徒は14歳から19歳です。上級生が鉄血勤皇隊に、下級生が通信隊などの名目で編成され戦場に駆り出されました。

加代　四月一日、本島に上陸した米軍は1週間で中北部主要部分を制圧、ただちに浦添、首里方面への攻撃に移りました。

徳治　五月十日、米軍は首里司令部壕を目指して押し寄せます。安謝、幸地、シュガーローフなど、首里司令部壕周辺での攻防戦が展開されます。師範学校の生徒たちの特別編成隊も弁が岳の攻防戦へ動員され、多くの仲間たちが戦死します。

加代　南風原町には黄金森《クガニ》と呼ばれる小高い森があります。日本軍は黄金森に沖縄陸軍病院壕群を構築しました。私たちひめゆり学徒隊の多くは、ここで傷病兵の治療に当たりました。

加代　麻酔のないままの手術や手足の切断なども日常的に行われました。やがて米軍の侵攻が進むなかで、沖縄陸軍病院は南部へと撤退することになりました。連れていけない重症患者は、青酸カリによる自決を強要されるなど、多くの兵士が悲惨な最期を迎えます。

加代　重傷で身動きのできないお友達も、私たちは置いていったんです。「置いていかないいで！連れていって！」と泣き叫んでいました。でも私たちには重傷者を運ぶ余力はだれにもありませんでした。私たちは泣きながら壕を後にしました。お友達の声が私をずっと苦しめてきました。

徳治　五月二十七日、第32軍司令部は南部へ撤退開始。師範学徒隊も弾薬などを運搬して移動します

加代　五月三十日、摩文仁へ到着します。新たな第32軍司令部壕の陣地構築、食糧収集などを開始します。戦闘任務へも駆り出されます。

徳治　六月十五日、米軍の猛攻で摩文仁の日本軍は釘付けになり、師範学徒隊もたくさんの死傷者を出します。

加代　六月十八日、私たちひめゆり学徒隊に解散命令が下り、米軍が包囲する戦場に放り出されました。死ぬなら「即死で」と願いました。動員の日にリュックに入れた辞典と日記帳は、もう手元にはありませんでした。

徳治　六月十九日、鉄血勤皇隊へ解散命令が出ます。解散命令といっても、敵中を突破して北部で再起を図れとの命令です。数名ずつでグループを組んで北部への脱出を図りましたが米軍の包囲網を突破することができずに多くの学友が戦死します。また摩文仁に残った学友は軍と一緒に斬り込み隊へ参加、さらに爆弾を背負って肉弾戦へ参加して戦死していきました。

加代　お友達のトシ子さんは、摩文仁の戦場を逃げ惑う中、米軍の機銃掃射の弾が当たり死んでしまいました。

加代　重傷で歩けない友達を壕に残してしまったこと。行方が分からないままの友達のこ

と。考えると申し訳なくて、戦後も長く体験を語ることができませんでした。まさか、友達や先生が死んでいくなんて考えてもいなかったのです。

徳治　戦争は遠い所にあるものだと思っていました。気付いた時には全てが奪われていたのです。残されていたのは死ぬことだけでした。

加代　私の先輩の貞子さんは、目の前で爆撃を受け死んでしまいました。頭や手足が吹き飛び、バラバラになった遺体が散乱していました。見るも無残な姿でした。「貞子さん！」と私は泣きくずれました。貞子さんは1年先輩というだけで、嫌な仕事を率先して引き受けてくれました。兵隊さんの排泄のお手伝いも「加代ちゃん、いいよ。私がやるから」といつも私を庇ってくれたんです。

徳治　日本軍の組織的抵抗がなくなると圧倒的な兵力を有した米軍の独壇場になり、解散後にこそ多くの学徒たちが命を失うことになったのです。

加代　壕を出た私たちを待っていたのは砲弾の嵐でした。放火を浴びて、次々と倒れ、血をドクドクと流しながら私たちの周りで多くのお友達が死んでいったのです。

加代　私、与那城加代は砲弾を浴びて由美子さんの腕の中で息絶えました。「一木一草に至るまで死んでご奉仕せよ」というのが日本軍の教えでした。でも、だれも死にたくなかった。みんな生きたかったのです。

徳治　沖縄県の学徒隊の戦死者は、師範鉄血勤皇隊、動員数３８６名、死者２２６名。一中鉄血勤皇隊、動員数２７３名、戦死者１５３名。二中鉄血勤皇隊、動員数１４０名、戦死者115名、工業鉄血勤皇隊、動員数97名、戦死者88名、三中鉄血勤皇隊……。

徳治　沖縄戦に動員された21の学徒隊の動員数1913名、戦死者980名。

加代　沖縄師範学校女子部ひめゆり学徒隊、動員数157名、戦死者87名。沖縄県立第一高等女学校ひめゆり学徒隊、動員数65名、戦死者42名。沖縄県立第二高等女学校白梅学徒隊、動員数46名、戦死者数17名。沖縄県立首里高等女学校瑞泉学徒隊、動員数61名、戦死者33名。第三高等女学校なごらん学徒隊……。

加代　南風原町は沖縄戦の記憶を伝えるために一九九〇年に沖縄陸軍病院南風原壕群を文化財に指定しました。二〇〇七年六月に一般公開されましたが、第二次世界大戦の戦争遺跡を文化財に指定したのは、日本全国で初めてのことでした。

3　防衛隊

徳治　わんや防衛隊。ヤンバル出身の仲村渠徳治。47歳。農業。クワを持って集合場所の学校へ行きました。訓練も何もないよ。軍服は支給されたけれど、武器は支給されなかった。だから、ボーヒータイ（棒兵隊）とも呼ばれていたさ。

徳治　一九四五年三月の上旬に召集されました。県内の各地で大がかりな防衛召集が行われたのです。大本営は昭和19年12月下旬、第32軍から沖縄防衛の中心的戦力である第9師団を台湾に転出させたため、現地から兵力を補う必要があったのです。どこの地域でも、男という男はほとんど、根こそぎ軍隊に取られました。「一木一草といえどもこれを戦力と化すべし」。これが　沖縄守備軍の方針だったのです。

加代　70歳のおじいも入隊させられたという記録もあるよ。

加代　防衛隊は沖縄戦を語る際には欠かせない存在です。学徒隊と共に沖縄戦を象徴する存在です。

加代　防衛隊は17歳から45歳までの兵役にもれた男性が対象でしたが、実際には人数をそろえるため各部隊の判断で対象年限を広げ、婦女子も炊事班などとして召集されます。沖縄戦史家の研究者によると、約2万5000人が防衛隊として召集を受け、そのうち約1万3000人が戦死したと言われています。

徳治　ワッター任務はよ、米軍上陸前は飛行場建設や陣地構築などが主な任務だったがよ。米軍上陸後、戦闘が激しくなると防衛隊員は、正規兵が壕の奥深くに身を潜めているときもよ、弾薬・食糧運搬、夜間斬り込みの案内など、危険な仕事を割り当てられることが多くなったんだよ。そして……、たくさんのドゥシビ（友達）が死んだんだよ。

加代　民間人の防衛隊召集は、手続き的にも召集令状の交付が省略されることがありました。召集権限を持たないはずの連隊長や現地部隊の指揮官が略式命令で召集を行ったりしていたのです。口頭の命令だけで召集された者もいると言われています。

徳治　イクサバやウトルサムンヤタンドー。アイエナー、アメリカーヌ兵隊たあが、ワッター目の前でパラパラーしい撃チュル鉄砲。あんしから、まーから飛んでくるか分からない軍艦の砲弾。また飛行機からの機銃掃射まで、様々あたんどぅ。

徳治　ワードゥシビぬサブローも、勝俊も八重岳ウティ死んだよ。アガ、アガーしい、泣きながら死んだよ。イクサりしや、人間を選ばないよ。パーラナイ撃ち殺しどぅすんどー。死んだドゥシビはや、ヤンバルのハルサー、ウミンチュー。名護の食堂のお父、酒屋、写真屋、ダンパチヤー（散髪屋）、みんな一家の大黒柱やたん。みんな死んでしまったよ。

加代　防衛隊員の多くは訓練も受けずに数個の手榴弾と竹槍を渡されただけでした。なんら民間人と変わるものではなかったのです。多くの人々が、家族を残して、無念の思いで死んでいったのです。

4　嘉数高地・前田高地での攻防

徳治　沖縄本島中部の北谷《ちゃたん》、読谷《よみたん》海岸に上陸した米軍は沖縄を南北に分断します。そして、日本軍の第32軍司令部のある首里を目指して南下していきます。それに対して日本軍は首里司令部壕の前線となる嘉数や浦添で地下壕を掘るなどの防衛網を建設します。ここでの戦いは熾烈を極めました。この戦いの一つが嘉数の戦いであり、前田高地での戦いです。

加代　嘉数の戦いとは嘉数高台をめぐって四月八日から十六日の間に行われた戦いで、この戦いは沖縄戦最大級の戦闘の一つとしても知られるほどの激戦でした。

加代　嘉数高地の戦いは日本軍が陣地壕を張り巡らし爆雷を背負って戦車に体当たりをするという肉弾戦法も展開され、米軍は大きな被害を受けました。日米両軍の兵士に加え、嘉数区の住民のおよそ半分が戦闘に巻き込まれて命を落とします。今は「嘉数高台公園」として市民の憩いの場となっていますが、園内には今もなおトーチカや陣地壕が残っています。

徳治　四月九日、嘉数高地での白兵戦は熾烈を極め、一日の戦闘だけで、日米双方で800名近い戦傷者を出したと言われています。

徳治　俺はな、四月九日の夜、負傷して後方の野戦治療室の壕内に担架で運ばれたわけよ。壕に着いたら雨戸の上に寝かされて、治療は傷口のガーゼを取り替えるだけ。壕の中は狭くて暗いし、あり、シーバイ（糞尿）の臭いから血と膿の臭い、息もしづらい、次から次と負傷者は運び込まれてきて叫び声をあげる。もう地獄を見る思いだったな。目をふさがれた者、手足をもぎ取られた者、あごを飛ばされた者、精神に異常をきたした者。しかし、血清などの治療薬や、ガーゼなどの補給もないんだよ。助かる命もどんどん失われていったよ。

加代　米軍は嘉数高地を陥落させ、25日には前田高地への攻撃を開始します。嘉数高地と前田高地は米軍にとって首里の日本軍司令部を攻撃するためには突破しなければならない障壁でした。また、日本軍にとっては前田高地を奪われると、首里の軍司令部に米軍が到達するため、是非とも死守しなければならない防壁でした。

加代　ハリウッドの映画で、前田高地での実話を元にしてつくられた「ハクソーリッジ」という映画があります。「ありったけの地獄を一つにまとめた」と言われた沖縄戦でしたが、前田高地での戦いで米軍の戦死者及び行方不明者は1163人、日本軍は6277人と言われています。沖縄学の父と言われる外間守善さんは、前田高地の戦いに参加して生き延びた数少ない生存者の一人です。

徳治　この激戦で忘れてはならないのは浦添の住民の犠牲者です。当時の浦添の住民は9217人でしたがそのうち4112人が戦争の犠牲になります。これは2人に1人の割合の犠牲者です。そして一家全滅が四戸に一戸という悲惨な状況であったのです。

5　ヤンバルや先島での飢餓地獄

徳治　沖縄住民の戦争の犠牲者は激戦となった中部や南部だけにあったのではありません。本島北部の山岳地帯や、宮古・八重山の島々でも「もう一つの戦争」がくりひろげられました。それは飢餓地獄とマラリヤ地獄です。

加代　北部の山岳地帯には中南部からの避難民が続々と流入し、終戦直後には5万8千人を超える人口をかかえるまでになりました。食料の備蓄はなく、おまけに数か月にわたる避難生活で食料はほとんど底をつき、あとは野草やソテツを食べて命をつなぐしかなかったのです。

徳治　そこへ現れたのが日本軍の敗残兵です。彼らは持久戦という名目で避難民から食料を徴発していったのです。

加代　食料提供を拒む者はスパイの汚名を着せられて処刑されることもありました。

徳治　この惨事に追い討ちをかけたのがマラリアです。激しい高熱と悪寒を特徴とするこの病気は蚊が媒介するので感染も早く、飢餓地獄で体力を失った住民の多くがこの病の犠牲となりました。

加代　とくに宮古・八重山でのマラリアでの犠牲は大きく、人口6万人の島に3万人の軍隊が駐屯した宮古島では食糧難のうえにマラリアが猛威をふるい、部落全体が壊滅する事例さえもおきました。

徳治　さらに八重山では全人口3万人余のうち、マラリア罹病率が53，8％、死亡率が21，6％という驚くべき数字が残されています。

加代　西表島へと強制移住させられた波照間島の住民は、軍隊から島民全員に西表島への疎開が命じられました。西表島ではマラリアが猛威をふるっており、渋る島民たちを軍刀を引き抜いて「軍命に逆らう奴はたたっ斬る」と威嚇したそうです。こうして西表島への強制疎開がおこなわれた結果、島民の8割がマラリアにかかり、そのうち3分の1が死んでしまったと言われています。

6　太田實中将・牛島満第32軍司令官の死

徳治　沖縄戦では太田實海軍中将が自決をしており、その時、海軍次官あてに訣別の電文を送ったことも、沖縄戦の悲惨さを伝えるものとしてよく知られています。

加代　太田實中将は、約1万人の部隊を率いて沖縄本島小禄での戦闘を指揮します。米軍の攻撃により司令部は孤立し、六月十三日、太田中将は豊見城にあった海軍壕内で拳銃で自決をします。満54歳。「沖縄県民斯ク戦ヘリ、県民ニ対シ後世特別ノ御高配ヲ」という電報は有名です。

徳治　太田實中将の自決に続いて、南部に撤退した第32軍の司令官牛島満中将が長勇参謀長官と共に自決します。

加代　六月二十三日未明、牛島満中将らの自決によって沖縄戦での日本軍の組織的な戦いは終わりを迎えることになります。

徳治　八月六日には広島に、八月九日には長崎に、原子爆弾も投下されました。

加代　日本政府は一九四五年八月十四日にポツダム宣言を受諾し、八月十五日に天皇の玉音放送で国民に伝えられます。九月二日には日本側と連合国側代表が米艦船ミズーリ艦上で降伏文書に調印しました。

徳治　沖縄では、同年九月七日に南西諸島の全日本軍を代表して、宮古島から第28師団の納見敏郎中将のほか、奄美大島から高田利貞陸軍少将、加藤唯男海軍少将らが参列し、米軍に対して琉球列島の全日本軍は無条件降伏を受け入れる旨を記した降伏文書に署名し、沖縄戦は公式に終結しました。

7　死者たちの夢と声

加代　沖縄戦での多くの死者たちの夢が、死者たちの無念の声と共に消えていきました。しかし、私たちはこの声を聞かねばなりません。目を凝らせば死者たちが甦ります。耳を澄ませば死者たちの声が聞こえてきます。

徳治　ワンヤ（私は）スパイ容疑で殺されました。

加代　私は久米島の出身です。沖縄本島で捕虜になった仲泊出身の仲村渠《なかんだかり》明勇さんが、案内人として米軍に連れてこられました。村人が隠れているところを回って、投降を説得するのが役割でした。明勇さんに命を助けられた人は大勢います。島の人にとっては恩人です。それを、スパイだと言われて明勇さんは日本軍に日本刀で切られて殺されました。悔しくてなりません。

徳治　本島から渡ってきて久米島に住んでいた谷川昇さんも、朝鮮人というだけでスパイ容疑をかけられ、一家全員惨殺されます。奥さんのウタさん、そして生後数か月の幼児を含めて子供たちも五名も殺されます。余りにも残酷です。

徳治　住民スパイ視の背景には、沖縄住民に対する軍部の抜きがたい蔑視感情や不信感があったとも言われています。

加代　私はね、まだ1歳の誕生日も迎えることのできなかった赤ちゃんだよ。ガマの中で泣いてはいけないと兵隊さんに言われて、私はお母ちゃんに口の中に布をいっぱい詰められて殺されました。お母ちゃんを恨んでいません。生きている間に、言葉が話せなかったことを恨んでいます。

徳治　ぼくはサイパンの戦いで、お父ちゃんにバンザイクリフから崖下に投げられて死んだんだよ。お父ちゃんもお母ちゃんも、そしてお姉ちゃんも、ぼくを追いかけてすぐに崖下に身を投げて死んだんだ。

加代　私はね、ヤンバルの山に避難中に死にました。

徳治　俺は満州で捕虜になって、シベリヤに抑留された。ひどい寒さと飢えの中で死んだ。

加代　沖縄の人々の戦争は沖縄だけで起こったのではないよ。シベリヤや満州、また多くの南洋諸島でもあったんだよ。

徳治　先の大戦での日本人の死者は３３０万人

余と言われています。

加代　戦争は、場所を選びません。兵士も民間人も選びません。男も女も選びません。老若男女も選びません。

徳治　病者も健常者も選ばない。砲弾には感情はない。戦争はだれでも殺す。たくさん殺した者が勝者になるのです。

Ⅲ　おわり（第三の場面）

ナレーション（徳治）

沖縄戦は本土決戦の準備を整えるための時間稼ぎをするという意味をも持っていました。そのために被害は拡大したのです。

沖縄戦における日本の死者・行方不明者はアメリカ軍の約9倍でした。また一般住民の犠牲者数は、戦死した兵士の数を大きく上回り幼い子どもたちも死んでしまいました。

ナレーション（加代）

そして、忘れてはならない人々がいます。戦争準備が進む沖縄に、朝鮮半島から大勢の人々が日本軍によって連れてこられたのです。正確な人数は分かっていませんが、約1万人と言われています。男性は日本軍の基地づくりに参加させられました。女性は日本兵の相手をさせられ、体を痛めつけられ、深い心の傷を負いました。そして戦争に巻き込まれ、多くの人々が亡くなったのです。

ナレーション（徳治）

沖縄戦に参加したアメリカ兵は約54万人で、そのうち18万3０００人が上陸。それに対し日本兵は11万人で、そのうち2万数千人は沖縄で召集した「防衛隊」や学徒隊でした。日本軍とアメリカ軍の力の差ははっきりしていたのです。

ナレーション（加代）
日本の敗戦後、沖縄は日本国から切り離されました。アメリカ軍が沖縄を占領し27年間もアメリカの統治下におかれます。日本軍がつくった戦前の基地はアメリカ軍のものとなり、その後、さらに基地を拡大していきます。日本軍の「基地の島」だった沖縄が、今度はアメリカ軍の「基地の島」となるのです。沖縄は一九七二年、日本に復帰しますが、広大な基地は残されたままです。

1　米軍の土地略奪

※ここからは複数人の大人の男女による群読として展開するのが望ましい。

徳治　沖縄は、第二次世界大戦が始まるまでは、日本軍も駐留しない静かな島でした。軍隊にかかわるものといえば、徴兵事務をおこなう役所があるだけでした。県民は基地のない島で、アジア諸国の国民とも友好的に交流をしていたのです。

加代　この沖縄に、はじめて軍隊が本格的に駐留したのは一九四四年、第二次世界大戦時のことでした。太平洋戦争に突入し、日本の敗色が濃厚になり、沖縄を「決戦場」にすると政府が決めたときでした。

徳治　日本の敗戦により、米軍の沖縄への駐留という事態は、ほんらい解消されるべきものでした。それがいま、「沖縄のなかに基地があるのではない。基地のなかに沖縄がある」と言われるほど、沖縄は米軍基地過密地帯になっています。

加代　しかも沖縄の米軍基地は、人口密集地のど真ん中にあります。たとえば嘉手納空軍基地は、嘉手納町の面積の83％を占有し、1万数千人の町民は残る17％の土地に押し込められています。

徳治　嘉手納だけではありません。面積の50％以上が米軍基地だという町村が四つあります。嘉手納町、金武町、北谷町、宜野座村です。また、30％以上というのが九つあります。四つの町村に読谷村、東村、沖縄市、伊江村、宜野湾市を含めます。これらの問題は、沖縄の人たちの生活や自然環境に大きな影響を与えています。

加代　米国は、戦争が終わった後も、隣で中華人民共和国が成立し、また朝鮮戦争が起きると、沖縄が太平洋の平和を守るための大切な拠点になると考えて、基地建設をさらに進めました。そのとき、沖縄の人たちの家や畑などの土地が強制的に奪われていきます。

徳治　日本に復帰した後も、多くの米軍基地が日本とアメリカの約束、日米安全保障条約にもとづく基地として引き継がれ、沖縄には今でも変わらず多くの基地が置かれています。

2　基地被害

徳治　沖縄県では、米軍基地があるために、その基地に関係する事件事故が繰り返されています。なかでも一歩間違えば人命、財産に関わる重大な事故につながりかねない航空機関連の事故は、沖縄の本土復帰から平成28年度末までに709件発生しています。

加代　一九五九年九月三十日には、沖縄本島北部の石川市、現うるま市にある宮森小学校に米軍戦闘機が墜落して11人の児童を含む17人が死亡、210人の重軽傷者を出しました。

徳治　二〇〇四年八月には、米海兵隊所属の大型ヘリコプターが沖縄国際大学に墜落炎上しました。二〇一六年には県民が配備に強く反対したオスプレイが名護市安部集落の近くに墜落しました。

加代　一九七二年の復帰以降二〇一六年まで、米兵による刑法犯罪は約5千件も発生しています。そのうち10%以上は、殺人や強盗、強姦などの凶悪犯罪です。しかもこの数字は、あくまで沖縄県警が事件として処理した件数です。

徳治　犯人が特定されなかった事件や、被害者が告訴しなかった事件など、統計数字に表れない場合も少なくないのです。

加代　一九九五年には小学生の少女が米兵3人に暴行される事件が発生し、敗戦から半世紀、基地被害と米兵の犯罪に苦しんできた沖縄県民の怒りが爆発しました。

徳治　二〇一四年にもジョギング中の女性が拉致され、遺体で発見され、米軍属の男が死体遺棄強姦致死及び殺人の容疑で逮捕・起訴され、県民の強い憤りが再燃しました。

加代　これらの事件はたまたま起きたような事件ではありません。だからこそ、耐えに耐えてきた県民の怒りが爆発したのです。

徳治　一九五五年の由美子ちゃん事件はひどいものでした。一九五五年九月三日、石川市に住んでいた当時6歳の幼女が、アメリカ軍嘉手納基地所属の軍曹によって暴行・殺害された事件です。由美子ちゃんの遺体は嘉手納の塵捨て場に捨てられていたのです。
加代　広大な基地あるがゆえに、長年にわたり事件事故が繰り返されているのです。

3　マブイの感慨（群読続く）

加代　それでも、沖縄県民は負けません。どんな時代にも希望の火を灯し続けてきたのです。
徳治　小那覇舞天《おなはぶーてん》は、一八九七年今帰仁《なきじん》に生まれました。戦後嘉手納で歯科医院を開業する歯科医師でしたが、終戦直後の沖縄の人々へ「命のグスージサビラ」と三線を持って弟子の照屋林助と共に笑いを届け、生きていることの有り難さ、命の尊さを訴えたのです。
加代　阿波根昌鴻《あはごんしょうこう》は、一九〇一年、本部町に生まれました。敗戦後、伊江島の土地の約6割が米軍に強制接収される際、反対運動の先頭に立ちました。一九五五年七月から一九五六年二月にかけて沖縄本島で非暴力による「乞食行進」を行って米軍による土地強奪の不当性を訴え、一九五六年夏の島ぐるみ土地闘争に大きな影響を与えました。
徳治　仲宗根政善は、一九〇七年今帰仁村に生まれました。東京帝国大学国文科を卒業。言語学者として優れた業績があります。戦時中はひめゆり学徒隊の引率教師となります。戦後琉球大学教授、副学長などを務めますが、戦争の悲劇と責任を自らに厳しく問い続けます。「沖縄戦記録フィルム1フィート運動の会」代表、ひめゆり平和祈念資料館館長に就任し、終生戦争の悲惨さと平和の有り難さを訴え続けた人でした。

加代　大田昌秀は、一九二五年六月久米島町で生まれました。二〇一七年92歳で亡くなった元沖縄県知事です。鉄血勤皇隊の一員として経験した摩文仁での激戦。同期１２５人のうち生き残ったのはわずか37人でした。

徳治　戦後は　琉球大学に勤めながら沖縄戦と戦後史を研究。一九九〇年には沖縄県知事となり、米軍基地の整理・縮小に取り組みます。学徒動員で経験した沖縄戦が、平和を守る闘いの原点になったのです。平和行政を進めた戦う知事でした。

加代　大城立裕は、一九二五年中城村に生まれました。沖縄初の芥川賞作家ですが、沖縄のアイデンティティを求め、自らの自立を模索し、日本と沖縄の間で揺れ動く主体の確立を目指した作家です。日本政府や戦後も駐留し続ける米軍へ対峙し、文化の力を強く提示したウチナーンチュでもありました。

※

ナレーション（徳治）

沖縄では今も山の中や、ガマや陣地壕跡には住民や日本兵の骨が埋もれています。不発弾もまだまだ多く見つかります。地上戦から生き残った県民は今も心に深い傷を負ったままなのです。沖縄戦の悲しみは今も続いているのです。沖縄の人々はどんな困難の中でも平和を願い、頑張っています。沖縄のことを考えると沖縄が浮かんできます。私たちの愛する沖縄です。

ナレーション（加代）

私は、沖縄に生まれたことを誇りに思っています。沖縄は負けない。私たちの一つ一つの

努力が、私たちの人生をつくっていくので
す。沖縄の歴史をつくっていくのです。
徳治　そうだな。戦いはまだ続いている。戦い
が続いている間は負けたことにならない。
加代　そうだよ。現在も多くの人々が戦ってい
るよ。辺野古新基地建設反対で声をあげ続け
ている人々。そして戦没者の遺骨を探し、弔
い続けている人々。私は、彼らと同じウチ
ナーンチュであることを誇りに思うよ。
徳治　誇りに思うことがまだあるよ。沖縄戦の
死者を忘れずに県民が「慰霊の日」を設定し
たこと、「世界のウチナーンチュ大会」の開
催、「シマクトゥバの日」の設定。これらは
何ものにも代えがたい沖縄の歴史が生みだし
た貴重な財産だ。
加代　具志堅用高、宮里藍、安室奈美恵、そし
て高校野球の甲子園での活躍も嬉しいな。
徳治　「いのち　沖縄戦七十七年」
加代　沖縄にはまだ戦争の傷跡が多く残ってい
ます。不発弾、遺骨、基地。私たちが考える
べき沖縄の未来。
徳治　美しい青空や珊瑚礁の海。ハイビスカス
の咲き乱れる沖縄を二度と戦場にしないよう
に、沖縄を考え続けよう。
加代　沖縄で生きる。
徳治　沖縄を忘れない。
徳治・加代　ノーモア、沖縄戦。命どう宝。

〈了〉

第Ⅱ部　戯曲・脚本

山のサバニ
～ヤンバル・パルチザン伝

◇時　昭和十九年冬
◇場所　沖縄本島北部の寒村阿嘉村
◇登場人物
太良（区長）
松一（サンジンソー）
山田（民間療法師）
山城（やもめ男）
ナビ（ユタ・巫女）
ミヨ（健太の母）
カツ（出征兵士の妻）
トミ（松一の妻）
安吉（大学中退の若者）
多恵（安吉の妹）
健太（ミヨの一人息子）
良介（カツの息子）
嘉代（太良の孫）
加藤隊長
鈴木軍曹
田中上等兵
黒瀬二等兵
※
金麗華（朝鮮人慰安婦）
チルー（ジュリアンマー）
その他（村人並びに兵士たち）

第一幕　四場

第一場　兵舎前

総和十九年の冬、沖縄本島北部の一寒村阿嘉村。若者が徴兵され、女、子ども、老人、病人たちが残った村に、北部方面守備隊として加藤隊長の率いる軍隊が駐屯して数か月が過ぎた。

上手に民家を借用した兵舎。中央部に大きな釜。幕が上がる。

ブナガヤたちの踊り

夜明け前の闇の中、得体の知れない様々な声、風の音、ブナガヤたちの踊り。山に棲むマジムンたちが騒々しく舞台を飛び跳ねる。やがて朝日と共に退散。

釜を囲んで兵士の朝食を作っている村の四人の女たち。突然、下手から山城が走り込んで兵舎に向かって叫ぶ。

山城　ぐ、ぐ、軍曹殿。鈴木、ぐ、軍曹殿。ややや、やられました。

鈴木軍曹　何？　何がやられたのだ？

山城　こ、米であります。

鈴木軍曹　何にやられたのだ？

山城　い、い、い……。

鈴木軍曹　猪か、猪ごときに皇軍の米を奪われるやつがあるか。

山城　い、猪ではありません。今回は、ブ、ブナガヤです。タマガイも飛んでいました。

鈴木軍曹　なんだ、そのブナガヤとか、タマガイとかいうやつは？

山城　は、はい。ヤンバルに住んでいるマジムン（妖怪）であります。

鈴木軍曹　マジモン？　そんなモンがここには

いるのか？
山城　はい、いるのでございます。モンではありません。ムンでございます。
鈴木軍曹　モンでもムンでも同じだ。同じマ行だろうが。知っているかマ行を？
山城　は、はい。まみむむめめもも。
鈴木軍曹　まみむめも、だ。まあよろしい。で、タマガイとかブナガヤとは一体何モンだ？
山城　正体不明であります。
鈴木軍曹　正体不明？　正体不明なモンに盗っとができるのか？
山城　タマガイは、と、飛ぶだけですから、盗っとはできません。でも、ブナガヤは二本の足で歩きますから、盗っとができるのであります。赤毛の髪を振り乱して走るヤナムンであります。寝ている人に悪ふざけをして金縛りにすることもあります。知らぬ間に海に引きずられて溺れさせられることもあります。キジムナーとも言われていますが、人間のチム（肝）を盗る恐ろしいマジムンです。
鈴木軍曹　クウガも盗りますよ。
山城　クウガ？
鈴木軍曹　失礼しました。コウガンであります。
山城　コウガン？　睾丸も盗るのか。けしからんモンだな。貴様は睾丸を盗られたのか？
鈴木軍曹　い、いえ。違います。
山城　そうか、違うのか。貴様は嫁さんがおらんと聞いていたので、てっきり睾丸でも盗られたかと思ったよ。まあ、しかし、恐ろしいモンでも正体がばれているのではないか。行ってすぐに取り返してこい！
鈴木軍曹　ど、どこに住んでいるか分かりません。

だれも見たことがないのですから。
鈴木軍曹　だれも見たことがない？　貴様は先ほど、確かに見たと言ったのではないか？
山城　あれ？　はい、そう、でしたね。
鈴木軍曹　おかしなことではないか？
山城　おかしなこと、でありますね。
鈴木軍曹　もうよい。この村にはおかしなことが多すぎる。いずれにしろ、しっかり食料の番をしないと、勤務怠慢になるぞ。
山城　勤務、タマン（魚）でありますか。
鈴木軍曹　タマンではない。タイマンだ。貴様、本当に分かっておるのか。
山城　はい、本当に分かっておるのでございます。自分は、勤務タイマンにならぬように戻ります。

山城は敬礼をした後、走って下手に退場。

鈴木軍曹も苦笑しながら上手に退場する。
賄い婦の女たち、二人の真似をして笑い合う。
カツ　鈴木軍曹殿、勤務タマンは、ありません。
トミ　タマンがなければ、ミジュン（魚）でもよい。取ってまいれ。
カツ　はい、すぐに取ってまいります。（女たち、一列に並び、掛け声をあげて山城の走る真似をする。そこに加藤隊長が登場。四人は緊張して直立不動の姿勢をとる）
加藤隊長　よいよい、楽にして仕事を続けなさい。ところで、先ほどから賑やかな笑い声が聞こえておるが、何かあったのかな。
カツ　はい、食料がブナガヤの盗難にあったと、山城が、鈴木軍曹殿に報告に来たのであります。
加藤隊長　面白いこともあるもんだな。ブナガヤとはキジムナーのことだったかな？
カツ　そうです。なんで隊長さんは知っているんですか。
加藤隊長　いや、昔、本で読んだことがあったんだよ。ほら、楽にしてよいぞ。（女たち緊張を解く）。ところで、十・十空襲以来、那覇南部からの避難民もこちらに向かっているようだが、食料は大丈夫かな？
トミ　大丈夫ではありません。大根も、カンダバーも、だんだんとなくなっていきます。豚も一頭残っていましたが、軍隊に供出させられました（と言って、慌てて口を押さえる）
加藤隊長　そうか、すまないなあ。
トミ　米も野菜も、芋も魚も、石も木材も、お父も若者も、みんな供出させられました。村に残っているのは、女子どもと年寄りと病人だけです。（トミが、畳みかけるが、ミヨがそれを抑える。若い多恵が加藤隊長に尋ねる）
多恵　隊長さん、アメリカーは、沖縄本島に上陸するんですか？　ジュリアンマーのチルーさんがそう言っていましたが本当ですか？
加藤隊長　さあ、それはどうだか、まだよく分からんなあ。
カツ　隊長さん、ここにいるミヨのウトゥは、ウトゥでなく主人は、主人でなく旦那さんは、配偶者は、父ちゃんは、愛する夫さんは、戦死してしまいましたよ。
加藤隊長　こんなにたくさん夫さんがいたのかね、ミヨさんには？
カツ　夫さんは一人さ。大和言葉はいろいろあって難しいんだよ。ウチナーロはただ一つ、ウトゥ（夫）さ。

多恵　隊長さん、兵隊さんが教えてくれた消火訓練は役に立ちました。村に爆弾が落ちたときは本当に心配でした。竹槍訓練も、きっと役に立つでしょうねえ。私たちは一所懸命、頑張っています。

トミ　整列！（号令をかける）

四人　いち、に、さん、突き！　いち、に、さん、突き！（加藤隊長の前で模範演技。隊長は苦笑して見ている。その時、上手から鈴木軍曹の怒鳴り声。続いて金麗華の叫び声。加藤隊長、その声を聞き一瞬顔をしかめるが、巣から落ちた小鳥の雛を見つけて手に取る）

加藤隊長　これはメジロの雛だな。

ミヨ　怪我をしているみたいですね。

加藤隊長　まだ生きている。助かるかもしれないが……（ミヨを見る）ミヨとか言ったな。気を落とさずに頑張れよ。

加藤隊長　それにしても、この山は美しいなあ。これほど美しい山は初めてだよ。それに比べると人間は……（ぽつりとつぶやき雛を持って立ち去る）

ミヨ　隊長さんは、何か寂しそうだね。

トミ　寂しいことなんかないさ。やがてワッターの正月ワー（豚）も食べるんだからね。

カツ　ええっ、さっきの泣き声がしたあの女よ。可哀相だね。朝鮮から連れてこられたんだってよ。逃げるからって、牢屋に閉じ込められているんだってよ。この前、ちらっと顔を見たけれど、若くて美人だったねえ。

トミ　連れてこられた女は、最初のころは、二、三人、いたんじゃないかねえ。

ミヨ　あい、そうなの。そうだったら、他の女の人たちはどうなったのかねえ。

トミ　あい、それは私にも分からないさ。

ミヨ　辻から流れてきたジュリアンマーのチルーさんは兵隊の相手をしないのかねえ。
カツ　兵隊が相手にしないんだよ。もうおばあだからね。それに辻では加藤隊長の親友の高木大尉の女だったって。高木大尉は南洋に出征したんで、それで加藤隊長を頼ってきたんだってよ。何か重要な手紙も持ってきたという噂もあるよ。
トミ　アイエナー、そうねえ。カツよ、あんたは何でも知っているんだねえ。
カツ　知らないのは戦争の行く末。
多恵　ね、ね、チルーさんから聞いたんだけど、十・十空襲では、那覇の街はみんな焼けたってよ。大変だったてよ。
ミヨ　戦争が早く終わればいいのにねえ。
多恵　ねえ、アメリカーたちは、本当にこの村までやって来るのかね。五十名の軍隊で、村は守れるのかね……。
カツ　イクサに征った父ちゃんたちは、大丈夫かねえ。
多恵　ねえ、トミねえ。アメリカーたちは、真っ先に兵隊さんを殺すの？
カツ　あい、その前に友軍がアメリカーたちを皆殺しにするさ。
トミ　そうだね。そうかもしれないね。心配したらきりがないね。戦争が早く終わればいいのにね。
（女たちの不安げな表情。やがて溶暗）

第二場　炭焼き小屋

村からやや離れた炭焼き小屋の前。四人の村人たちが丸く輪になり、思案顔で話し合っている。その輪の中には三人の子どもたちもいる。

太良　もうすぐ旧正月が来るというのに、村にはだんだんと食べ物が少なくなっていく。旧正月には豚肉がないと先祖にもご無礼になるが、なんとか軍隊に奪われた豚は取り返せないかなあ。

山田　うーん。難しい。

松一　豚を奪い返して殺して食べるのまではうまくいっても、久しぶりのご馳走に、つい食べてしまったと軍隊に漏らしてしまう村人が出るかもしれない。村人の口を封じるのが難しい。盗んだのがばれたら大変だ。銃殺だよ。

安吉　村人の口を封じて口を潤す。口は一つ。うーん、難しい。

山田　しかし、区長の太良さんよ。ブナガヤ作戦は大成功だったな。

太良　本当だな。山城の驚きようったらなかったよ。腰を抜かしよった。

松一　ヨーガアアッチ（ゆがんで歩く）する山城が、ヨーガーハイして（ゆがんで走って）逃げ出したよ。

安吉　彼は、いずれ我々の貴重な戦力になる。いわば、スパイ予備軍だ。

松一　しーっ。（スパイという安吉の言葉に、思わずみんなは辺りを見回す）

太良　まあ、理屈はどうであれ、ワッターー（我々）は、軍隊に無理矢理奪われたものを取り返すだけだ。悪くはないだろう。ヤー、サンジンソー（三世相）、マチュー（松一よ）

松一　うん、全然、悪くはありません。

安吉　俺たちはパルチザン。そしてここがアジトだ。ブナガヤだけでなく、タマガイにも変装することができる。

健太　安吉兄《ニ》イニイ。パルチザンってなんだよ。アジトってなんだばあ？（少年の健太が安吉に尋ねる）

太良　安吉は、東京の大学に行ってきたら、急に話しが難しくなってきたなあ。だから、ガクブリーと言われるんだよ。家に寝転んで本だけ読んでいるから、ダア、ヨーガリティ（痩《や》せ細って）。妹の多恵を、ルク、シワシミランキヨ（あまり、心配させるなよ）

山田　徴兵検査でも不合格になったというし、気をつけろよ。お父は病気で死んで、兄ィニィ（兄貴）は兵隊に取られて。今は妹の多恵とお母との三人暮らしだろう。気、つけれよ。

松一　トオ（どれ）安吉。パルチザンとかいうのを、分かりやすく説明してみろ。

安吉　パルチザンっていうのは、ゲリラのことだ。革命などのために一般民衆によって組織された非正規軍のこと。遊撃隊だ。我々は正規の日本帝国軍隊と、ブナガヤに身を隠しながら果敢に戦っている老人、子どもの遊撃隊ということさ。アジトっていうのは、秘密の隠れ家のこと。この炭焼き小屋のことだよ。

松一　ユク、分カランんナトーサ（余計に分からなくなったよ）

健太　銃を持っていなくてもパルチザンなのか。

安吉　そうだ、いずれ必要があれば、我々だって銃を持つ。今はジンブン（知恵）があれば充分さ。ジンブンこそ最大の武器だ。嘘を真実にし、真実を嘘にするジンブンがあれば必ず革命は成功する。お前たちにも分かるときがきっと来る。我々はヤンバル・パルチザンだ。お前たちは少年遊撃隊だ。そして我々の指揮官はそこに座っている区長の太良さんだ。そして参謀が山田さんと松一ヤッチー。

（健太には、訳が分からないけれど、なんだか凄いことになったように思う）

健太　よーし、一所懸命パルチザンするぞ！

（嘉代も良介も身を乗り出してうなずく）

山田　ヤンバル・パルチザンとはいい名前だなあ。なにかぶん殴って相手を打ち負かすような感じがして上等だ。

松一　うん、うん、そうだな。

太良　まあ、待てよ。今はワー（豚）だけでなく、サバニも問題だ。サバニをどうやって造るかだ。ワーは、しばらくそばに置いておけ。

松一　引き受けてきたのはあんただよ。

太良　引き受けてきたのではない。押し付けられたのだ。

松一　結果的には同じだろう。

太良　いや、大きな違いだ。結果が問題ではない。

松一　いや、すべては結果が問題さ。

太良　なにーっ。（今度は太良と松一が言い争う）

安吉　戦争は結果と動機とどっちが大切でしょうか。少年遊撃隊の諸君は分かるかな？（険悪になった雰囲気を傍らから安吉が冷やかす）

健太　そんなこと、分からないよ。でも、サバニなんか造って何に使うのかな。

安吉　よおっ、いいところに気づいたぞ、少年パルチザン。でも今は使用目的は問題ではない。目的は不問。それが優秀な国民になる条件だ。そうすれば天皇のセキシ（赤子）になれる。今は、いかにしてサバニを造るかだ。

国民はただ働けばよいのだ。

松一　分かったぞ。サバニを造る理由が。サバニで逃げるためだよ。ヤマトに逃げるためだよ。目の前の与論島に渡って、島伝いに逃げようとしているのだ。

安吉　駄目だよ、マチューさん。そんなこと当たり前だよ。マチューさんは言ってはいけないことを言ってしまった。人間は真実を知ってしまったら気違いになる。これは取り返しがつかないよ。傷ついた少年の心は癒やされない。健太、嘉代、良介の少年パルチザンはそれに耐えられるだろうか。

太良　わしも、加藤隊長からサバニを造れと命令されたとき、逃げるんだなと直感した。

松一　村を守りに来て、村を守らずに、鉄砲を一度も撃たずに逃げるのか。わしらは、あいつらの逃げるためのサバニを造るのか？

安吉　それが問題だ。怒りと倫理感。忠誠心と天皇の赤子。怒りの矛先を正しく向けるべきだ。ウチナーンチュ（沖縄人）は日本帝国政府より常に差別されてきた。一六〇九年の薩摩軍の侵略もそうだ。一八七九年の琉球処分、いわゆる琉球王国を解体し沖縄県を設置した画策。頭ごなしに行われた清国との交渉での琉球分割案。琉球を二分して宮古以南を中国政府に売り渡すという条約が、国と国との間で締結されようとしていたのだ。琉球の歴史の不毛性は、そのいずれの時代にもパルチザンを生みだし得なかったことだ。我々は三度過ちを犯してはならない。決起せよ、若者たちよ、ではなくて老人と少年たちよ！　若者たちは……、すでに駆逐されてしまったか。（安吉はため息をつく）

松一　アイエナー、ウサケーナア、アビール

（あれまあ、よく話すことよ。安吉の言葉に、ため息をつく。安吉は気を取り直してまた話し出す）
安吉　しかし、また、万国の労働者の一人としてインターナショナル的な見地から言えば、労働者の労働は天皇や軍隊に搾取されてはならない。労働に見合った報酬と精神的充足感が必要だ。今こそパルチザンを結成しよう！豚より革命を！（安吉の演説に周りの蛙が声高く鳴く。みんなは何のことだかよく分からない）
太良　わしは若いころはウミンチュだったからサバニを造れないことはないと思うんだが、今は材料もないし道具もない。それを考えろと加藤隊長は言うのだが、どうもなあ……。五尺以上の大木を切り倒すことは禁じられているし、切り倒して中を刳《く》り抜いて、周りを船の形に削り取っても浮いてくれるかどうか。
松一　分かった！
安吉　またまた分かったサンジンソウ。サンジンソウが未来を見た。サンジンソウは生活に役立つこともある。（安吉が合いの手を入れるが、松一は無視して話し出す）
松一　床板や壁板を引き剥がせばいい。村中の家々をまわれば、上等な板材が見つかるだろう。それを撓《たわ》めて繋ぎ合わせればいい。それに……。
山田　それになんだ？
松一　それに、軍隊はいないほうがいい。早く村から追い出したほうがいい。
太良　シタイ（なるほど、そのとおりだ）マチュー（拍手が湧き起こる）
　三人の子どもたちが、いつの間にか炭焼き小屋の中から取りだしたブナガヤの衣装を着けて踊り出す。舞台中央にてブナガヤ踊り。皆の拍手。踊り終わって大人たちにねぎらわれる。

安吉　軍隊の目的は逃げること。俺たちの目的は逃がすこと。これで正しく労働力は行使される。二つの違う目的が一つの行為によって成し遂げられる。歴史的にみても稀に見る僥倖だ。名付けてサバニ製造作戦！

太良　よし、決まりだ。早速明日から取りかかるぞ。

安吉　まず設計図作りから。（安吉が、太良の意気を制するように言う。松一が炭焼き小屋から三線を取り出して弾く）

松一　トゥンテン、トゥンテン、トゥトゥテン、トゥンテン、トゥンテン……（それから歌が始まる。山田が踊り出す。山がそれを温かく見守っている。溶暗）

第三場　アシャギ前

サバニの製造を言いつけられた太良たちは、アシャギ前で作業に取りかかる。鈴木軍曹が山城を従えて時々見回りに来る。常に高圧的だ。今日もアシャギ裏手のウタキ（御嶽）の樹を切りたいとする鈴木軍曹との間で争いが起こる。怒声が飛び交う。

鈴木軍曹　貴様らはウータキの樹を切ってはならないと言うが、ウータキの樹であればこそ、軍隊に奉仕すべきなんだよ。そうは思わんか？　非国民という言葉があるぞ。貴様ら、知っているか？（太良たちは非国民という

言葉に驚いてピーンと背筋を伸ばす）
鈴木軍曹　沖縄は、日本か？
村人たち　……（皆、沈黙している）
鈴木軍曹　貴様らはこんな当たり前のことも知らんのか。ウータキ、ウータキとごちゃごちゃと抜かしよるが、国がなければ村もないだろう。
山田　鈴木軍曹殿、ウタキです。ウータキでなくウタキ。
鈴木軍曹　分かっちょるわい。日本語に直したまでだ。
山城　村がなければ、国もありませんよ。（鈴木軍曹の傍らに立っていた山城が答えるが蹴り飛ばされる）
鈴木軍曹　貴様らはウータキに神々が住んでいるというが、不条理なことと思わぬか。畏れ多くも、日本の神は一つだ。村の神と国の神とどっちが大切なんだ？
鈴木軍曹　貴様、答えてみろ！（松一を指名する）
松一　はい、村は小さくて、国は大きいです。大きい神様が強いです。
鈴木軍曹　分かればいいんだ、分かれば。よし、今日は樹を切り倒すのはよそう。しかし、状況が切迫したら分からんぞ。
鈴木軍曹　おい、田中上等兵、黒瀬二等兵！
二人　は、はい。（整列して敬礼）
鈴木軍曹　お前ら二人は、我が軍から派遣したサバニ造りの補充兵だ。頑張っておるか？
二人　は、はい。
鈴木軍曹　ああ、元気のない返事だな。よいか。サバニを造ることは軍事上、重要な作戦なのだ。万一、制空権を敵軍に握られてみろ。空から日本本土へ行けるか。万一、海上を敵軍に制圧されてみろ。軍艦では目立ちすぎるだろう。その時こそ、サバニなんだ。与論、沖永良部、大島、鹿児島と島伝いに渡って、日本本土へ上陸する。この作戦に携わることは名誉なことなのだ。お前らが隊の命運を握っておるのだ。ひいては日本の命運をも握っているとも言える。分かったか！

二人　は、はい！

山田　アイエナー、ウフアビ、シイカラニ（大仰な物言いをしてからに）。（松一と密かに囁きあう）

松一　ヒンギル（逃げる）のに、アンチ、ぐちゃぐちゃ、理屈付けてや。

鈴木軍曹　痛いっ！（どこからか、石つぶてが飛んで来て鈴木軍曹に当たる。隠れた少年パルチザンがパチンコで飛ばしたのだ。鈴木軍曹は不思議な顔で辺りを見回すが、皆は知らぬふり）

鈴木軍曹　田中、黒瀬！　ちょっとこっちへ来い！（中央へ進み出る）

二人　は、はいっ。（二人は不動の姿勢で訓示を聞こうとする。少年パルチザンが密かに登場、鈴木軍曹の近くに蜂の巣を投げる）

鈴木軍曹　痛い！　痛い！　痛い！

鈴木軍曹　何だ、何だ、蜂の巣?、蜂?　蜂?　蜂だ！　退去、退去だ！（三人、足並みを揃えて上手に移動、が、またしても少年パルチザンが仕掛けた草の結び目に躓いて倒れる。それを見て村人たちは笑いを堪《こら》える。やがて上手隅で鈴木軍曹は二人に訓示）

太良のグループは舞台中央に集まりひそひそ話しながら笑いを堪える。

少年パルチザン、その輪の中に走り寄り、ガッツポーズ。

太良　健太、鈴木軍曹に当たった石は大きすぎたぞ。もっと小さい石だ。

山田　あらん、ナーヒン、マギー石、当ティィレ（もっと大きな石を当てろ）。バンミカシェ。

（皆、笑いを噛み殺している。山城はどちらの側につくか、うろうろしている。が、太良の側へ擦り寄る。安吉がにやにや笑いながら松一の袖を引く）

安吉　マチューーさんは、鈴木軍曹の質問に答えていませんよ。どちらが強いかということではなくて、どちらが大切かということを、鈴木軍曹は聞いたのですよ。

松一　強いのが大切に決まっているだろう。

安吉　そう思ったのは鈴木軍曹です。マチューーさんもそう思っているのですか？（松一は、安吉の質問に答えない）

安吉　ウタキと戦争は、どちらが不条理ですか？（松一はその質問も無視して太良に言う）

松一　太良、幽霊を出そう。ブナガヤとタマガイだけでは村は守れないぞ。石投ギエーだけでも村は守れないぞ。チャーギノシー（樹の精）から、鼃《がん》のシー（鼃の精）、逆立ち幽霊からマヤー（猫）の幽霊、何でもかんでもムル（全部）イザサント（出さないと）負キーシガ（負けるぞ）

山田　イナグンチャー（女たち）も兵隊にウサットーン（組み敷かれている）噂もあるよ。イクサに征った村のシンカヌチャー（男たち）に申し訳がない。ナーヒン（もっと）バンミカサント。ツーヅーク（力強く）バンミカサ。（皆がヤブーを見てうなずき合う。そこへ鈴木軍曹が戻ってくる。慌てて輪が解ける。先ほどまでの勢いはなくなり、皆、打ちひしがれた素振り。山城も慌てて鈴木軍曹の側へ擦り寄る）

鈴木軍曹　太良、ここでは区長のお前が隊長だ。このことを隊の者にもよく言い聞かせてある。そういうことだから、しっかり頑張って任務を遂行して欲しい。以上だ。山城、行くぞ！（二人が上手に退場。見えなくなったところで、太良が皆を集めて粗末な紙に描いた設計図を広げて説明する）

太良　いいな、長さは四間《けん》、幅三尺六寸、サバニは伏せた状態にして造っていく。側面は板をつなぎ合わせてその内側を削った後、突っ張り棒を入れて平行に向き合わせて固定する。それから湯をかけながら徐々に外側から締めて中央を膨らませて撓《たわ》めていく。

松一　船尾は正三角形、船首は二等辺三角形の枠板を造って、それを逆にしてカスガイでつなぎとめる。

山田　船の底もやはり板をつなぎ合わせて内側から削って丸みをつけた後、蓋をするようにして被せ、フンドゥー（木で造った楔）と竹釘を打ち込んで合体させる。

太良　そうだなあ、バナナの形を思い出して造ればよいかな。ただし、金釘はむやみに使ってはならないぞ。分かったな？（太良が兵隊を前にしてやや緊張した口調で説明するのを安吉が冷やかす）

安吉　太良さん、太良さん、バナナを思い出すとひもじくなりませんか？

太良　それでは、猿を思い出せ。

安吉　猿を思い出すと、寂しくなりませんか？

太良　それでは学問のことを思い出せ。

安吉　学問のことを思い出すと、気が狂いませんか？

太良　それではイナグンチャー（女たち）のことを思い出せ。

安吉　イナグンチャーのことを思い出すと、家へ帰りたくなりませんか？
黒瀬二等兵　冗談はやめろ！　戦時中だぞ。（太良と安吉の口上に若い黒瀬が怒りを露わにする。田中上等兵が慌ててなだめる）
山田　かっかせずに、互いに協力しないと、サバニはいつまでも造れませんよ。（ヤブーが腕組みをしながら歩き回り、足下に並べられた板材を選り分ける）
太良　ヤブー、待て、待て。まず道具を準備せんといかん。鑿《のみ》を研《と》ぎ、ノコギリを研ぎ、鉋《かんな》を研いでから造り始める。板材に手をかけるのはそれからだ。
山田　アンヤサヤ（そうだな）
太良　嘉代は、健太と良介と、そこに立っている黒瀬二等兵と一緒にフェーウイゾー（南上門）の離れ屋の床板を剥がしてこい。フェーウイゾーのおばあには話してあるからな。
黒瀬二等兵　自分は、お前には命令されないぞ。自分の上官は、田中上等兵だ。
太良　それじゃあ、勝手にしろ。いつまでもそこに立っていろ。お前はまだ子どもで、板材運びしかできないと思ったのでな。
安吉　そのとおり。
黒瀬二等兵　何だと！（黒瀬が安吉に掴みかかろうとする。安吉も身構える）
田中上等兵　待て、待て。ここでは区長の太良さんが指揮官だ。軍曹殿もそう言っていただろうが。
黒瀬二等兵　失礼しました。（田中上等兵の言葉に、黒瀬が敬礼して無礼を詫びる）
太良　板を割らないように剥がしてくるんだぞ。できるだけ厚い板材を選ぶのだ。いいか、健太、立派な役割だぞ。

健太　分かりました。（健太が黒瀬二等兵の口調を真似て敬礼する。安吉が手を叩いて冷やかす）
安吉　健太さん、また一つ学習しましたね。軍隊には階級があり命令があるのです。これは貴重な体験ですよ。でも、忘れてはいけません。いいですか健太さん。俺たちの敵はだれだ。あなたと私の共通の敵です。（安吉は健太を手招きして意味ありげに笑った）
安吉　共通の敵を作ること。これが仲良くする最良の方法です。俺たちの敵はだれだ！
黒瀬二等兵　鬼畜米英！
田中上等兵　そのとおり。鬼畜米英だ。（健太の答えを二人の兵士が奪い取る）
全員（皆が直立して唱える）。鬼畜米英、鬼畜米英、撃ちてし止まん。（客席に向かって叫ぶ全員の声が大きく重なって静止。溶暗）

第四場　兵舎前

ミヨたちが兵舎前で食事の準備をしている。その周りをジュリアンマーのチルーがぶらぶらと歩いている。金麗華の歌声が流れる。

ミヨ　あの歌声はキムさんだね。なんだか悲しいね。この間、芋を持って行ったけれど泣いていたよ。チムグリサンや。（下手から少年パルチザンが登場）
チルー　はいさい。兄さんたちよ。遊んでいかないね。（健太たちをからかう）
ミヨ　あれあれ、このジュリアンマーのチルーさんは。ムニアティンネーラン（分別もない）。十三祝いもこれからのワラビですよ。

チルー　冗談よ、冗談。（大声で笑う）
良介　美味しそうだね。（良介が鍋の中を覗き込む）
カツ　これは兵隊さんたちの物だからね。あんたたちは、我慢するんですよ。
チルー　ありあり、このお母は、ムニアティンネーラン。ワラビドゥヤルムン、食べさせればいいのに。だあ、私が食べさせてあげよう。（並べられている碗をカツから無理矢理奪い、三名の子どもたちへ芋粥をついで食べさせる）
チルー　私はね。兵隊についていてくれれば食べ物に不自由しないと思ってね。辻からこんなヤンバルまで来たんだからね。あり、私も味見してみようね。
チルー　ぷーっ。まずい。どうしてこんなに美味しくないのかね。ヤンバルの芋は……。早く、辻に戻りたいよ。でもこのチルーには、もう歩いて帰る元気もないしね。ただ食べるだけの人生よ。ああ、早く戦争が終わるといいのにね。
チルー　ええ、ワラバアたあよ。戦争は恐いよ。那覇の町が一晩も二晩もずーっと燃え続けるんだからね。あちこちで、人間も燃えているんだよ。
チルー　このチルーはね。若いジュリ三人と一緒に辻を逃げてきたんだがね。軍隊のトラックで嘉手納まで送ってもらったけれど、二人のジュリは、そのまま軍隊に奪われてしまったさ。残り一人のジュリも名護でヒンギラレテね。加藤隊長に合わす顔がないよ。

金麗華の歌声が流れてくる。健太たち、その歌声が気になっている。突然、歌声が止まる。男の怒声と金麗華の激しい叫び声。健太たち、そこに向かって走り出す。いち早く気づいたチルーが捕まえて引き戻す。

チルー　ありあり、そこに行ってはいけないよ。見てはいけないよ。そこにはイキムシ（生きた虫）がいるよ。（その時、下手から安吉と山城がサバニの材料の板を担いで登場する。健太が走り寄る）

健太　安吉兄ィニィ。向こうでだれか女の人が泣いているよ。見に行こうとしたら、チルーやお母たちが行かさないんだよ。

安吉　お母たちの言うとおりにしたほうがいい。さあ、一緒に太良さんたちの所へ行こう。（その時、金麗華が裾をはだけ、息も絶え絶えに兵舎から飛び出してくる。それを鈴木軍曹が追いかけてくる）

金麗華　助けてください。助けてください！

（ミヨや安吉たちに向かって哀願する。が、鈴木軍曹に引き戻される）

鈴木軍曹　貴様は、まだ自分の役目が分からないのか。国家へ忠誠を尽くすことの意味が分からないのか！（金麗華を殴る）

金麗華　私の国家は、日本、ではありません。

鈴木軍曹　つべこべ抜かすな。（また、殴り続ける。山城が、鈴木軍曹の暴力を止めさせようか、どうしようか迷っている）

金麗華　殺してください。殺してください。

鈴木軍曹　殺せだと？　貴様を殺すわけにはいかないんだよ。貴様は国家から預かった大切な宝物だからな。殺したくても、殺せないのだよ。（山城を見つけて、にやりと笑う）

鈴木軍曹　山城！

山城　は、はい。

鈴木軍曹　こっちへ来い！

山城　は、はい！
鈴木軍曹　この女はな。俺が嫌いだとよ。貴様みたいな優しい村の男が好きなんだとよ。さあ、この女の望みを叶えてやれ。この女を可愛がってやれ。
鈴木軍曹　あれ、何を躊躇しているんだ。ほれ、可愛がってやらんかい。
山城　できません！
鈴木軍曹　できない？　なぜだ？（抜刀して威嚇する）
山城　なぜでも、できません。
鈴木軍曹　なせでも、できませんだと？　そうか、貴様、ブナガヤに睾丸を盗られたんだな？
山城　ち、ち、違います。
鈴木軍曹　違う？　すると貴様、女は初めてか？　これは面白い。俺が手を貸してやろう。さあ、国家から頂いた大切な宝物だ。有難く頂戴しろ。（刀を突きつけ、山城を威嚇。もがく金麗華の上へ山城を押し倒そうとする。それを見かねてミヨが止めさせようとして走り寄る。一瞬早く、安吉が鈴木軍曹へ体当たりする。金麗華を奪い返す）
安吉　やめろ！　あんまりではないか！
鈴木軍曹　やめろだと？　貴様は俺に命令するのか。戦争にも征くことのできない病弱な腰抜け野郎が。それとも貴様、この女に代わって殺されてもいいのか？（安吉、じっと金麗華を見る。金麗華も目を合わせる）
安吉　殺されてもいい。その代わり、この女を自由にしてくれ……。
金麗華　安吉さん……。（安吉の言葉に驚いている）
鈴木軍曹　面白い。上等じゃないか。貴様みたいな骨なしの下卑た野郎がいると、日本帝国の行く末が案じられるわ。貴様みたいな男は、国家にとってなんの役にも立たん。天誅だ。成敗してくれるわ。（日本刀を振り上げる）
チルー　ありあり、鈴木軍曹殿。ワラビのすることだよ。本気になってワラビの相手なんかするってあるかね。はい、怒りは収めて、収めて。刀も収めて。
鈴木軍曹　貴様のような年寄りの出る幕ではないぞ。
チルー　あい、私の出る番ですよ。山城も、安吉もウブ、ウブなんですよ。純情なんですよ。後で、二人とも私が可愛がってあげますよ。久しぶりに年寄りの私の出番ですよ。私も頑張りがいが、あるというものですよ。
加藤隊長　鈴木軍曹、もうよいではないか。許してやれ。今は大切な時期だ。我々の任務を忘れているわけではないだろう。私憤は捨てろ。（いつの間にか、加藤隊長が来ている）
鈴木軍曹　は、はいっ。分かりました。皆、下がれ、下がれ！
金麗華　有り難う、安吉さん……。（金麗華が安吉にお礼を言う。それを強引に引き立てる鈴木軍曹。すがるような金麗華の表情）

第五場　アシャギ前

アシャギ前。パルチザンの面々が、なんとか鈴木軍曹を懲らしめようと思案している。
松一　あの鈴木軍曹は絶対に許せないなあ。なんとか懲らしめてやりたいなあ。軍隊が連れてきたあの娘さんを、虫けらみたいに扱いよる。チムグリサヌよ。娘さんの親がこの姿を見たらどれほど悲しむか。ああ、考えただけでも、可哀相だよ。

太良　安吉は勇敢だったそうだな。たいした男だ。見直したよ。さすが我が村始まって以来の天才だと言われるだけのことはあるよ。東京の大学に行って、フラーになって戻ってきたけれど、フラーフージー（気違いのふり）しているだけなのかなあ。ヤマトでは、よほど、辛いことがあったんだなあ。

松一　それだけに、娘さんへの仕打ちは黙って見ていられなかったんだろうなあ。

山田　しかし、いつも冷静な男が。あの女のことになると慌てよった。「人間は悪を演じたり、また善を演じたりすることができるんだ」とか言ってチューバーフウーニーしていたけれど（強がっていたけれど）、我を忘れてみんなの前に飛び出しよった。やっぱり、フラーなのかな。

松一　あれ、安吉は、どこに行った？

太良　あの娘さんの所へ行ったんじゃないかなあ。金麗華さんという名前だったかな。虐げられた民族同士の連帯、とかなんとか、先ほどまで、ここでぶつぶつつぶやいていたんだがなあ。

山田　しかし、太良さんよ。軍隊にはやっぱし仕返ししてやらんとな。

太良　ぬうが、ヤブー。

山田　あり、ワッター炭焼き小屋よ。アジトよ。チュラーサ、叩き壊サッティ。軍の陣地壕造るためといって。丸柱までぃ、ムル（全部）持って行かれたよ。

太良　アンヤタンヤ。（そうだったな）

松一　それだけでないよ。村の墓も移せと、言ってきているんだろう。村の墓は天然の要塞だから、軍隊が使用する。非常時だから一時的なものだ。骨は軍隊が祠《ほこら》を造ってやる。そこに移せと言うんだろう。骨に非常時もあるかな。それに骨は骨でも先祖の骨だよ。簡単には移せないだろう。

太良　うん、わしもそう言った。

松一　ウチナーの墓とヤマトの祠は違うんじゃないかな?

山田　うん、違うような気がするな。

松一　いくら、墓が自然の要塞になっているからと言って、そこから銃を撃てば居場所を教えるようなものだろう。

太良　うん、わしもそう言った。すると玉砕を覚悟の上だと言うんだよ。

松一　玉砕を覚悟なら別の場所でやって欲しいよな。何も先祖の場所を選ばなくてもな。

太良　わしもまた、そう言ったよ。すると、沖縄同胞よ、協力して欲しい。無理難題とは思うのだが、我慢して欲しいと言うんだよ。

山田　やっぱり、これは許すわけにはいかんなあ。先祖を戦争に巻き込んだら末代までの恥。あの世でヒザマンチ(跪き)させられるよ。ヤンバルパルチザンの総力をあげて、阻止しなければならない。

太良　うん、アンシ、サーヤ(そうしような)。サバニの完成は三月いっぱい。骨を移すのも三月いっぱい。期間はあと一か月。いい考えがないかなあ。(皆、腕を組んで考え込む)

山田　これからが正念場の作戦になるぞ。皆は、また腕を組んで考え込む。

松一　よし、武器を奪おう。

太良　武器を使えるか?

山田　兵隊を味方につけよう。兵隊は武器を使える。我々の気持ちを分かってくれるはずだ。
太良　どんな気持ちか?
山田　……。
松一　スパイを作ろう。
太良　兵糧攻めだ。なんとかならんかな。
山田　ハブだ。ハブを隊長たちの宿舎に投げ込めば?
太良　ヤマシシもいるぞ。ヤマシシの道を兵舎まで作って。
松一　バンミカシェー。
山田　イナグ(女)だ。イナグで釣ろう。ヤマトンチュはイナグゾーグ(女好き)だよ。
太良　やっぱりブナガヤかな……。
　それぞれが自分の思いつきを自由に話し出す。多くの提案に首をかしげながら互いに顔を見合わせ再び沈黙する。
松一　決まり!　(松一が、「トテン」と三線を惹く素振りをしながら皆を呼び集めた)
松一　良く聞けよ……(皆の耳元に、松一がひそひそと語り始める)
山田　何?　ユーゲー?
松一　いい、ユーゲー。肥溜《こえだ》めだよ。穴を掘って、村中のユーゲーを集めて、そこに草を被せておいて、鈴木軍曹を落とすわけよ。ユーゲーを浴びせるわけさ。
太良　シタイ!　マチュー。いい考えだぞ。だが、どうやって鈴木軍曹をそのユーゲーまでおびき寄せるか?
松一　うん、これもいい考えがあるよ。いいか、あのカツに、若イナグ(若い女)のスガイ(姿)させてからよ。いい匂いさせてからよ。うっふん。(松一、太ももを見せる科を作る)

太良　シタイ、マチュー。
山田　リカ、明日、すぐ実行だ。鈴木軍曹は威張っているからな。ユーゲー、カンバセー
（浴びせろ）
松一　あそこに穴を掘ろう。いいな？（松一がやや下手を指さす）。あそこにユーゲーを入れて草を被せておく。
太良　アチャー（明日）は見物だぞ。（皆、大笑い。溶暗）

再び明るくなる。同じ場所。翌日の午後。パルチザンの皆とカツとの間で相談もまとまっている。カツ、肥溜めの近くに行き、色っぽい科を作る。（それをパルチザンのみんなが声なき声で指南する）

鈴木軍曹が山城を引き連れて登場。カツを見て何食わぬ顔を装うが、気になる。立ち止まっては、だんだんと一歩ずつ肥溜めに近づく。それを見ているパルチザンの面々は、気が気でない。

鈴木軍曹　山城、あそこにいるのはだれだ？
山城　女ですよ。
鈴木軍曹　女は分かっているよ。どうも見かけない顔だが、村の女か？
山城　違うようです。べっぴん過ぎますよ。那覇から流れてきた若い女かもしれませんね。ジュリアンマーも流れてくるのですから、若いジュリが流れてきてもおかしくないと思います。
鈴木軍曹　そうだな。そういうことはあるかもしれないな。
山城　匂いがするぐらい、チュラカーギです

ね。
鈴木軍曹　そうだな、そういう感じだな。（だんだんとカツの所へおびき寄せられる。遂に足を滑らせ肥溜めにドボーンと落ちる）
一同　アリヒャ（歓声を上げながら一斉に飛び出す）
山田　デージナタンドー（大変なことになったよ）
太良　皆さん、鈴木軍曹が肥溜めに落ちました。
松一　鈴木軍曹殿が、女、見るといってからユーゲーかい、落ちたんどー。（わざと大袈裟に言う）
山田　ムルシ（みんなで）助けらんとならんどー。
少年パルチザンも飛び出してきて囃子立てる。
健太　鈴木軍曹が、くそまみれ。臭い！
良介　女を見るといってから落ちたのか？
松一　ありあり、臭さぬ。ヘーク助けないと、ユーゲーまみれなるよ。（一同、助ける振りしてわざと落としたり、手を滑らしたりする）
太良　クルチェナランド（痛めつけてはいけないよ）。助キドゥスンドー（助けるんだよ）
山田　バンミカシェー。
松一　ウチナー、ウチナーと馬鹿にするからだよ。罰、カンテーサ（罰を受けたんだよ）
鈴木軍曹、やっと自力で這い上がってくる。皆、一斉に静かになる。忌々《まがまが》しそうな表情で皆を見る。山城も気の毒そうに鈴木軍曹を見ている。

鈴木軍曹　山城、行くぞ。ぼやぼやするな！
（鈴木軍曹は怒りのやり場がない）
山城　は、はいっ！　（山城が鼻をつまんでついていく。二人の姿が上手に消える。一同、笑いを噛み殺して無言でバンザイの素振りを繰り返す。やがて我慢ができなくなり、姿が見えなくなったところで大声をあげる）
パルチザン一同　バンザーイ。バンザーイ。
（いつの間にか、カツもバンザイの輪に加わっている）

多恵が一同の輪に飛び込んでくる。

多恵、大変よ！　大変よ！　安吉兄イニィが軍隊に捕まったよ。
太良　何？　安吉が軍隊に捕まった？　なぜだ？
多恵　弾薬庫に忍び込んで鉄砲を盗もうとしたらしい。捕まって牢屋にぶち込まれてしまったよ。どうしよう。
一同　安吉……。
歓喜の渦から一転して皆の不安の顔。
溶暗。ゆっくりと第一幕が下りる。

第二幕　六場

第一場　兵舎の前と内と

哀切な韓国民謡が流れる中で第二幕が上がる。

金麗華の踊り
兵舎前、幻想的な光の中、舞台中央で美しく妖艶に歌い踊る金麗華。じっと食い入るように見つめる安吉。牢屋に閉じ込められた安吉と金麗華の相愛の世界が夢の中で展開される。やがて二人は手を取り合って舞台奥へ消える。

舞台が明るくなる。兵舎内。高熱が出た加藤隊長を看病するミヨと山田の姿。

山田　これは、ただの病気ではないな。ウガングトゥだな。これは。ウガンをしないと熱が下がらないよ。何かが取り憑いているよ。

ミヨ　そう言えば、近ごろ、兵舎内ではマジムンが出るというよ。村墓から骨を移すために造っている祠の前に逆立ち幽霊が出るという噂もあるよ。兵隊の中には、それを見て肝を潰した者もいるらしいよ。ブナガヤが兵舎を駆け巡っているという噂もあるし、なんだか気味が悪いね。

山田　それだよ。何か、マジムンがこの辺りにまちぶっているみたいだよ。村の墓にもヒーダマ（火の玉）が出て、夜な夜な悲しそうな泣き声が村の家々まで聞こえるというし、不吉なことが起こらなければいいんだがなあ。だれかが、死ななければいいんだがなあ。（加藤隊長を大袈裟に見る）。なんだか寒気がしてきたよ。

ナビ　はいはい、はいはい、やっと私の出番ですね。ヤブー山田さんには、この病気は治せませんよ。ユタの私の仕事です。あなたは早くお家へお帰りなさいませ。はい、ウートウ

トゥ。（ヤブー山田、追い出される）

加藤隊長　……。（追い出される山田を見ながら薄目を開け身体を起こそうとする。が、ミヨがタオルを絞って額に当てる）

ナビ　はい、ウートウトゥ……。（ナビおばあは、加藤隊長の枕元で大袈裟に手を合わせる。香を焚き、芒《すすき》を束ねて左右に祓った後、目を閉じてぶつぶつとつぶやく）

ナビ　分カタンドー、隊長さん。ミヨ、分カタンドー。（ミヨが身を乗り出す。加藤隊長も上半身を起こしてナビを見る）

ナビ　よく聞いてよ。隊長さん。村のセンゾ（死者）の霊が、みんな怒っているんだよ。墓を壊そうとしているので。怒っているのです。このことを、隊長さんに取り憑いて知らせているわけ。それを分からないといけないよ。墓を移してはいけない。移したら命取りになるよ。センゾの前に行ってウガンをして、許しを乞うてあげるから、移すことをやめられるかね。

加藤隊長　駄目だ。

ミヨ　あれ、あれ、ナビおばあの言うとおりにしないと、いつまでもよくはなりませんよ。

（ミヨが加藤隊長と言い争う。そのさなかに鈴木軍曹がやって来る）

鈴木軍曹　なんだ、どうしたんだ？（ミヨとナビおばあを睨みつける。軍曹とナビおばあの睨み合い。じーっと睨み合ったまま一歩も譲らない）

ナビ　あいや、この人、死に相が出ているさ。それも近いうちよ。危ないさ。事故に遭わなければいいのにね。どうかブナガヤに海の中に引きずり込まれませんように。ハブにも咬まれませんように……。あんた、幽霊に会わないね。

鈴木軍曹　何をたわけたことを言っとるか。帝国軍人が幽霊が恐くて戦争ができるか。俺の身体には大日本帝国軍人の血が脈々と流れているのだ。

ナビ　私の身体には、大琉球王国のユタの血が脈々と流れていますよ。

鈴木軍曹　ふん、薩摩に一蹴された首里王府の末裔か。お前は東京へ行ったことがあるか？

ナビ　あなたはマラリヤに罹ったことがありますか？

鈴木軍曹　国家の隆盛は、中央政府を中心とした一糸乱れぬ秩序ある権威と統制によって生まれるのだ。それが、ひいては世界の平和をも築いていくのだ。我々軍人は、その名誉ある任務を担っているのだ。

ナビ　サッティム、サッティム（さては、さては）、お願いもしていないのに演説をするからには、私を騙そうとしているんだね。私が騙すんであって、ユタの私を騙してどうするのかね。私は騙されませんよ。軍隊はクニクェームシ（国喰う虫）。国だけで満足せずワッターの村までも食べようとしているんだね。困ったもんだね。もう一回、ユーゲー（肥溜め）浴びせないとナランサヤ。木の曲ガトーシヤ使《チカー》リイシガ、チュヌ、曲ガレーカラヤ使ランティ、イラットーシガ、ジュンニヤサヤ。（木の曲がったのは使われるが、人間の心が曲がったら使えないというけれど本当だね）

鈴木軍曹　何をぶつぶつ言っとるんじゃ。まあいいさ。どうも貴様らには、正しい日本語は通じないようだな。第一、貴様らの言葉には魂がこもっておらんよ。

ナビ　私は魂を込めることができますよ。マブイグムイするのが私の仕事です。魂が逃げてチルダイなった人を治すのが私の仕事です。あんたもチルダイですか？

鈴木軍曹　チルダイ？　土人語か？　貴様らの言葉はまるで意味が分からんなあ。チルダイ、モーアシビ、テーゲー、ポッテカス、ナンクルナイサ、カニハンジャー。正しい日本語とは思えぬ。皆、野蛮人の言葉だ。

ナビ　赤子《せきし》、八紘一宇《はっこういちう》、大東亜共栄圏、玉砕、御真影、骨が折れる、ムサット意味が分かりません。

鈴木軍曹　ムサット？　今のは英語ではないか？　貴様、英語を知っとるのか？

ナビ　ムサット。

鈴木軍曹　あり、貴様、スパイか？（鈴木軍曹、ナビの襟首を捕まえて締め付ける）

ナビ　アガ、アガ、アガ……。

鈴木軍曹　アガ、アガ、アガ？　暗号だな。

ミヨ　暗号ではありませんよ。アガ、アガ、アガは、痛い痛い。ムサットは全くという意味です。ヤンバルの方言ですよ。（ミヨが慌てて軍曹を止める）

鈴木軍曹　アガアガが痛い。ムサットが全くか。全く貴様らの言っていることは分からんよ。だから貴様らには命令し、分からせる必要があるんだ。（鈴木軍曹、ナビの襟首を放す）

ナビ　アイエナー、マブイ、落としたみたいさ。ウートートゥ、ウートートゥ。（マブイを拾うしぐさ）

鈴木軍曹　まあ、我々帝国軍人は、貴様らと違って国のためには、いつでも命は惜しまんということだよ。

ナビ　隊長さんの命は、惜しんであげんといけませんよ。

鈴木軍曹　もちろん、そのとおりである。（威

厳を正して力強く言う)。隊長殿の具合はどうだ？(軍靴を脱いで部屋に上がろうとする)

ナビ　ありありあり、ここに入ってきたら、あんたにもセンゾが取り憑くよ。センゾはヤマトンチュが好きみたいだよ。死に神だよ、アアトゥトゥ、ウウトゥトゥトゥ……。(ナビおばあが必死の形相で手を合わせる。再び睨み合い。やがて鈴木軍曹が諦める)

鈴木軍曹　貴様らのやることは、全くわけが分からん。まあ、今日は大目に見てやるが、隊長殿に万一のことがあれば、二人とも銃殺だぞ。(威嚇して退散する。ナビおばあ、大きなため息をつく)

ナビ　アイエナー、ミダリユ(乱れ世)や、医者とユタの世と言われているけれど、ユタの仕事も疲れるね。ミヨ、ユタと軍隊とどっちが国を助けるかね？(ミヨが返事をせずに、笑いながらナビおばあに近づく)

ミヨ　隊長さんには、私がよく言って聞かせますから、すぐにでもセンゾの前へウガンに行きましょう。国は置いといて、今は隊長さんを助けてください。お願いします。

ナビ　そうだね。ミヨ、そうしようね。それでは線香と酒と米を持って一緒に行こう。隊長さん、いいかね、ウガンに行きますよ(返事がないので大声で言う)。隊長さん、起きてくださいよ。

加藤隊長　駄目だ、このままでよい。

ナビ　あい、ニンターフーナー(寝たふり)したら駄目ですよ。はい、起きてください。

加藤隊長　よい、このままでよいのだ。

ミヨ　何を弱気なことを言っているのですか。さあ、起きてください。(加藤隊長、動かない)

ミヨ　このままでは、いつまでも良くならないでしょう。効き目があるかどうか、やってみるだけでもいいでしょう。
加藤隊長　無駄だ。運命には逆らえぬ。
ミヨ　運命には逆らえない？　何を言っているのですか。どうして運命と戦わないのですか。隊長さんなら、運命を変えることだってできるでしょう。一人で無理なら、二人で……。（ミヨの声が強まり、涙声になる）
加藤隊長　ミヨさん……。
ミヨ　私が、鈴木軍曹に襲われそうになったとき、助けてくれたじゃないですか。運命と戦ってくれたじゃないですか。（加藤隊長は、ミヨの泣き顔を見て新鮮な感動に襲われる）
加藤隊長　ミヨさん、あんたは……、俺のために泣いてくれるのか……。（やがてミヨに言われるままに、ミヨの肩を借りて立ち上がる）
ナビ　あり、イナグのイクサを見たようにあるね。イクサは男だけのものではないからね。女も同じだね。女はイクサの前からイクサして、イクサの後にもイクサするからね。イキガのイクサとは、ちょっと違うね……。ヒヤサッサ。（ナビおばあが、掛け声をあげて立ち上がり、線香と酒と米の入った盆を持って歩き出す）
ナビ　隊長さん、遅れないでよ。センゾは待チカンティーしているよ。（ミヨと加藤隊長が、笑みを浮かべ肩を寄せ合って、その後をついていく）

第二場　アシャギ前

中央に、形のできはじめたサバニ。パルチザンの面々は各自、樹に寄りかかるなどして休息を取っている。

少年遊撃隊はウェーク（櫂）を作っている。嘉代が時々笑いながら、何かの形を地面に描いて黒瀬二等兵と笑い合っている。健太はそれが気にくわない。それを横目で見ている。

黒瀬二等兵　嘉代さんには、よく似合うと思うよ。（黒瀬が嘉代の髪に手を触れながら言う。それを見ていた健太が、立ち上がって黒瀬を突き倒した）

黒瀬二等兵　何をするんだ。

健太　お前こそ、嘉代に何をするんだ。（黒瀬と健太が取っ組み合いの喧嘩を始めた。良介が黒瀬の腰にしがみついて、健太の加勢をする。地面に倒れて転げ回る）

嘉代　やめて！　お願い、やめて！　健太、良介、やめて！（嘉代が必死に引き離そうとする。休息していた田中上等兵と松一が騒ぎに気づいて双方を引き離す）

松一　ヤミレー！

田中上等兵　やめんか、黒瀬！

松一　ヌウガ、ヌウヌアタガ？

田中上等兵　どうした、何があったのだ？

松一　フージンネーラン。

田中上等兵　みっともないぞ。

松一　ウヌ元気アラー、ヘェーク、ウェーク作れ！

田中上等兵　そんな元気があるのなら、早く櫂を作らんか！（松一が田中上等兵を睨みつける）

松一　ワンヌ、ネーブサンケー。

田中上等兵　俺の真似をするな！（今度は、二人が睨み合う。皆が一斉に周りに集まって二人を引き離す。二人とも肩で息をしている）

太良　二人とも、息がぴったりだったなあ。

（二人、太良の冷やかしに見合って奇妙な笑みをこぼす）

太良　嘉代、なんで喧嘩を始めたんだ。言ってみろ。（太良が、嘉代に問いただす。嘉代は唇を強く噛んで黙っている。しばらくの沈黙の後、傍らに立っている黒瀬が口を開く）

黒瀬二等兵　自分が悪いのです。嘉代さんたちがブナガヤに変装して、兵舎の前を駆けていくのを見たと言ったのです。それを黙っていてやると、嘉代さんに言ったのです。そうしたら、健太に、後ろから組みつかれました。

太良　それでは、何もお前が悪いことにはならないんじゃないか？

黒瀬二等兵　いや、その後、嘉代さんに……、今晩、会おうねと、言ったのです。

田中上等兵　馬鹿者！（田中上等兵の声が飛び、同時に黒瀬の顔面が殴られて身体が吹っ飛んだ。それを嘉代が走り寄って抱き起こす。健太も良介も、田中の前に立ちはだかって黒瀬を庇う）

田中上等兵　どけ！　どうしたんだ。なんで庇うんだ？

健太　俺が悪かったんだ。

田中上等兵　なんだと？

健太　俺が聞き間違えた。俺のお母のことを言っていると思った……。

太良　ヌーンディ？　はっきり言わないと分からないよ。

田中上等兵　そのとおりだ。（田中上等兵が相づちを打つ。二人の呼吸がぴったり合って、二人は思わず顔を見合わせる）

嘉代　おじい、私が悪かったんだよ。私のせいだよ。私がすぐにでも簪《かんざし》が欲しいと言ったものだから……。

太良　何？　何が欲しいって？（太良に問い返されて、嘉代は再び唇を噛んでいる）

太良　お前たちは、皆、俺が悪い、俺が悪いというのか。もうよい。仕事に戻れ！（太良は、そう言って背中を向けて自分の仕事に戻る。健太も嘉代も、良介も黒瀬もまた座り込んでウェークを削り始める）

嘉代　ほれ、血が出ているよ。（健太の前に嘉代が手拭いを差し出す）

健太　うん……。（健太はそれを受け取り、唇から流れる血をふく。傍らの黒瀬を見る。黒瀬の唇からも血が流れている。健太は手拭いを黒瀬に渡す。黒瀬は血をふいて良介を見る。良介の顔からも血がにじんでいる）

黒瀬二等兵　ほれ、血が出ているよ。（手拭いを良介に渡す）

良介　有り難う。（良介が礼を言い、額の血をぬぐって嘉代に返す。嘉代が大事そうにそれを懐に入れる。四人は顔を見合わせて奇妙な笑顔を作る。やがて黒瀬二等兵が立ち上がる。小石を掴み、近くを流れる川に向かって石を投げる。健太と良介が歩み寄り、同じように立ち上がって川へ石を投げる。嘉代は傍らに立ってそれを見ている）

黒瀬二等兵　俺の田舎にもこんな川がある。もっと大きいのがな……。（健太と良介は、黙って石を投げ続ける）

黒瀬二等兵　俺の田舎の川は氷るんだよ。冬になると雪がいっぱい積もるんだ。

良介　雪って食べられるの？（良介が遠慮がちに黒瀬に聞く）

健太　おい、お前日本人。なんでナベイチ屋って言うか、知っているか？（どちらの質問から先に答えようか、黒瀬は一瞬戸惑う）

健太　お前日本人のくせにそれも知らないの

か。ナベイチ屋は村で一番上等な鍋を持っているからナベイチ屋って言うんだよ。お前、何にも知らないんだなあ。
黒瀬二等兵　そうだったのか。馬鹿だなあ俺は。村のことは何も知らないんだ……。これから、いろいろと教えてくれよ。ところで、お前は、雪が食べられるかどうか知っているか？
健太　……（健太が沈黙する）
黒瀬二等兵　雪は食べられるんだ。うまいんだぞ。
健太　嘘だろう。雪は食べられないって、聞いたことがあるよ。
黒瀬二等兵　そうだな。汚れた雪は食べられないよ。でも山に降る雪は、きれいな雪なんだ。ほっぺが落ちるほどうまいんだよ。
健太　ほっぺなんか落ちるもんか。
黒瀬二等兵　そうだな。健太の言うとおり、ほっぺなんか落ちるわけがないな。（健太は、ことごとく反発する。しかし、黒瀬は、それを微笑ましく思って答え続けた。久しぶりに故郷のことを思い出す……）
黒瀬二等兵　戦争が終わったら、皆に雪を送ってやるよ。
良介　本当？
黒瀬二等兵　本当だとも。
嘉代　溶けないかしら？
黒瀬二等兵　溶けないさ。ゼロ戦で空から一気に空輸だよ。
健太　サバニでは無理かな？
黒瀬二等兵　サバニでは、無理だろうなあ。
健太　そうか、有り難う。それが実現すると嬉しいなあ。
良介　戦争、早く終わらないかなあ。（健太と良

介が、大人のような口を利いて黒瀬にお礼を言う）
黒瀬二等兵　うん、戦争が終わったら、きっと送ってやるよ……。（山がざわざわと揺れる）
黒瀬二等兵　ここの山は明るいね。それに海がとてもきれいだ。俺たちは、この山の一つ一つの木々を守るために戦争をしているのかもしれないなあ……。（健太の腕から再び血がにじんでいるのに気づく。歩み寄って今度は自分の手拭いを引き裂いて健太の腕に巻く）
黒瀬二等兵　明日は塗り薬と包帯を持ってきてやるよ。それから嘉代さんの簪もな。（黒瀬の言葉を二人は無表情で聞くが、嬉しくてたまらない。黒瀬二等兵が、良介を背後から抱き上げて肩車をする。良介は突然のことで照れている。その照れを隠すように健太に言う）
良介　健太兄イニイ、石、取って。（健太が石を拾って良介に渡す）
良介　えい、えーい。（何個目かの石を投げたとき、バランスを失って危うく肩から滑り落ちそうになる）
黒瀬二等兵　おっとっととと……。（健太と嘉代が良介を支える。子どもたちの明るい笑い声で、溶暗）

第三場　アジト（＝松一の家）

松一の家。夜。アジトは炭焼き小屋から松一の家へ移っている。パルチザンの男たちの集団と、傍らにはくつろいでいるミヨやトミたちの集団がある。男たちの背後に少年健太も座っている。

山田　安吉が、やっと逃げ出す決心をしたよ。

太良　そうか、そりゃよかった。一日も早く助け出したかったな。
山田　何度言い聞かせても、キムさんを置いて逃げるわけにはいかないと言うんだよ。
太良　そうか、いかにも安吉らしいな。病気持ちだから、長く牢に閉じ込められていると心配だよ。逃げる手はずは整えてあるのか？
山田　ばっちりだ。名付けて安吉奪還作戦。合い鍵を作って渡してきたよ。いつでもその気になったら逃げられる。死ンダメーブー（死んだふり）して、ヤマトンチュのチブルぶん殴ってからヒンギレー（逃げれ）と言ったら、笑いよった。
松一　これからが、したたかな戦いが始まるぞ。
太良　そうだなあ。今からだな。安吉が戻ってくるまで皆で頑張ろう。だが、ブナガヤ作戦はもう無理だな。兵隊たちにバレてしまったからなあ。
山田　でもセンゾ作戦は大成功ですよ。加藤隊長は、センゾの骨を移すことを諦めました。センゾの前で香を焚いたということです。
松一　ナビおばあにも、健太のお母にも、よう頑張ってもらったよ。村のためだ。ひいては国のため。（そう言って女の集団を見る。健太が立ち上がってミヨの所へ行く。周りは暗くなる。スポットが健太を追う。健太とミヨの姿が照らされる。ミヨが傍らに座った健太の頭を優しく撫でる。やがて健太に話しかける）
ミヨ　健太は黒瀬二等兵と友達になったんだってね。黒瀬二等兵が嬉しそうに話していたよ。健太はいい子だ。俺の弟みたいだって。
ミヨ　黒瀬二等兵は手が器用なんだってね。多

恵にも、嘉代にも、簪を作って上げたんだってね。（健太は黙っている）
健太　お母……、お母は隊長さんが好きなんだろう？
ミヨ　えっ？　（突然の健太の問いかけに驚く）
健太　知っているよ、そんなことぐらい……。
ミヨ　そう、そうなの……。
ミヨ　健太は、だれかを好きになったことがある？
健太　……。（答えられない）
ミヨ　そう、お母が隊長さんを好きになったら、健太は怒る？
健太　当たり前だよ。隊長さんはヤマトの兵隊だろうが。
ミヨ　あれ、ヤマトの兵隊も沖縄の兵隊も、みんな同じ人間さ。ヤマトの兵隊は少し威張っているけれど、沖縄の兵隊にも少し威張っている兵隊さんはいるさ。
ミヨ　健太……。隊長さんはね、去年の春に戦争で二人の息子さんを亡くして、奥さんも亡くしたんだって。家族の一人も守れない自分にこの村を守れるかって、少しヤケになっているところがあるけれどね。お母も同じさ。お母もお父を守れなかった……。でも、一人の人間を守れなかったからといって、みんなを守れないことはないよね。お母は、そう言ってやったんだよ。
健太　ぼくは、村を守ってやる。みんなを守ってやるさ。
ミヨ　本当？　健太は偉いぞ。太良さんの手伝いをしながら、一所懸命、頑張っているもんね。本当にすごいよ。でもね、健太の言うみんなってだれね。
健太　みんなって、みんなさ。

ミヨ　そう、それを聞いて安心した。さすが健太だ。お母も隣の嘉代も、太良もヤブーおじさんも、黒瀬二等兵も兵隊さんも、みんな入っているんだよね。

健太　当たり前さ。でも……。

ミヨ　でも、なあに？

健太　敵がだれだか、だんだん分からなくなってきた。

ミヨ　そう、そうだね、敵はだれだろうね。お母も加藤隊長も健太の敵ではないよね。

健太　……。

ミヨ　健太、お母はね、戦争になっても大切にしているものがあるんだよ。それはね、人を好きになる気持ちさ。その気持ちをなくさないようにしているんだよ。戦争を憎んでも人間は憎まない。そんな気持ちを、大切にしているんだよ。人を好きになることは恥ずかしいことではないと思うよ。健太も嘉代を好きになってもいいんだよ。

健太　戦争なんか、早く終わればいいんだ。お父も死なずに済んだのに……。

ミヨ　そうだね。健太も大きくなったねえ。もう一人前だ。でも、いいね。人間を嫌いになったら駄目だよ。自分を嫌いになったら駄目だよ。（お母の匂いが優しく健太を包む。健太は泣き出したい気持ちをぐっと我慢する）

健太　お母、どうして戦争は起こるんだ？

ミヨ　そうだね……。健太、この指を見てごらん。（健太が、じっとミヨの指を見る）

ミヨ　指の高さは皆違うでしょう。これと同じように一人一人の人間も、皆違うんだよね。一人一人の人間が違えば、当然、国と国ともそれぞれ違うよね。このことを大人たちは、考えなかったんだね。大人のお母たちは、バチが当たったんだよ。健太たちに辛い思いをさせてね。ごめんね、健太……。

健太　お母、お父が可哀相だよ。お父はもう死んだんだよ。（健太が泣き出す。……やがて、健太は涙をぬぐって立ち上がり、男たちの集団へ。スポットライトが健太を追いかけて、男たちの集団へ移っていく）

トミ　お父（松一に向かって。トミは松一の妻である）、子どもたちは、どこで戦っているのかね。南洋は激戦地になっているというし、心配で、心配で……。

松一　あれ、心配するな。心配したら、きりがないだろう。村の青年たちは、皆戦争に行ったんだから。残っているのは、役に立たないワッター年寄りだけだ。運がよけりゃあ、必ず帰ってくるさ。

トミ　運で、生きたり死んだりするのが戦争なの？　お父、それが戦争なの？

松一　……。（松一は答えられない）

トミ　遠い戦地で、村の人たちは、皆どうしているかね。イクサは本当に情けのない鬼の如くあるね……。（トミの不安な声。溶暗）

第四場　森の中

森の中。兵士と村人たちが一緒になって第二陣地壕構築の作業をしている。鈴木軍曹が兵士や村人の指揮をしている。ヤンバルパルチザンも駆り出されている。軍歌が流れている。それに合わせて掛け声をかけ、兵士たちは作業をしている。

鈴木軍曹　ああ、この歌を聞くと、まさに血湧き、肉躍るようだ。生きている充足感に満ちあふれるよ。アリランとかサンシンとか、ンのつく音楽は駄目だね。皆、よいか。皇国の聖戦は貴様らの双肩にかかっているのだぞ。
（鈴木軍曹、威嚇しながら歩き回る）
鈴木軍曹　第二陣地壕の構築は、任務を遂行するための重要な拠点になる。元はと言えば貴様らが、センゾの墓地を陣地にすることを拒んだからだ。難儀なことだが、自業自得というものだ。さあ、分かったら仕事を始めろ！
鈴木軍曹　痛っ！　おい、今のは何だ？　俺の肩に銃弾が当たったぞ。（突然、右肩を押さえ大声をあげる）
鈴木軍曹　俺の肩だ。痛い、痛いぞ。米軍の戦闘機が見えるか？（皆、驚いて辺りを見回す、戦闘機は見えない。痛みに耐えられず鈴木軍曹がしゃがみ込む。鈴木軍曹の足元にハブ）
カツ　アキサミヨー。デージドオ。ハブカイ喰ウラッタンドー（ハブに咬まれたぞー）。マギハブドー（大きなハブだよ）。
トミ　アイエナー。軍曹殿、これは助かりませんね。あなたはハブに咬まれたんですよ。ヤンバルの毒ハブです。戦闘機より恐いですよ。
ナビ　これは、すぐに毒が回るね。ユタの私を働かすからさ。バチが当たったんだね。
アー、トゥトゥ。お休みなさいませ。
鈴木軍曹　血だ、血が流れている。だれか、助けてくれ！　おい、だれか、助けてくれくれ！　（だれも助けない。山城が棒でハブを叩き殺した後、鈴木軍曹の元へ駆け寄る）
鈴木軍曹　助けてくれ。山城、助けてくれ！
（山城にしがみつく）
山城　大丈夫です。落ち着いてください。（山

城が鈴木軍曹をなだめる）
山城　だれか、火を起こしてください！　か、鎌の刃先を焼くので……。マチューーさん、お願いします。（松一と兵士が慌てて枯れ葉を集めて火を点ける。山城は鈴木軍曹を横たわらせ、鎌の刃先を焼いて再び鈴木軍曹の元へ戻る）
山城　す、すみません。太良さん。軍曹殿を押さえていてください。傷口を切り開いて毒を吸い出します。手の空いた者は樹を切って蔦《つた》で結んで担架を作ってください。急いでください！
山城　軍曹殿、毒を吸い出していますよ。（山城が鈴木軍曹に覆い被さるようにして傷口に鎌の先を当てる）
鈴木軍曹　痛い！　痛いぞ、山城！（軍曹が悲鳴を上げる）
山城　が、我慢をしてください。何か、他のことを考えてください。ブナガヤのこととか、まみむめも、とか。（山城は鈴木軍曹を励ましながら傷口から血を吸い出す。それから自分の手拭いを切り裂き肩に当てて血を止める）
山城　担架を軍曹殿のそばに持ってきてください。（村人たちは、山城のてきぱきとした指示にしきりに感心する）
トミ　アキサミヨー。軍隊は見事に人間を変えてしまうんだねえ。
松一　あのヨーガー山城が、立派な兵士になったもんだ。すごいなあ。
カツ　ディカチャンドー（立派だよ）山城。（手を上げ、カチャーシーを躍るしぐさをする）
山城　さ、さあ、出発するぞ、い、い、行くぞ。（山城は、ばつが悪そうに担架に手を掛ける。一人の兵士が進み出て担架の前の取っ手を持つ）

山城　よいしょ。（掛け声を合わせて同時に立ち上がる。担架を持って山城と兵士が舞台を駆け巡る）
山城　軍曹殿、村に着けば注射が打てますよ。血清はヤブー山田さんが持っていますから、心配は要りません。
鈴木軍曹　山城、お前の腕から血が流れているぞ。（担架の上から身を起こし山城に告げる）
山城　大丈夫です。樹の枝で引っ掻いただけです。このぐらいは、なんともありません。
鈴木軍曹　山城……、どうして俺を助けるんだ？
山城　えっ……、それは……、ほ、放っておいたら、死んでしまうからです。
鈴木軍曹　そうか……。それ以外の理由はないのか？
山城　軍曹殿の、ア、アンマーが悲しみます。
鈴木軍曹　アンマー？
山城　おっ母のことです。
鈴木軍曹　そうか、おっ母が悲しむか。山城、貴様のおっ母はどうしている？
山城　はい、年を取って耳が遠くなりましたが、元気です。防空壕掘りにも参加していますよ。
鈴木軍曹　そうか、ご苦労だな……。
山城　いえ、と、とんでもありません。
鈴木軍曹　貴様は、この村から外に出たことがあるか？
山城　いえ、ありません。
鈴木軍曹　それで満足か？
山城　はい。満足です。私はこの山や村が大好きなんです。
鈴木軍曹　そうか、それで充分なのか？
山城　はい、それで充分です。軍曹殿、物はなくても幸せになれますよ。

鈴木軍曹　そうだな、お前の言うとおりだな……。（覆い被さった椎の樹の間から木漏れ日がきらきらと鈴木軍曹を照らす）
鈴木軍曹　山城……、有り難うな。
山城　いいえ、と、と、とんでもありません。私は、軍曹殿のお役に立てて光栄です。
鈴木軍曹　そうか、光栄か……。山城、あのきらきらと光る葉をもった樹はなんという名前の樹か？
山城　シーザー、シーザーギーと村では言っています。ヤマト名は椎の樹と言います。
鈴木軍曹　そうか、シーザーギーか。椎の樹というのか。お前はヤマト名まで知っているのに、俺は樹の名前さえ知らなかったな……。
山城　軍曹殿、村が見えてきましたよ。もうすぐですよ。
鈴木軍曹　うん、有り難う。貴様のおかげで助かった。貴様に助けられるとは、この鈴木軍曹、一生の不覚だ。
山城　私は一生の光栄です。
鈴木軍曹　うん。

降りそそぐ陽光。小鳥たちの鳴き声が次第に大きくなって溶暗。

第五場　兵舎前

ミヨ、カツ、トミが釜を囲んでいる。ジュリアンマーのチルーもいる。そこへ山城が下手から登場。

山城　ほれ、見ろ。今日はウナギが三匹も捕れたぞ。タナガー（川エビ）もいっぱいだ。

（笑顔を見せ、獲物をミヨやカツたちに見せびらかす。女たち集まり、籠の中を覗く）
女たち　わー、すごい。（口々に声をあげる）
カツ　あんたはウナギを捕まえるのが上手だね。早く嫁さんもカチミナサイよ（捕まえなさいよ）
ミヨ　今日は兵隊さんたちは、ご馳走だね。
山城　いや、今日は……、今日はあの二人に食べてもらう。
トミ　あの二人って？
カツ　安吉とキムさんね？
山城　そうだ。
（その時、突然米軍機が現れて低空飛行。爆音を立てて、また飛び去っていく）
チルー　いよいよイクサが迫ってきたのかねえ……。
チルー　でも、人間いろいろな人がいるね。山城みたいに心の優しい人もいれば、鈴木軍曹みたいな人もいる。
チルー　山城さん、いつか私が今日のウナギの代わりにアバシ（魚）を捕ってきてあげるからね。アバサー汁を二人で、タンカームンケーして食べようね。（山城、この話しを無視して兵舎裏へ）
チルー　あい、ヒンギランケー（逃げないで）、山城さんよ。アイエナー、おばあは嫌いなんだね。年は取りたくないね。
トミ　チルーさんよ。あんたはアバシも捕れるの？
チルー　あい、上手だよ。昔はよく捕ったよ。
カツ　あれ、チルーさんは那覇ンチュじゃないの？
チルー　（躊躇した後で話し出す）。私はね、実はヤンバルで生まれて、ヤンバルで育ったんだよ。ワラビ（子ども）の時に、ヤンバルから辻に売られたんだよ。私の家は貧しかったからね。私はね、ガチマヤーしにヤンバルに来たんじゃないよ。この山を見てみなさい。山のチュラサ（美しいこと）よ。死ぬ時はヤンバルでと決めていたんだよ。だから来たんだよ。

カツ　アイエナー、チルーさんよ。そうだったの。

そこに血相を変えて。山城が飛び込んでくる。

山城　たたたた、大変だ！

トミ　どうしたの？

山城　死んでる。二人が死んでる。安吉とキムさんが死んでいる。（首を括っているしぐさを見せる。それを見て、皆、一目散に兵舎裏へ。やがて、金麗華と安吉の遺体が運び込まれてくる）

チルー　アイエナー、チムグリサヌ（可哀相に……）

カツ　なんで自分から死ぬのかね。

ミヨ　どうして生きようとしないのかね。

トミ　二人はどんな思いで、あの世に逝ったのかね。

ミヨ　こんなにやつれて……。キムさんよ。国元のお母が知ったら、悲しむね。こんな遠いところまで来て死ぬなんてね。（涙を流しながら金麗華の髪をかき上げ身体を撫でる）

チルー　近ごろは村の上空をアメリカー（米軍）の飛行機が飛ぶようにもなった。兵隊さんたちも中南部の警護を固めるために移動させられるという噂もある。二人は離れたくなかったのかね。

トミ　アイエナー、安吉よ。とうとうヤマトで何があったか、だれにも何も言わずに死んでしまったね。（二人の死を聞きつけて太良たちが駆け付けてくる。妹の多恵も息を切らして輪の中に飛び込み安吉に縋り付く）

多恵　兄《ニ》イニイ！　なんで死ぬのよ、なんで死ぬのよ。私を励ましてくれたんじゃない。黒瀬二等兵と一緒になれって励ましてくれたじゃない。戦争に負けるなって……。人間は必ず分かりあえるって言ったじゃない。それなのに、どうして自分は死ぬの。なんでよ。兄イニイ！（多恵は錯乱状態。多くの村人たち、また加藤隊長をはじめ兵士たちも騒ぎを聞きつけて金麗華と安吉の死を見つめている）

ナビ　みんなでグソーヌニービチシミラヤ（あの世での結婚式をさせような。いつの間にかナビおばあもやって来ている）

ナビ　安吉、キムさん、マギーニービチ（大きな結婚式）をさせるからね。生きているものに負けないぐらいに、三三九度の盃も酌み交わそうねえ。同じ場所に葬ってあげるからね。あの世で幸せになるんだよ。

　村人たち、涙を堪えながらグソーヌニービチの支度を始める。二人の遺体を中央に寝かせ、ミヨと山城が二人に代わって向き合って座り、ナビの音頭で盃を酌み交わす。

ナビ　安吉、はい、盃だよ。ヤマトで何があったかしらないけれど、辛かっただろうねえ。人間はみんな平等だと言うのがあんたの口癖だったけれど、本当、平等でないのがおかしいよね。キムさんを戦争のないところに連れていって、二人で幸せになるんだよ。

ナビ　はい、キムさん。結婚おめでとう。なんであんたは哀れな一生を送らなければならなかったかねえ。みんなこの世の中が悪いんだよ。あんたに悪いところは、一つもないからね。安吉に幸せにしてもらうんだよ。やっと、幸せになれるね、良かったね、故郷にも連れて行って、お母にも紹介しなさいよ。

(悲しげな琉球民謡が流れる)

多恵　兄イニイ!……(多恵が号泣する。溶暗)

第六場　アシャギ前

熊蝉が、村の至るところで鳴き出したころ、サバニが完成した。ウタキの前でウガンをし、海まで担いで進水式が行われることになった。

サバニは台座の上に置かれ、流線型の見事な船体を現している。皆が見守る中、ナビおばあがお祓いをした。整列した軍隊も息を飲んでその儀式を見つめている。

ナビ　天の神様、地の神様、火の神様、村の神様、国の神様、諸々の神様、今日の良き日にサバニが完成し、進水式が持てますことを感謝致します、ウウトゥウトゥ。アアトゥウトゥ……。(ナビおばあの感謝の祈りが続く。その儀式の中、良介が健太の袖を引いて尋ねる)

良介　健太兄イニイ。サバニはだれが漕ぐの?

健太　まだ分からんよ。

良介　太良おじいが漕ぐの?

健太　だからまだ分からんって言っているだろうが。

良介　日本人が乗るの?　黒瀬二等兵も乗るの

かな？　黒瀬二等兵はサバニを漕げるのかな？（ナビおばあがウガンを終えてサバニを離れる）
良介　健太兄イニイ。安吉兄イニイは拳銃を盗んでいたってよ。サバニは盗めないの？
健太　何？　盗む？（その時、突然、パーンという大きな銃声。続いてもう一発。健太と良介も、周りの者も慌ててその場に伏せる）
太良　どうした？　何があったのだ？
　皆が口々に喚き合う。その中を加藤隊長がサバニの前に進み出た。手に拳銃を持っている。再びサバニに狙いを定めて、引き金を引いた。二度、三度、大きな銃声が響き渡り、サバニから木屑がはじけるように飛び散って胴体に穴が空いた。再びざわめきが起こった。あっという間に加藤隊長の周りには人だかりができる。
田中上等兵　どうした？　隊長殿、なぜなんでありますか？（怒声を発しながら加藤隊長に詰め寄る兵士たち）
鈴木軍曹　静まれ！　元の位置に整列だ！
加藤隊長　整列！
鈴木軍曹　静粛に！　静粛に！　元の隊形に整列だ！　急げ！（鈴木軍曹の必死の号令に、ざわめいていた兵士たちがやっと整列して静かになった。村人たちもその静けさにつられたように、緊張して軍隊の傍らに整列する。加藤隊長が兵士たちを睨むように中央に立ち、話し出した）
加藤隊長　サバニはもう必要ではない。我々はだれもこの村を離れない。全員この村に留まり、この村を守る。（太良が息を飲んで加藤隊長を見つめる。パルチザンのメンバーも全員が直

立して加藤隊長の話しに聞き入った）

加藤隊長　我々は遠くからやって来たが、この村で多くのことを学んだ。しかし、我々はこの村になんの恩返しもしていない。村を荒らしただけだ。今、村人の多くは遠い戦場へ行っている。既に死んだ者もいる。また生死の定かでない者もいる……。正直に言おう。サバニはヤマトへの緊急伝令用として上官から命令を受けて造ったものだ。また緊急脱出用のものでもある。しかし、この小さなサバニで何名が脱出できるというのだ……。

チルー　あい、やっと軍隊が人間になって本当のことを言い出したね。

加藤隊長　我々の作戦は本日をもって変更する。我々は全員が乗れるサバニを造る。もちろん、村人も一人残らず乗れる大きなサバニだ。それを漕ぐ。そのサバニとは、この山だ。この緑の山をサバニにする。昔から村人はこの山と共に生きてきたのだ。山は、我々全員を充分に乗せてくれるはずだ。本日より、村人と力を合わせて全員が生き延びる方法を考える。

健太　山のサバニ……。

良介　山のサバニだ！

加藤隊長　そうだ、山のサバニだ！　山のサバニを造るのだ。（わーっと歓声があがる）

鈴木軍曹　加藤隊長殿へ、敬礼！

　鈴木軍曹の合図で水を打ったように静かになって敬礼が行われる。それが終わると一斉に隊列がほどけ、村人と兵士が入り乱れる。互いに肩を叩き抱き合い、涙ぐんでいる者もいる。太良も田中上等兵も松一もいる。ヤブーもいる。黒瀬二等兵も多恵の傍らに立っている。
いつの間にか人の輪ができ、小太鼓が鳴り三線が弾かれて、舞が始まった。それを取り囲むようにして兵士たちが手拍子を取り、なかには輪の中に入って行く者もいる。賑やかな踊りが舞台いっぱいに繰り広げられる。

多恵　一緒に踊ろう。（多恵が黒瀬二等兵の手を引いて輪の中に入っていく。

カツ　鈴木軍曹殿、マジュン（一緒に）踊るよ。（鈴木軍曹も照れながら踊り出す）

輪の中から櫂を持った村人と兵士が現れて横一列に並び掛け声を合わせてサバニを漕ぐしぐさ。

村人・兵士たち　イチ、ニ、サン、シ。ヒヤ、ヒヤ。イチ、ニ、サン、シ。ヒヤ、ヒヤ……。（加藤隊長が傍らに立っている太良に笑いかける）

加藤隊長　太良、ワークルスミ（俺を殺すか？）

太良　えっ？（太良が驚いて加藤隊長の顔を見る）

ミヨ　隊長さんよ。ワークルスミ（豚を殺すか）でしょう。ワー（豚）とワー（俺）。語尾を上げるか下げるかで、人間と豚の違いになるよ。太良がびっくりしているよ。（加藤隊長は頭を掻きながらミヨと太良を見る）

加藤隊長　太良よ。やがて清明《シーミー》がやって来るのだろう？　その行事には、豚が必要なんだろう？

ナビ　シタイ、隊長さん。よく勉強しているね。隊長さんはよく見たら、なかなか男前だね。（太良ではなく、ナビおばあが答える）

ナビ　隊長さん、沖縄のことわざにね、イクサハナアシビ（戦花遊び）というのがあるよ。イクサばかりしているとね。イクサが好きになって、やがてイクサだけでなく、自分の命も遊び気分で粗末にするということだよ。注意しないとね。

加藤隊長　そのとおりだな。（加藤隊長は感心してうなずく。口笛が鳴り、乱舞する輪に、老いたナビおばあとチルーが入っていく。ミヨが加藤隊長の隣に寄り添っている）

加藤隊長　私は、潔く死ぬことだけを考えていた。国のために自分を殺すことを名誉なことだと考えていた。自分を殺すことを平気で行う人間は、他人をも平気で殺すことができるのだろう。このことを村人が教えてくれた。命の大切さを、ミヨ、お前が気づかせてくれたのだ。（加藤隊長の言葉を、ミヨが恥ずかしそうに聞いている）

加藤隊長　太良、一人も死なせてはいかんぞ。この踊りの輪から一人も欠けさせてはいかん。これからはもっと力になってもらうぞ。ヤンバルパルチザンは知恵があるし、強いからなあ。頼むぞ、太良。（太良が手で頭を掻き照れている）

良介　あれ、山が動いているよ。

健太　本当だ、山が動いている。山がサバニになったよ！

みんなが一斉に山を見つめる。

大きな風の音、木々の揺れ、ブナガヤの叫び、山が揺れる。

多恵　山が動くよ。兄イニイ、山が動くよ！

山田　安吉！

ミヨ　キムさあん！

全員で静かに山を見つめる。山は鮮やかな夕景色。その中をゆっくりと幕が下りる。

（完）

※注記
本作品は、舞台化の際には演出家と合意の上一部変更したが、本書には初出の原稿を収載した。

じんじん〜「椎の川」から

◇登場人物

松堂太一（六歳程度）　吾朗（村人）
源太（太一の父）　義男（村人）
静江（太一の母）　政信《まさのぶ》（村人）
美代（太一の妹）　勝俊（村人）
源助（太一の祖父）　キヨ（吾朗の妻）
タエ（太一の祖母）　伊原間軍曹
梅子（太一の叔母）　日本兵1
比嘉ツル（産婆）　日本兵2
村人　男ＡＢＣ（声の出演のみ）
　女ＡＢ（声の出演のみ）

第一幕　四場

第一場　海を見下ろす丘辺

海を見下ろす丘辺。
幕が上がると、すぐに舞台脇からの怒鳴り声。

男Ａ　えっ！　やなナンブチャーひゃあ。なあ、村にチェ、ナランドー（来てはいけないよ）。
男Ｂ　たたりだよ、たたり。
女Ａ　ライ病は、一生、治らないそうですよ。もうこの村の診療所に通ってきても無駄ですよ。ご愁傷さまです。

女B　ライ病は、うつるんでしょう。ハゴーサヌやあ。家族は大変よねえ。
男C　あのナンブチャーのお父には、召集令状が来ていると言うんだろう。イイバアヤサ。バチカンテーサ。（いい気味だ。罰だよ）
男A　石、投げて、追い返せ！
男B　あり、ナンブチャーヒャー。
男C　ヘークナー、帰《ケエ》レー！
男B　あり、タックルセー
（石を投げる音／争う音。源太のうめき声）
静江　お父、お父……。
源太　静江！

やがて、静寂になる。
源太、静江を背負って、上手から登場。息が上がり、汗をかいている。

静江　お父……、大丈夫ねえ？
源太　大丈夫だ、心配するな。
静江　お父……、疲れたでしょう？　休もうか。
源太　大丈夫だよ、もうちょっと、行ってからな。（源太、立ち止まった後、再び歩き始める）
静江　（源太の額から、血が流れていることに気づいて）お父、お父、降ろして。
源太　どうした？（慌てて、静江を降ろす）
静江　血が流れているよ。
源太　（額の血を手でぬぐって）なんでもないよ。
静江　村の人たちが、投げた石が当たったんだね。（ハンカチで額の血をふく）
源太　なんでもないって。
静江　お父、私のせいで……、私の病気のせいで、いつも迷惑をかけてばかり。
源太　何も、迷惑ではないさ。

静江　こんな山の中の道を……、隣村の診療所まで通わせて……。ごめんね、お父。
源太　なんでもないって……。お前が病気だからって馬鹿にされるのが悔しくてな。でも、どうしょう？
静江　えっ？
源太　俺に赤紙が来たんだ。村を出ていかなければいけない。お前のことが心配だよ。
静江　私は、もういいよ。充分、あんたに世話をしてもらった。有り難うよ。私は、こんな病気になってしまったけれど、あんたに、こんなふうに背負ってもらって、隣村の診療所までも通ってもらったし……、幸せだよ。お父、有り難う（泣き出してしまう）
源太　泣くな！　このぐらい……、夫婦だから、当たり前だろう。だけど、子どもたちのことも心配だなあ。美代も、太一も、俺が戦争にいっている間、いじめられたりしないだろうなあ。
静江　美代や、太一や……、おじいやおばあにも迷惑をかけてしまった。
源太　家族に、迷惑をかけるということがあるか。家族は一心同体だ。お前の病気が治れば、みんな笑って済ませることだ。
静江　私の病気は、もう治らない病気と言うし……。もう私なんかいないほうが。
源太　あれ、何を言うか。またそんなことを言う。治らない病気なんて、ないよ。世の中が変われば、この戦争が終われば、きっと、病気も治るよ。治せるようになるさ。お前が気を強くもたんと、どうするか。
静江　……。
源太　静江、あの海、見てみい。
静江　わあ、きれいだねえ。

源太　覚えているか、静江……。
静江　うん、うん、覚えているよ。お父と始めて、二人だけで山に登って海を眺めた日、今日みたいに、海はきれいだった。
源太　そうだ、海はいつでもきれいだよ。それに、あの日、お前の作ってきたおにぎりが美味しかったたったことよ。あのおにぎりを食べて、お前を嫁さんにすることに決めたんだ。
静江　えっ、お父、そうなの？　私でなくて、おにぎりと結婚したの？
源太　いや、そんなことはないさ。さあ、行くぞ。（照れを隠して立ち上がる）
静江　ねえ、どっちなの、お父？
源太　……（笑って答えない）
静江　お父。
源太　戦争になっても、山も、海も、変わらずに、きれいだ……。
静江　お父、子どもたちのためにも、生きて帰ってきてよ。
源太　死にはせんさ。
静江　本当だよね、約束よね。
源太　うん。死んでたまるか。
静江　どうして、こんなときに、戦争なんか……。
源太　（突然、静江の前に立って）敬礼！　松堂源太、必ず生きて帰ります。愛する妻、松堂静江のために、愛するわが子、美代、太一のために。（敬礼を止め、苦笑い）
静江　うん。私が死んで、お父までが死んだら子どもたちは、太一と美代は……。
源太　何を言うか。生きて帰ってくるって。
静江　うん（涙をぬぐって）
源太　さあ、背負ってやろう。
静江　うん……、私も、頑張るよね……。

静江、源太へ背負われる。
涙の流れる頬を背中に押しつけ……。
暗転。

第二場　源助の家

辺り一面夕焼け空。源助の家の前で、美代が一人、じんじんの歌を歌いながら遊んでいる。

※

じんじんじんじん
酒屋の水《ミジィ》飲んで《ヌディ》
落《ウ》ちりよじんじん
下がりよじんじん
じんじん、じんじん……

※

太一は、ぼんやりと美代を見ている。
タエは、家の中で繕い物をしながら孫たちを見守っている。
源助と娘の梅子が畑仕事から帰ってくる。

梅子　お母、ただいま。
タエ　ありあり、お帰り。
源助　太一、今帰ったよ。
梅子　（美代に向かって）美代、大きいお芋が、あったよ。
美代　えっ、本当？
タエ　（タエも庭に降りて、籠を覗く）。ありぃ、本当だね。久し振りに、芋ニィもできるかもね。
美代　わあーい。やったあ。
源助　しーいっ。（周りを見回して）。静かに。

美代　……。
タエ　あれ、ごめんね。今は、イクサ世で、みんな贅沢もできないし、畑には芋もなくなったからね。
梅子　美代、おいで。一緒に芋を洗いに行こう（そっと言う）
美代　うん。
源助　太一、どうした？　元気がないな。
太一　なんでもないよ（美代たちの後を追うように裏庭へ）
源助　おばあ、太一は、いつも、あんなななのか？
タエ　近ごろは、時々、あんなふうにして、何かムヌカンゲー（考え）しているみたいだよ。
源助　そうか……。お父も戦争に行って、妹の幸子も死んで、お母もいなくなったんだから、無理もないかな……。
源助　おばあ、源太が戦争に行ってから、もう二〇日は経ったかなあ。
タエ　えっ、おじいよ。もう一か月は過ぎているよ。太一も美代も、まだワラビなのに、チムグリサヌや。
源助　……。
タエ　静江も、あの病気に罹《かか》ってしまってからに……。本当に、なんでこうなったのかねえ。あの病気を罹っている人は、ヤマトの兵隊たちが、みんなカチミィティ、牢屋に入れるっていうし……。
源助　おばあ、太一と美代の二人には、気づかれて、ないだろうな。
タエ　何が？
源助　あれ、静江が離れ屋にいることさ。
タエ　大丈夫よ、おじい、気づいてないよ……。でもそれが一番いい方法なのかねえ。

タエ　静江を、離れ屋を造って、絶対に連れて行くなよっと言って、源太は戦争に行ったんだよ。
源助　あれ、村の人たちを納得させるには仕方がなかっただろうが。それに、二人の子どもを諦めさせるには、それが一番いい方法さ。
タエ　諦めさせる？　諦めさせる方が、いいのかねえ……。
源助　そうさ。お母の静江は、死んだということにした方が諦めはつきやすいさ。離れ屋のことを、二人には気づかれないようにしないとな。病気が広がったら困るという、村の人たちとの約束だからな。
タエ　村の人たちは、ひどすぎるって、梅子にも言われたんだよ。おじいもおばあも、村の人の言いなりになりすぎるって……。
源助　仕方がないさ。国も、「隔離《かくり》しなさい」って、言っているんだろうが。
タエ　仕方がない、か……。
源助　あれ、ほかにどんな方法があるか。
タエ　それを考えてよ、おじい。太一や、美代のことを思ったら、仕方がないでは済まされないさ。太一は、いつもは、美代の面倒をよく見てくれるお利口さんなのに、だあ、近ごろはトゥルッバッテばかり。美代も、太一を困らせてばかりいるみたいだよ。
源助　それでも、前よりはいいさ。前は、太一や美代の友達が遊びに来ることも、なかったんだよ。今は……、前よりは、ましさ。
タエ　えっ、おじい、源太は、伊江島に渡ったと聞いたが大丈夫かね。伊江島には、もうアメリカーが上陸したという噂もあるよ。
源助　大丈夫やさ。シワサンケー。
タエ　長男の源太はイクサに取られて、嫁の静江は、病に取られて、アイエナー、哀れだね。おじい、ナンプチって、本当に伝染するのかね。

源助　しぃーっ。

タエ　だってそうでしょう。私もおじいも、太一も美代も、梅子も……。家族のだれにも、病気はうつってないよ。

源助　おばあ、分かったから、大きな声、出すな。

タエ　私は、悔しいんだよ。静江が水を汲んだ村の川では、もう子どもたちを浴びさせることもできない。病気がうつるからと言って、嫌みを言う人もいるんだよ。悔しくて、悔しくて。

源助　分かっているよ。

タエ　おじいは分かっているよとばかり言うけれど、本当に分かっているの？　簡単に分かったら駄目よ。皆が分からないといけないのよ。村の人も、ヤマトの兵隊さんも、ニッポン国家も、天皇陛下もさ。静江は病気だからって、なにも家を出ていくことなんか、なかったんだよ。

源助　分かっているよ。でも、静江は、村の人たちにも、家族のみんなにも、迷惑はかけられないと言って、自分で出て行ったんだよ。

タエ　それが悔しいのよ。なんで静江は、自分から出ていかなければならなかったわけ？　だれが、そうさせたのよ。静江は、子どもと離れて暮らして、どんなに辛いことか。だあ、美代は、お母、お母って、寝言を言うんだよ。病気になったからといって、親子が一緒に暮らせないって、おかしいと思わないねえ？。

源助　うん、分かっている、分かっている。

タエ　おじいは、分かっている、分かっている ばっかり。そういう人ほど分かっていないっていうけれど、まずは、おじいから分からさんといけないかもね。

源助　……（背中を向ける）

タエ　おじい、聞いているねえ？

源助　（背中を向けて退散）

タエ　あい、このおじいは、もう……。

　二人、言い合いながら姿を消す。入れ替わるように美代と太一が裏庭から出てくる。

美代　ねえ、兄《ニ》ィニィ、お母に会いたいよう。お母のところに連れっていって。ねえ、兄ィニィ。

太一　……。

美代　お母は、死んでないよね。絶対に生きているよね。

太一　何言ってるか。お前は……。おじいが言っていただろう。お母は死んだって。

美代　死んでない！

太一　……。

美代　兄ィニィは、お母に会いたくないの？　ね、会いたくないの？

太一　ああ、会いたくないよ。

美代　美代は、会いたいなあ。

太一　あんまり、わがままばかり言っていたら、おじいに怒られるよ。

美代　わがままじゃないよ。本当のことだもん。ね、兄ィニィ、お母を捜しに行こう。ね、隠れて行けば、だれにも気づかれないよ。

太一　アメリカーの空襲が、あるよ。

美代　クウシュウ？

太一　飛行機が飛んで来て、機銃で撃つんだよ。

美代　だあ、飛んで来ないさ。
太一　あれ、飛行機はいつ飛んで来るか分からんさ。美代は、おじいとおばあを心配させてもいいのか？
美代　でも、でも……。
太一　諦めろって、おじいが言っていただろう。お母は、もういないって。
美代　いるよ。生きているよ！　さーちと一緒に生きている！
太一　何言ってるか、お前は……。
美代　さーちは、お母のおっぱいを飲んでいるよ。美代は、さーちとお母の夢を見たんだよ。さーちは、死んでないよ。お母と一緒にいたよ（涙声）
太一　馬鹿か、お前は……。さーちも、お母も、死んだの！
美代　死んでない！
太一　お前は、分カランヌーだなあ。なあ、美代、前に一緒にお母を捜しに行ったとき、男の人の声がして、美代と兄イニイを追い返した人がいただろう。覚えているか。あれはお母ではなかったよ。鬼だよ。お母は、もういないの。
美代　いるよ。あれが、お母だよ。
太一　違うって……。お前は、お母の病気がうつるの、怖くないのか？
美代　怖くないよ。兄ィニィは、怖いの？
太一　怖くないさ。
美代　だったら、連れてって。
太一　……。
美代　お母に会ったらね、美代がね、さーちもお母も、いっぱいおんぶするの。
太一　勝手におんぶすれば。兄ィニィは、もう、知らんからな（裏庭へ）

美代　兄ィニィ、ねえ、兄ィニィ（太一を追いかける）

　上手からツルが登場。静江を励ましながら幸子を出産させた産婆ばあさんだが、幸子が死に、静江が姿を消したあとも、ときどき松堂家にやって来て皆を励ましている。

ツル　ちゃーびらさい。ごめんください。産婆ばあさんのツルですよ。だれもいませんか。泥棒が入りますよ……。
ツル　あいな、だれもいないのかね。ごめんください。子どもを生みそうな人がいませんかねー。
タエ　（腰を屈めて、奥座敷から出てくる）はい、はい。
ツル　あい、私は、子どもを生みそうな人はいませんかねーって、言ったんだけど。あんた、子ども生みそうな人ね。
タエ　はい、はい。
ツル　はい、はい？　私は、冗談で言ったんだけど。本当ね？（タエに手招きされて耳打ちされる）
ツル　ひーっ、芋食べて頑張る？
タエ　しーっ。芋食べて頑張るんでないよ。芋があるから、持っていって食べてねって、言ったんだよ。
ツル　ああ、びっくりした。芋食べて頑張るかと思ったよ。
源助　（手足を洗った源助がやって来て）あり、ツルおばあ、いらっしゃい。どうぞ家の中へ上がってくださいよ。（自分も家の中へ）
ツル　源助さん、あんたも頑張っているね？
源助　ああ、頑張っているよ。最近は、畑にいても、いつアメリカーの飛行機がやって来るか分からないからな。樹の下に隠れて、用心しながら、頑張るさ。
ツル　ひーっ。樹の下に隠れて頑張る?
源助　何の話だ?
ツル　芋の話。たっくわいむっかいする芋ニィの話。
源助　あい、このツルおばあや……、暑サニ、チブル、サットーサヤー。脳味噌ヌ、マチブテー、ウラニ?（笑う）
ツル　何、言っていますか。脳味噌は新品ですよ。まだ使ったこともありませんよ。（笑い）
梅子　あれ、ツルおばあ。いらっしゃい。（梅子、下手から登場）
ツル　あい、梅子、元気ねえ。えっ、あんたのカレシの勝俊よ。近ごろは、村にもいないけれど、どこに行っているのかね。
梅子　だからよ、どこに行っているのかね。急に姿が見えなくなったさ。
ツル　太一と美代は、あんたになついているみたいだから、よろしく頼むよ。
梅子　うん、有り難う、おばあ。でも、最近は太一は、一人で遊ぶことが多くなったさ。
ツル　あい、そうねえ。お母の静江がいなくなって、二人とも寂しいんだろうねえ。だあ、今日は幸子のトートーメーに手を合わせに来たのに、ふりユンタクしてからに……。梅子。ウコー（線香）、つけてちょうだい。
（梅子と、ツルが家の中へ入ろうとした丁度その時、伊原間軍曹と二人の兵士が、村の吾朗に案内されてやって来る。村の青年、勝俊も一緒。軍曹、辺りを一瞥して居丈高に話す）
軍曹　ここか、ライ病を出した家は。いかにもそれらしい家だな。たたりだよ、これは

……。お前たちが、この家のものか？（皆、かしこまってうなずく）
軍曹　やはりなあ、そんなツラをしているわい。
吾朗　隣村に駐屯している日本帝国軍隊の軍曹さんです。（吾朗が皆に紹介）
軍曹　伊原間《いばるま》だ。
ツル　威張るな？
軍曹　威張るな、ではない。伊原間だ。伊は、伊藤博文の、伊。
ツル　イ。
軍曹　原は、原敬《たかし》の、原。
ツル　ハラ。
軍曹　間は、間宮林蔵の、間。
ツル　マ。
軍曹　そうだ。伊原間だ。素晴らしい名前だろう。まず、こんな名前、沖縄にはないな。大日本帝国陸軍第二十六歩兵大隊加藤中隊所属、伊原間真之介軍曹だ。
ツル　威張るな、真ちゃん。
軍曹　何？
ツル　いえ、何でもありません。ウートートゥしようと思ったのであります。
軍曹　お前たちな。今の時節をなんと心得ているか？　大日本帝国の命運をかけた戦争が行われているんだ。この沖縄での戦いが、皇国の命運を握っているんだ。一億国民を守るために、県民は一丸となって玉砕の覚悟で臨まねばならない。尊い使命を担った兵士にライ病などがうつってみろ。イクサどころではなくなるだろう。レプラはどこへ隠しているんだ。
源助　レプラ？（タエを見る）
タエ　レプラ？（ツルを見る）

ツル　てんぷら、ですか？（軍曹を見る）
軍曹　患者だ。患者はどこにいるのかと聞いているんだ。捜しに来た。一刻の猶予もならぬ。もたもたしている時間はないのだ。
源助　ここにはいませんよ、
軍曹　本当か？（二人の兵士へ）捜せ！
二人の兵士　は、はい！（二人の兵士、敬礼をし、家の内外を乱暴に捜し回る）
軍曹　お前もだ！（勝俊へ向かって）
勝俊　は、はい。（二人の兵士の後を慌てて追いかける）
梅子　勝俊……（勝俊に視線をやり、呼びかけるが、すぐに口を閉ざす）
軍曹　若いくせに、役にもたたん。この村は、役にたたん者だけが集まっている村のようだな。
吾朗　いえ、そんなことはありません。（小声で）みんな、頑張っていますよ。
源助　軍曹殿……、（恐る恐る）ここには、いませんよ。嫁の静江は、出ていきました。
軍曹　出ていきました？　嘘をつくなよ。隣村の診療所で、すべて聞いて、知っておるんだぞ（日本刀を抜いて威嚇）
源助　嘘ではありません。
軍曹　本当か？
源助　ジュンニです。
軍曹　何？　ジュンニ？
タエ　本当です。本当に、ここにはいません（タエが源助に代わって慌てて答える）
タエ　嫁の静江も、息子の源太も、御国のためにと言って出ていきました。静江はもう死んでいると思います（源助やツルに目配せする）
軍曹　本当か？
ツル　本当ですよ、軍曹さん。家族のことは、家族が一番よく知っているさ。ここの家族は、みんなチムグクルのできた正直者です。
軍曹　チム・グクル？　貴様は何ものだ？
ツル　はい、わたし様は、産婆様です。
軍曹　サン・バ・サマ？
ツル　うう、産婆です。
軍曹　ウウサンバ？（傍らの吾朗に尋ねる）。何のサンバだ。踊りのサンバか？
吾朗　産婆ですよ。あの、あの、取り上げる人。（慌てながら身振り手振りで説明。怯えている）
軍曹　取り上げる人？
吾朗　あれですよ。あれ。こっちから出てくるのを取り上げる人。（一所懸命、身振り手振りの説明を続ける）
軍曹　しっこ？
吾朗　違います。（さらに説明の動作を続ける）
軍曹　うんこ？
吾朗　違います。
ツル　赤ちゃんですよ。ムニアティンねえらん。しっこや、うんこと間違えるなんて。あんたも、お母のあっちから取り上げられたんでしょう。
軍曹　俺は、貴様みたいな奴には取り上げられん！
ツル　なんで、あんたは怒ったような話し方をするの。名前が威張るな、だからね。
軍曹　威張るなではない。伊原間真之介だ。しかし、まあ、よくもこんな時勢に産婆などと……。
ツル　こんな時勢でも、どんな時勢でも、命は大切ですよ。命は生まれてくるんです。命は止められませんよ。イクサ世でも、命は生まれますよ。

軍曹　馬鹿野郎！　そんなことを言っているから、いつまでも日本国民になれないんだよ。真剣さが足りんのだよ、貴様らは……。有事の際に軍隊に協力しないのは売国奴だ。よいか、隠しだてなどせずに協力するんだ。レプラを出すんだ。さもないと、村を焼き払うぞ。まず、この家からだな。（顔を睨み、抜いた剣で威嚇する）

吾朗　待って下さい。やめてください。（怯えながら、止める）

軍曹　すべては、帝国軍隊に任せろ。悪いようにはせん。我々がこの島にいる間だけでよいのだ。その間だけ隔離をするだけじゃ。りっぱな医者にも見せてやるぞ。肉親だから、離れて暮らすのが忍びないというのなら……、いっそ、ひと思いに……。そう思っているんだろう？　だれでもそう思うよな。治らぬ病気なんだからな。患者の処分には、この伊原間真之介、いつでも協力するぞ（剣をちらつかせる）。

源助　は、は、はい。

タエ　い、い、いえ、です。はい。

軍曹　はっはは……。考えておくんだ。（梅子を見て、好色な笑みを浮かべ、剣を鞘に収める）

可愛いおなごがいるんじゃのう。

ツル　私もいますよ、軍曹さん。（慌てて梅子を庇《かば》う。ちょどその時、静江を捜して家の内外を荒らしていた兵士たちが戻ってくる）

兵士1　軍曹殿、ここにはおりません。

兵士2　軍曹殿、どこにも隠れる場所は、ありません。

勝俊　軍曹殿、ここには、全く、いませんです！

軍曹　（梅子を好色な目で見回していたが、急に気づいたように）そうか、お前も病気もちかもしれんな。軍服が汚《けが》れるわ。（感染することに気づいて不安になり、慌てて吾朗に向き直り）貴様、行くぞ。長居は無用だ。（上手へ歩き出す）

吾朗　は、はいっ。（吾朗は、へつらうように、軍曹の後を追う）

軍曹　こら、役立たず！　貴様もだ！

勝俊　は、はい！

梅子　勝俊。（声を掛け、袖を引いて止める）

勝俊　放せ！

梅子　なんで、行くの？

勝俊　なんで行くのって……、分かっているだろう。軍隊に協力するのは、日本国民として、当たり前のことだろうが。

梅子　なんで、私に、言わなかったの？

勝俊　なんで、言わなかったの？　あれ、なんであんたに言う必要があるか。お前とは、もう、関係ないだろうが。

梅子　なんで？　なんで、関係ないの？

勝俊　なんで、なんでって、うるさいなあ、お前は……。ナンブチが出た家の娘とは、付き合ってはいけないということさ。

梅子　……。

勝俊　放せ！　放せよ！（梅子を振りきって軍曹の後を追う）

梅子　勝俊……。

ツル　アイエナー、勝俊よ、人が変わってからに……。勝俊も私が取り上げたんだが、どこかで、頭でも打ったのかねえ。

梅子　……（泣いている）

ツル　泣かんけえ、梅子。私が、勝俊のチブル打って、直してあげるからさ。それにしても、あのヤマトの兵隊よ、威張り腐ッティからに……。兵隊にも、いい人は、いっぱいいるはずなのに、人は様々だね。やっぱり、あの軍曹さんは、名前がよくないよ。伊原間真之介。マルバイ真之介。アイエナー、反対から読むとマルバイになるよ。マルバイ、シミノスケ。でーじやっさ。チュ恥ジカサシミティ。

タエ　えーっ、ツルおばあ！（戒める）

ツル　あい、ごめんなさいね。ユンタクしすぎたね。ヤシガ、吾朗も、勝俊も、本当に、人が変わってしまったね。静江が病気になる前は、あんなんでは、なかったのにね。病気だけでなく、病気になった人や家族まで差別するって、おかしいよねえ。あり、私も、日が暮れたから、もう帰りましょうね。カラスが鳴くからツル帰る。天願ツル、帰ります。長居は無用じゃ。（上手に退場）

源助　アイエナー、ツルおばあは、いつもあんなかね。

タエ　いつもではないさ。静江が病気になって、幸子が死んだから、ワッター家族を元気づけるために、無理しているみたいだよ。

源助　ええ、アンヤミ。有り難いことだねえ。

梅子　（気を取り直して）あれ、太一と美代は遅いねえ。私が迎えてくるねえ（梅子も下手に消える）。

源助　ヤシガ、タエよ。静江が隠れている離れ屋も、そろそろ危なくなってきたかな。

タエ　おじい、大丈夫だよ。まだ、だれも気づいてないよ。

源助　ヤマトの兵隊がやって来ただけでなく、アメリカの兵隊も、上陸を始めているらしいからな。静江の離れ屋は、海岸に近いから、アメリカーたちに一番に気づかれないかと思ってな。

タエ　あんやさやあ。心配だねえ。（突然、ツル

おばあが現れる）

ツル　ありありあり、私は、トートーメーに手を合わせに来たのに、忘れて帰るところだったさ。幸子に怒られるさ。

タエ　ツルおばあよ、びっくりさせないでよ。

ツル　幸子は、私が取り上げたんだからね（急いで居間に上がる）。ありあり、ウコーはどこだったかね。（タエが慌てて立ち上がり仏壇へ）

ツル　はい、ウートウトゥ、始めますよ。いいですか。ウートウトウすることがあるというのはいいことなんですよ。心が安らぎます。はい、始めますよ。今日のユカル日に……。

（仏壇の前でウートウトウを始める）

梅子が、下手から、太一と美代の手を引くように登場。ウートウトウーするツルおばあの姿を眺めるようにして、暗転。

第三場　浜辺に建つ離れ屋の前

波の音。浜辺に建つ一軒家。村から隔離された静江が住む家。月夜。満天の星。きらきらと波が輝いている。静江が一人、物思いに沈んでいる。

静江　太一、美代……。どうしているんだろうね。どうして、お母は、一人で、こんな所に住むようになったんだろうね。お母は、もう元気がなくなったさ。病気も治る様子はないし、身体は痩せていくだけ。お父が、イクサに取られてからは、お母もマブイを取られたみたいで元気が出ないし、食欲もなくなった。幸子も死んでしまったし……。お母は、お父に会わせる顔がないよ。

静江　幸子は、本当に不幸な生まれをしてきたね。ただ、死ぬために生まれてきたようなものだね。お前たちと一緒に遊ぶこともできずにね……。お母の、このお母の胸に抱かれることもなくてね……。なんで、こんな病気になったんだろうね。太一、美代、元気でいるよね……。お母は、みんなに迷惑かけたね。ごめんね、太一、美代、ごめんね……。お母は、お母は、もう駄目さ。（ほとんど、涙声。悲鳴を上げるようにして俯せる……。やがて、三線の音が流れてくる）

静江　お父……、お父が好きだった歌だね。だれが歌っているのかね。聞こえるよ。お父の声かね……。お父の、あのウスデークの時の顔よ。私と最初に会った晩だよ。覚えているね、お父……。

静江　「松堂源太と申します。大城静江さん、俺と付き合ってください……」。おかしかったね、あの時のお父は……。あれ、そう言えば、お父はどうして私の名前を知っていたのかね。お父は、私と同じ村ではなくて、隣村に住んでいたのにね。お父は、私に目をつけていたのかね。お父、そうなの？　ねえ、お父、私が好きだったの？

静江　お父は、いつも優しかった。松堂家に嫁に来てからも、太一や美代が生まれてからも、私が病気になってからも、ずーっと優しかった。私の病気は、みんなから嫌われているというのに、私を背負って隣村の診療所まで通ってくれた。石を投げられても、お父は私を庇ってくれた。村から追い出せ、って言われても、お父が守ってくれた。どんなに嬉しかったことか……。お父、有り難うね、大好きだったよ、お父……。

静江　海もきれいだったね。お父に背負われて、山の上から見た海。生きていてよかったねえ、お父と結婚して、よかったねえって、思ったよ。ニライカナイの国は必ずあるって、思ったよ……。でも、お父……、私は、もう死ぬよ。もう死んだ方がいいみたい。一度は、お父に助けられたけれどね。生きていても太一や美代を抱くこともできないし、声をかけることもできない。辛いよ……。いつまでも治らない病気というし、二人の子どもたちには、期待をさせない方がいいんだ。私も子どもたちに未練を持たない方がいいんだよね……。お父……。お父が生きて帰れたら、だれかまた素敵な人を見つけて結婚してね。太一や美代たちに不自由な思いをさせないでね。お願いよ。だあ、子どもたちのことを考えたら、自然に涙がこぼれてくるさ。

静江　おじい、おばあにも、梅子にも世話になりっぱなしで、お礼も言えないで……。おじいも、おばあも、梅子も、私が死んでも、気にしないでよね。私は、だれも恨んでないからね。村の人も恨んでないよ。私を生んでくれたお母も、お父も、恨んでないよ。強いて言えば……、自分を恨んでいるかもね。病気になった自分をさ。子どもたちを、守ってやれない自分をさ。でも、私は、十分に幸せだったよ。優しい子どもたちにも恵まれたしね。私は、みんなに感謝しているんだよ（涙）

やがて、ゆっくりと縄を手に取り、家の梁に結びつける。準備ができたところで、また二人の子どもへの思いがどっとあふれてくる。

静江　太一、美代……。お母を許してね。お母は、もう死んでしまうよ。病気と闘おうと思ったのに、イクサと闘おうと思ったのに……。なんだか、お母は、お前たちと離れて暮らすようになってから、元気がなくなってね。お前たちが見えなくなってから、闘う相手も見えなくなっているんだよ。お母が死んでも、お前たちは、いつまでもお母の宝物だからね。お母は、お前たちのことを考えているときが一番幸せだったよ。二人とも風邪を引かないようにね。梅子ネエや、おじいや、おばあの言うことをよく聞いて、頑張るんだよ（涙声）。お父もきっと、イクサ世から帰ってくるからね。信じて待っているんだよ、いいね……。

静江　二人とも、タナガー（川エビ）を捕るのも上手だったねえ。太一は、ウナギを捕ってきたこともあったよね。そうだ、美代が転んで、怪我したといって、二人で泣いて帰ってきたこともあったねえ。なんであのとき、太一も泣いていたのかな。太一は、お母が尋ねても答えてくれなかったけれど……、でも、お母は分かっていたよ。美代のために泣いたんだよね。美代を守ってやれなかったのが悔しかったんでしょう。美代と一緒に泣いたら、美代の痛さが半分になるとでも思ったのかね。お母は、嬉しかったよ。だれかのために泣くってことは、とってもいいことなんだからね。太一は兄ィニィになったなと思ったよ。

静江　太一、美代……、お母の子どもとして生まれたのが恥ずかしいか。病気もちのお母のことが恥ずかしいか。ごめんね。お母のことは、早く忘れるんだよ。いいね、約束よ……。おじい、おばあの言うことをよくきいて、お利口なるんだよ。何かあったら、梅子ネエにも相談するんだよ。一人で悩んだらいけないよ。いいね。（縄の端を両手でしっかりと握る）

静江　アイエナー。星があんなにきれいさ……。太一も、美代も、この星を見ているのかね……。あれ、じんじんだ。じんじんが飛んでいる……。太一も美代も、じんじんが好きだったよねえ。二人とも、お母が作った歌、覚えているかな（ゆっくりと歌い出す）

□挿入歌1「じんじん」（オリジナル）

じんじん　じんじん
愛《いと》しいわが子の　明日《あした》を照らせ
星よりたくさん　人を愛し
星よりたくさん　夢をみる
じんじん　じんじん
愛しいわが子の　明日《あした》を照らせ

じんじん　じんじん
愛しい人の　心を照らせ
海より深く　人を愛し
空より高く　夢を見る
じんじん　じんじん
優しい人の　心を照らせ

静江　太一、美代、さようなら、さようならね……。松堂源太様、松堂静江は、幸せでした。（力を込めて縄の端を引く。暗転）

第四場　洋上に浮かぶ筏《いかだ》の上

波の音。闇。米軍兵士の声、大きくなって遠ざかる。洋上に浮かぶ筏。筏には伊江島から脱出を試みた源太と吾朗の息子義男《よしお》、そして政信《まさのぶ》や防衛隊員や島の人たちが乗っている。

義男　源太さん、源太さん。どうやら、無事に島を離れることができたようですね。（筏に伏せていた身体を起こす）

源太　義男……、まだ、安心できないぞ。

義男　いやあ、伊江島での半年間は地獄のようでした。毎日のように米軍の空襲はあるし、終わったかと思ったら、米軍の上陸。戦車での絨毯攻撃だ。こんな小さい島で逃げ場はない。友軍も島の人々も玉砕のみ……。守備隊長殿は、島を脱出して本島の部隊と合流し、最後の一兵まで戦えと言うけれど、俺たちは、もう十分に戦ったんじゃないですか。そうでしょう、源太さん。

源太　……。

政信　源太さん、義男の言うとおりですよ。もう村へ帰りましょう。静江さんや、太一や美代のことは、気にならんのですか。源太さん、戦争はもう終わりますよ。

源太　政信、危ないぞ。身を伏せていろ！

政信　ここまで来れば、もう大丈夫ですよ。私は生まれたばかりの子どもと妻を村に残してきたんです。私は、すぐに村に帰りますよ。

源太　政信……、もう少しの辛抱だよ。村に帰れるぞ。（周りの人々へ気遣っている）

義男　嫌だよ、こんな戦争、もう嫌です。戦争って平和を守ることじゃないんだ。人を殺

すことだっていうことが初めて分かりました
よ。
源太　義男、やめろ！
義男　やめません！　村に残って家族を守るこ
とこそが、男のやるべきことじゃないです
か。自分は、妻や子どもを飢え死にさせるわ
けにはいきません。両親もいます。家族のた
めに死ぬことはできても、こんな戦争のため
には、死ねません。源太さん、そう思いませ
んか？
源太　……。
義男　源太さんは静江さんのこと、気になりま
せんか？　静江さんを、だれが守るんです
か。今だって心細い思いでいるでしょう。村
の人たちはみんな病気になった静江さんに冷
たかったじゃないですか。俺のお父だって、
掌を返すように、松堂の家には行くなと言い
よった。病気のことよく分からないのに、お
かしいですよね。自分も悪かったと思ってい
ます。源太さん、謝ります。すみませんでし
た……。
政信　源太さんは、いつでも強かったなあ。村の
人になんと言われても、必死で静江さんを守っ
ていた。いつも感心して見ていた。自分も、源
太さんみたいになりたいと思った……。源太さ
んは、すぐに村に帰って、静江さんの傍にいて
やろうとは思わないんですか？
源太　……。
義男　どうして、返事をしないんですか。
源太　娘の美代がな、じんじんの歌が好きで
な。
義男　えーっ？　じんじんの歌ですか？
源太　そうだ、じんじんの歌だ。母親の静江が
作って、美代に教えていたんだが、ホタルの

歌だよ。静江は歌が好きでな。静江が美代に教えた歌は、いくつもあったはずなのに、美代は、この歌が大好きでな。二人で、よく歌っていた……。

義男　そう言えば、静江さんは、歌や踊りが大好きでしたねえ。村芝居で歌っていた「椎の川」の歌。覚えていますよ。あれも、いい歌でしたね……。

政信　椎の川か……。椎の川沿いにも、ホタルは、たくさん飛んでいたからなあ。

源太　そうだ、たくさんいたよ。今がその季節だ。夏を迎える前にホタルは飛ぶ……。今ごろは、たくさん飛んでいるぞ。

政信　そうか、じんじんの季節か……。

源太　そうなんだ。耳を澄ませてみろ、じんじんの歌が聞こえてくるぞ。村の川が、見えてくるぞ。

義男　自分の妻も歌が大好きでした……。（突然、耐えきっと子どもが大きくなったら……。（突然、耐えられなくなって、大声で）戦争なんか、もう嫌だ。こんなもの、もう嫌だ。（手に持った銃を捨て、鉄兜を脱ぎ捨て、身につけた装具を捨て始める）。俺たちは、兵隊なんかになれないいんだ。無理をして、日本人になんかにならなくてもいいんだ。

源太　やめろ！　義男。お前の気持ちは、分かっている。もう少し我慢しろ！（源太が立ち上がって止める。もみ合っている二人へ突然サーチライトが浴びせられる。一斉に米軍の機銃掃射の音。二人、同時に倒れる）

政信　義男！　源太さん。源太さーん。（倒れた二人に政信が近づいて抱き起こす。筏の上の人々は、悲鳴を上げた後、死んだように息を潜め、身を伏せている）

源太　（源太の体が動く）うん、俺は大丈夫だ……（脚に被弾。苦痛に顔をしかめる）
政信　脚から、血が流れていますよ。
源太　大丈夫だよ。義男は？　義男は大丈夫か？
政信　……。
源太　義男！……。（義男ににじり寄り）義男！　しっかりしろ！　義男！（源太、義男の身体を起こし抱える）
義男　源太さん……。ごめんなさい。いつも、迷惑ばっかりかけて、いつも、助けてもらっていたのに……（虫の息）
源太　義男、。もう少しだ、もう少し頑張るんだ。
義男　……。
源太　義男……、今、言ってたじゃないか、戦争では死なんぞ、家族のために、妻や子どもを守るために死ぬんだって。こんなふうに死んだら、こんなふうに死んだら……。
政信　義男……、一緒に、村に帰ろうな。
義男　うん（うなずく）……。源太さん。川が、村の川が、見えますよ。
源太　そうか、見えるか、義男……。頑張れよ、きっと、村に帰れるぞ。
義男　川が、椎の川が、見えますよ。
源太　うん、うん……
義男　椎の川……、静江さんが歌っていた椎の川の歌が、聞こえます……（息、絶え絶えにゆっくりと歌い出す）

椎の樹揺れて／椎の実流れる　椎の川
愛《いと》しさ募る　故郷《ふるさと》の川／きらら　きらら
命が生まれる　椎の川……。

やがて、歌声が大きく流れて重なる。

□挿入歌2　椎の川（オリジナル）

椎の樹揺れて
椎の実流れる　椎の川
愛しさ募る　故郷《ふるさと》の川
きらら　きらら
命が生まれる　椎の川

椎の樹揺れて
椎の実流れる　椎の川
朝焼け夕焼け　故郷の山
さわわ　さわわ
風が呼んでる　椎の川

しばらくの後、突然の大音響と共に、筏が木っ端みじんに吹き飛ぶ。やがて静寂と波の音、小さく流れて、暗転。

第一幕、閉じる……。（休憩）

第二幕　四場

第一場　源助の家

源助・タエのもとに、吾朗がやって来て、静江を隣村に駐屯する軍隊へ連れて行くべきだと抗議する。（「椎の川」の音楽をＢＧＭにして幕を開けてもいい）

吾朗　なあ、源助さんよ。軍隊は、静江を立派な医者に診せると言っていただろうが。心配せんで、離れ屋から連れ戻して、軍隊にあずけたらどうかね。
源助　軍隊の言うことは、信用できん。何をされるか分からんよ。
吾朗　あい、そう言っても、源助さんよ。村が焼き払われたらどうするかね。この家を最初に焼き払うと言っていたよ。
源助　そんなことは、ないよ。
吾朗　あれ、今、軍隊は何をするか分からんと言ったじゃないかね。軍隊のことだ。本当に焼き払うかもしれないよ。村の家、全部が焼き払われたらどうするんだ？　責任持てるか。ねえ、タエさん。そうだろう？
タエ　……。（黙って茶をすすめる）

産婆のツルばあさんがやって来る。

ツル　あい、皆さん、チャービタンどお。いいワーチキヤー（いい天気ですねぇ）。あい、ヌーガ。ムルうち黙って……。吾朗さんよ。いい天気ですね。ご無沙汰しています。嫁も、孫も、お元気ですか。戦争に行った義男さんも元気で、お過ごしでしょうか。
吾朗　……。
ツル　ヌウガ、ムル、口《くち》、ネエランナティ……。皆さん、何か心配事ですか。
吾朗　静江を……、静江を、軍隊に差し出したらどうかと相談に来たんだよ。
ツル　差し出す？　静江は、差し出すものではないですよ。
吾朗　分かっているよ。分かっているけど、村にとって、一番いい方法は何かと思って相談に来ているんだ。
ツル　相談じゃなくて答えを持ってきたんでしょう。自分たちが助かる一番いい方法は、何かと考えてやって来たんでしょう。顔に書いてあるよ……。吾朗さんよ、相談というのはね。そんなことではないはずよ。相談というのはね……。あれ。（空を見上げる）

飛行機の音。突然、機銃掃射。皆、逃げ惑う。吾朗を庇うようにして庭に飛び降りた源助が肩に被弾。一瞬の出来事。飛行機は、飛び去る。

ツル　アイエナー、話の途中に飛行機が来るってあるかね。弱い者に奇襲攻撃するって、アメリカーも意気地《いくじ》がないね。（着物の裾に付いた泥をはたきながら立ち上がる）
タエ　おじい、おじい（うめいている源助を見て庭に飛び降りる）
ツル　あい、源助さんよ。アイエナー。（吾朗に重なった源助を見て驚く）
吾朗　源助さん……。あんたは、あんたは……。（自分の身体に追い被さって、身代わりになった源助の行為に絶句）
タエ　おじい、大丈夫ね。
源助　ううん、ヌーン、アランサ。（肩に被弾）
吾朗　源助さん、あんたは、私を助けようとして……。
源助　気にするな、吾朗……。ワンヤ、なあ年ヤサ。吾朗、イクサが終わったら、みんなで力を合わせて、村をつくり直さんとや……。ワンヨカ、ヤーガ、若さるむん、チバラントヤ。ヌーン、アランサ。これだけの傷、なんともないよ。シワサンケー。

ツル　アイエナー……。吾朗さん、分かったでしょう。威張るな軍曹と、源助さんと、どっちがあんたのこと考えていると思うね。
吾朗　……。
源助　ツルおばあ、シムサ。
ツル　村のことを考えているのは、威張るな真之介か、松堂源助か。どっちか？
吾朗　……（無言で、源助を抱えて、家の中へ入れる。ツルもついて行く）
源助　ありがとうや、吾朗……。
ツル　（源助の肩の傷を見た後）タエおばあ、包帯か何かあるでしょう。まず血を止めよう。大丈夫だよ。弾は残っていないよ。大丈夫よ。助かるよ。ヤブー、山田を呼んでくるからね。
ツル　タエ！　トルバランで、薬か、何かないかね。あんた、こんなとき頑張るんだよ。
タエ　はい！　あるよ、あるよ。すぐ取ってくるよ。（裏座へ）

村の青年、勝俊が走り込んでくる。

勝俊　でーじなたんどお、ツルおばあ。でーじなたんどお、源助さんよ、吾朗さんよ。
ツル　ぬーが、ぬーなとうが。
勝俊　義男さんが……、伊江島にイクサに行った吾朗さんの息子の義男さんが……、源太さんも。
ツル　慌てらんぐとう、深呼吸どお。はい、お腹を抑えて、深く息を吸い込んで、イチ、ニィ、サン、はい息を吐き出して、イチ、ニ、サン、はいもうすぐ生まれますよ。落ち着いてよ。（タエが包帯と、洗面器を持って裏座から登場する）

吾朗　義男が、どうかしたのか？

勝俊　はい……。せ、せ、戦死した、そうです。

吾朗　何？　戦死？　(立ち上がって勝俊に詰め寄る)

勝俊　伊江島から、本島に渡る途中で、アメリカーの銃撃にあって。

吾朗　……（へなへなと力尽きて座り込む。タエも、源助の傍らで座り込む）

ツル　本当か、ユクシムニィー（嘘）じゃないだろうね。

勝俊　本当だよ。こんなこと、冗談で言えるかよ……。

源助　源太は、どうなったのか？　源太も一緒なのか？

勝俊　一緒だったそうです。アメリカの砲弾が当たって、筏は木っ端微塵になったというから、多分、全滅……。源太さんも、一緒に行った政信さんも……。

タエ　おじい、どうしよう。源太は、源太は、死んだのかねえ……。

源助　分からんさ。分からんよ……（首を横に振り、タエを励まし、その後、肩の痛みをこらえながら吾朗の傍ににじり寄る。肩を叩き、抱いて激励する）。マジュン（一緒に）、頑張ろうや。イクサに負キランカヤ。

吾朗　……（うなずきながら、源助を見る）

ツル　負けてー、ならんどお……。

　太一と美代がスポットを浴びる。二人は、大人たちの話を、物陰から、そっと、聞いている。

第二場　浜辺

浜辺の岩場近く。波の音。美代は、泣いていて、手で涙をぬぐっている。

太一　美代、分かったか。お父は死んだんだ。もういないんだ。
美代　……（うなずく）
太一　さっきの話、聞いただろう。お父は、もうどこにもいないんだよ。分かるか？もう、帰ってこないんだよ。
美代　……（うなずく）

波の音、繰り返す。その音を聞いている二人。

美代　兄ィニィ……。お父は、ずっーと、いないの？
太一　そうだよ。お父も、お母も、ずっといないんだよ。死んだんだよ……。
太一　（決意したように）美代……、兄イニイと一緒に、お父と、お母の所に行くか？
美代　うん……（うなずく美代）
太一　一緒に死のうな。
美代　うん。
太一　お父もお母も、さーちもいないしな。みんな死んでしまった……。美代、おいで……（美代が太一の所に寄る）。痛くないからな。ゆっくりしような。（ゆっくりと、太一が美代の首と自分の首に縄を巻く……）

静かに三線の音が流れる。お父の弾く三線の音……。やがて、静江と源太（幻影）が現れる。

静江　太一、太一……。美代、美代……。
太一　美代、今、お母の声が聞こえたか？
源太　太一、太一……。
太一　お父の声もするよ。
美代　お父だ！　お母だよ、兄ィニィ！（美代が二人の姿を発見する）
太一　お父！　お母！（遠くに亡霊のように立っている二人を発見。太一、美代は茫然としている。二人は、太一と美代の所にゆっくりと近寄ってくる。静江が二人を抱きしめる）
静江　太一、美代……。ごめんね、辛い思いをさせたね。
美代　お母……（事態が飲み込めない）
静江　二人とも、こんなことしないで、頑張らんと……。お母もね、負けそうになったけれど、お前たち二人を残して、死んでたまるかって、頑張ったんだよ。じんじんに助けられたんだよ。
美代　じんじんに？
静江　そうだよ。病気になんか負けるな。戦争になんか負けるなって、じんじんが、教えてくれたんだよ。人間も、じんじんも、いつかはきっと死ぬさ。命のあるものは必ず死ぬさ。でも生きている間は、一所懸命、頑張っているさ。じんじんは、あんなに小さいけれど、一所懸命頑張って、光っているさ。お母も頑張らなければばって……。一所懸命頑張れば、必ず、いいことがあるって、信じることにしたんだ。二人とも、こんなことしたら、じんじんに笑われるよ。（首に巻いた縄を外す。涙ぐんでいる）
源太　太一、元気か……。太一も美代も、しばらく見ない間に大きくなったなあ。あんなに小さかったのになあ……。太一、死ぬということは、どういうことか分かるよね。おじいにも、おばあにも、梅子ネエにも会えなくなるんだよ。お父と、お母にも会えなくなるんだよ。生きていたらな、お父と、お母には、何度でも会えるよ。お前たちが、お父とお母のことを思い出すたびに、いつでもお父とお母は、お前たちの目の前に現れるんだよ。

静江　太一も、美代もお利口だよね。美代は……、美代は、可愛いお嫁さんになって、お母に、ごちそういっぱい食べさせるって言っていたよね。(静江は泣き出しそうになるのを必死で堪えている)。きっと可愛いお嫁さんになれるよ。美代はお利口さんだもんね。

美代　……。

源太　太一……。お前は、お医者さんになりたいって言っていたな。お医者さんになって、お母の病気を治すって言っていたな。心の優しい子に育ってくれたなって、お父はどんなに嬉しかったことか……。頑張るんだよ。病気だけでなくて、苦しんでいる人は、いっぱいいるからな。その人たちの気持ちを考えることのできる子になるんだぞ。いいか。みんなを助けてあげるんだよ。太一には、きっとできるよな……。

太一　……。

静江　太一は、美代も、助けてあげられるよね。美代はまだ小さいからね。なんでも、お兄ちゃんが教えてやらないとね。二人で力を合わせて、生きることを考えるんだよ。死んだら、お医者さんにもなれないよ。お嫁さんにもなれないんだよ。

静江　いいかい、太一と美代の二人はね、お父とお母の命で作り上げたんだよ。二人の中で、お父とお母の命が生きているんだよ。二人が死んだら、お父と、お母も死ぬんだよ。お父とお母の命を、守ってちょうだいね。お父とお母の命を、あんたたちが大きくなって、あんたたちの子どもにも、引き継いでいくんだよ。太一、美代、できるよね……。

源太　太一……、今までで、何が一番楽しかったか？（背後のスクリーンいっぱいに、太一の頭の中の映像が映し出される。音楽が一緒でもいい。川の流れ、蝉の鳴き声、自然の美しさ、豊かさ、幼いころ静江に抱かれた太一や美代の姿、村の人々の暮らしぶり……）。

源太　お父と一緒に、海に釣りにも行ったよなあ。太一は、大きなミーバイも釣ったよな。サバニにも乗ったな。山に行って、イノシシも見たよな。あの時は、やがて二人で捕まえよったのにな。惜しかったな。これからも、いっぱい、いろいろなことがあるぞ。そうだ、お前は、ソーミナー（目白）を捕るのも上手だったな。

静江　お父、太一と美代は、タナガー捕るのも上手だよ。覚えているね。お母が作ったタナガーてんぷら。あのタナガーは、いつも太一と美代が捕ってきたんだよ。

源太　そうか、そうだったなあ……。太一、戦争はもうすぐ終わるよ。世の中も変わるよ。変わらなければ、お前たちで世の中を変えてくれ。お父たちには、その力がなかった。病気になったからといって、人を恨んだり憎んだりしたらいけないよな。人を差別したり、馬鹿にしたりしてはいけないよな。

太一　……。

源太　お父たちは、戦争を止められなかった。たくさんの不幸を生んでしまった。頼むよ、太一。どうしたら、みんなが幸せに暮らせるようになるのか。お父にもよく分からないけど、病気のことも、世の中のことも、もっと知ろうと思うことが、きっと大切なんだよ。太一、頑張ってくれ。ウチナーンチュも、ヤマトンチュも、アメリカーも、病気になった人も、病気でない人も、みんなが仲良く平和に暮らせる世の中を考えてくれ。お父たちは、世の中のことについて、考えることが少なかったんだ。もっともっと考えるべきだったんだ。太一、頼むよな。

太一　……。

源太　美代、可愛いお嫁さんになるんだよ。お母みたいな、可愛いお嫁さんにな。

美代　うん、お母みたいな、お嫁さんになる。可愛いお嫁さんになる。

源太　うん、うん……。太一、美代を頼むよ。美代は、死んだら、お嫁さんになれないよ。

太一　うん……。（太一、うなずく）

源太　太一、辛いことがあっても、必ず楽しいこともあるからな。辛いことと、楽しいことは、半分、半分だよ。お前と美代には辛いことがいっぱいあったから、これからは楽しいことがいっぱいあるさ。弱気になったらだめだろうが。美代も守ってやらないと……。できるか、太一？

太一　うん。

源太　よーし、それでこそ、お父とお母の子だ。松堂太一だ。

太一　うん！

静江　太一、美代、いいね。お父とお母は、いつでも応援しているよ。太一と美代が、お父とお母のことを考えたら、いつでも現れるからね。夢の中だけではないよ。すぐ近くにだって、現れるからね。おじい、おばあや、梅子ネエを心配させないでよ。いいね。分かるよね……。

太一・美代　うん。

静江　お母も、頑張るから……。じんじんに負けずに頑張るから。太一も美代も頑張るんだよ。いいね……。辛くなったら、お父のこと、お母のこと、家族のことを考えるんだよ。そうすれば、きっと頑張れるから。いいね。もう行くよ……。

じんじんの歌が、スローテンポで流れ始める。

源太と静江の姿が、ゆっくりと消える。

太一　(太一、我に返り、涙をぬぐって)美代、ごめんな。一緒に頑張ろうな。いいな?

美代　(美代も、我に返り)うん。兄ィニィ……、お父と、お母が来てくれたよ。

太一　うん、お父とお母は、生きているよ。生きているから、現れたんだよ。

美代　本当?

太一　本当だよ。

美代　ああ、よかった。お父も、お母も、死んだから、現れたのかと思った。

太一　何言っているか、お前は……。お父も、お母も、生きているよ。お母は、捜したら、きっと見つかるよ。いいな、お母を捜しに行こう。

美代　うん(うなずく)

太一　今すぐだよ。分かるよな。アメリカーが、もうすぐやって来るんだ。日本の兵隊も、お母を捜している。兵隊に見つかったら、お母は殺されるかもしれないんだ。二人で、お母を助けよう。いいな。
美代　うん、お母に会いたい。お母は、死んでないよね。
太一　当たり前さ、死んでないさ。もう泣くな！　泣いたら、お母とお父が、心配するだろうが　……。行くよ、いいか。
美代　うん……。
太一　松堂太一、頑張ります。
美代　松堂美代も、頑張ります。
太一　だあ、おんぶしようか。
美代　うん。（太一の背中に乗る）
美代　兄ィニィ……。
太一　何か？
美代　お父も、お母を、おんぶしたんだよね。
太一　そうだよ。おんぶして隣村まで通ったんだよ。
美代　仲良しだったんだよね。
太一　当たり前さ。
美代　兄イニイと美代みたいだね
太一　そうだね。さ、行くよ。
美代　うん、出発！（太一、美代、上手へ消える）

第三場　源助の家

再び、源助の家。明るくなって、源助たちの姿が映し出される。源助の傷の手当てをするツルを心配そうに覗き込むタエたち……。そこへ吾朗の妻、キヨが慌てて駆け込んでくる。

キヨ　お父！　お父！
タエ　あれ、キヨさん、ヌウガ、慌ティティ。
キヨ　空襲が！　空襲が！

タエ　……。
キヨ　さっき、空襲が、空襲が……。
タエ　空襲がありましたよ。
キヨ　ワッターお父は、源助さんの家、こっちに行くと言って家を出たんです。米軍の飛行機は、こっちも銃撃するみたいでしたが、心配で、心配で……。
勝俊　キヨさん……（キヨへ近づいて義男の死を伝えたいが）
キヨ　ワッタアー、お父は、お父の吾朗は、来てないですか？
勝俊　吾朗さんは来ています。大丈夫ですよ。
キヨ　本当ねえ。お父！　お父！
吾朗　ここだよ、キヨ。ヌウガ、そんなに、慌てるな。
キヨ　アイエナー、お父よ、こんなに、心配させてからに……。
ツル　キヨ……、あんたのお父は、大丈夫だけど、源助さんが、空襲にやられたさ。
キヨ　……。
ツル　キヨ、あんたには、見えないの？　自分の夫だけでなく、ヒト（他人）の夫のことも心配しなさいよ。源助さんは、あんたの夫を庇《かば》って、身代わりになったんだよ。
キヨ　えっ？（驚いて）
源助　いいよ、いいよ、気にするな。
吾朗　本当だよ、キヨ……。源助さんは、私を助けてくれたんだ。そのために機銃にやられたんだ。
キヨ　……。
吾朗　それにな、キヨ……（キヨに近づいて慰めるように）、この勝俊が言うにはな、息子の義男が……、戦死したそうだ。
キヨ　えっ？　まさか？

勝俊　本当だよ。伊江島から筏で本島に渡る途中、機銃掃射で…。
キヨ　アイエナー、お父、どうするねえ。
吾朗　どうしたらいいんだか……。
キヨ　嫁と、孫に、どう言えばいいかね。
吾朗　源太や政信も一緒だったというんだがな……。
吾朗　戦場で、義男たちは、皆で励まし合ったんだろうな……。
タエ　キヨさん……（タエが近寄ってきて励ます）。私たちも一緒に、頑張ろうね。
ツル　源助さんは、イッターお父の、命の恩人だよ。
キヨ　タエさん……（感激した様子で）。有り難うございます。
タエ　うん、うん。
キヨ　静江さんのことでは、すまなかったねえ。
タエ　……。
キヨ　静江さんのことでは、私たちだけでなく、村の人、みんなが冷たい仕打ちをしたというのに……。
ツル　そうですよ。静江の病気のことを、だれもよく分かってないのに、噂だけを信じてからに……。
キヨ　ごめんや、タエさん。悪かったねえ。
タエ　うん、うん……。
キヨ　それなのに、こんな私たちを、恨みもしないで……、こんなに優しくしてもらってからに（泣きだしそう）
タエ　ルシル、ヤルムヌ（友達だのに）、恨むことがあるかねえ。みんな家族だのに……、家族が守ってあげないとね……。
キヨ　うん。

ツル　とう、病気にも、イクサに負けてはいけないよ。みんなで力を合わせて頑張らないとね。夫のいない私が頑張っているんだよ。夫のいるあんたたちが頑張らんでどうするね。芋食べて、頑張りなさい！

梅子が、慌てた様子で駆け込んでくる。

梅子　おじい……、おばあ……。
タエ　あれ、ヌウガ、梅子……。
梅子　（源助が怪我しているのを見て）あれ、おじいよ。
タエ　ありぃ、おじいもこんなになったさ。
（梅子、駆け寄って、心配そうに源助の傷を見る）
梅子　おじい、大丈夫ね……。
源助　大丈夫だよ、心配するな。それより、何か、心配事か？
梅子　うん……。太一と美代がいないのよ。
源助　本当か？
梅子　うん、どこを捜してもいないの。
タエ　アイエナー。もう大変さ。また、いつアメリカーの空襲があるか分からないのに、もう、シワシミティ……。
源助　いつ、何が起こるか分からんから、行く先は告げて出なさいと、あれほど言っていたのに……。
梅子　本当に、もう、どこに行ったのかね……。まさか、死ぬようなことはないよね。
源助　あり、チュ、シワシミティ……。
タエ　おじい……、お母を、静江を、捜しに行ったのではないかね。
源助　何？　二人だけでな。
タエ　うん……。太一が、ムヌ考えしていたからねえ……。

梅子　アイエナー、おじい、どうしよう。
勝俊　やがて、日も暮れるよ。
源助　捜せ！、連れ戻せ！（立ち上がろうとするが、腰砕ける）
吾朗　源助さん、私も手伝おう。
キヨ　私が、留守番をしていますから。
ツル　とうとう、なまやんどお、吾朗、キヨ。いいことをしたら、ウヤ、ファーフジが見ていますよ。慌ティィレ。慌ティィリドオ。ウヤガンスさん。どうか見守っていてくださいよ。ワラバーター、怪我させないでくださいよ。みんなで捜しに行きますからね。子どもたちのマブイを落とさせないでくださいよ。皆さん、出かけますよ。はい、出発よ。慌ティィリドー、慌ティィリドー。（暗転）

第四場　浜辺に建つ離れ屋の前

離れ屋の前。第一幕三場と同じ。

静江を捜しに来た太一と美代が、岩陰に身を隠しながら中央にある離れ屋の様子を伺っている。

美代　兄ィニィ……。
太一　何か？
美代　もっと椎の実を拾ってくればよかったかね。
太一　何で？
美代　お母に食べてもらうのに、少ないよ……。お母、大好きだったから……。
太一　大丈夫だよ。これだけでも、お母はきっと喜ぶさ。美代はお利口だねって、喜ぶよ。お母と一緒に食べような。

美代　うん。（やっと笑顔を見せる）
太一　なくするなよ。
美代　うん。

太一、離れ家の前に静江が倒れているのに気づく

太一　何か、変だなあ。人が倒れているみたいだよ……。
美代　（太一の背後から覗き見て）お母だよ、お母が、死んでいる……。
太一　何言っているか。お前は……。そんなことはないよ。さあ、行くよ。はい、おんぶ。
美代　お母が、死んでいる。（二人で駆け出す）
太一　美代……（追いついて美代の手を引き、一緒に駆け出す）
太一　お母！
美代　お母！
（太一、美代、叫びながら駆け出す。倒れた静江の傍らに到着し、揺すぶって泣き出す）
太一　お母！　太一と美代が来たよ。お母！
美代　お母！
静江　……（ゆっくりと、目を開け）……あい、太一と、美代ね……（息絶え絶えに、弱々しく）
太一　お母……。
静江　アイエナー、私の子どもたちよ。死ぬ前に、一度、会いたいと思っていたのに、私の願いが、届いたんだねえ。本当に、太一と、美代ね？
太一　お母……、太一だよ。松堂太一だよ。
美代　美代だよ、お母……。松堂美代だよ。
静江　太一、美代……。だあ、よく、顔を見せてご覧。本当に、太一と、美代だね。夢じゃ

ないんだね。
静江　ごめんね、お母は、もう駄目さ、ここまでが精いっぱいだ。病気に負けてしまったさ……。
太一　お母、ぼくに、病気、うつしていいよ……。お母、死んだら、駄目だよ。
静江　太一……。
美代　お母、美代も一緒に連れって行って。お母と一緒にあの世に行くよ。お母と一緒に行きたいよ。
静江　美代……。太一……。有り難うねえ。有り難うねえ。
静江　お母が、一番、悲しかったことはね。あんたたち二人が、この前、この離れ屋を訪ねてきたときにね、追い返してしまったことだよ。ごめんね。お母は、あのときが、一番辛かった。お母は、病気に負けたって思ったさ……。
静江　お母は、今、あんたたち二人と一緒にいるんだよね。お母は、幸せだね……。
静江　太一、お父にも言ってね。お母は、病気になったけれど、幸せだったよってね。太一と、美代に見送られたよってね。
太一　お母、死んだら駄目だよ。ぼくが大きくなったら、必ず、お母の病気を治すよ。お母、今、死んだら駄目だよ！
静江　有り難う、有り難うね、太一。
静江　もう一度、もう一度、戦争が終わったら、お父と一緒に、また、家族になろうね。
美代　うん、お母の子どもになるよ！
静江　美代……。
静江　美代……、可愛い、お嫁さんになってよ……（息絶え絶えに）
太一　お母！　死んじゃ、駄目だよ……。

静江　太一、美代……、じんじんと一緒に頑張るんだよ、お父にも……、お父にも、有り難うって、伝えてね……（息絶える）

美代　お母！

太一　お母！

太一美代、泣きじゃくる。

二人を捜しに来た源助たちが下手から登場。

源助　あれ、太一と美代だよ。

梅子　あれ、静江ネエだよ　静江ネエ！

（みんな、太一たちの所へ走り寄る）

源助　太一、美代……。離りれ！（静江から引き離そうとする）

太一　いやだよ、おじい（静江に縋って離れない）

吾朗　病気が、うつるよ。

太一　いやだよ、いやだよ。だあ、うつらんさ。

美代　あたしは、うってもいいよ。

タエ　美代、太一……。

ツル　アイエナー、なんでこうなったのかねえ。何が悪かったのかねえ。

キヨに連れられて源太が下手から、登場。

源太は右脚を負傷し、杖を突いている。

太一　お父！

美代　お父だ！

源太　太一！　美代！

タエ　あれ、源太……、生きて帰ってきたんだね。生きて帰ってきたんだねえ……。

源太　太一、美代……、お母は、お母は大丈夫か。
太一　お母は、お母は……、今、死んだよ（泣き出す）
源太　何？（静江の元に走り寄る）
源太　静江！
源太　静江！　おい、生きて帰ってきたぞ。
源太　静江……。約束どおり、生きて帰ってきたぞ。
源太　なんで、こんなところで死ぬんだよ。
源太　生きて帰ってきてよって、俺に言いながら、自分が先に死ぬってあるか。静江！
太一　お父……。
源太　太一、美代、（気を取り直して）お母と、話しができたか？
太一　うん。
源太　そうか、よかったな。お母も喜んだだろう。
美代　うん。
源太　お父は、間に合わなかった……。
太一　お母は病気だったけど、幸せだったよって、お父に伝えてよって……。
源太　そうか、（もう一度気を取り直して）太一、お母を、おうちに連れて帰ろうな。
太一　うん。
源太　美代……、お母をおうちに連れって帰るよ。綺麗な服を着けさせて、美味しい物もいっぱい、食べさせような。
美代　うん。

源太、静江に縋り付いて泣いている太一、美代を抱えながら励ます。

タエ　源太……。
源太　おじい。なんで、静江を離れ屋なんかに、住まわせたんだよ。
源助　村の者、みんなの意見でなあ……。
吾朗　村の者みんなが、病気がうつるのではないかと心配して、そうさせてもらったんだ。
源太　病気がうつるって？　ほれ、夫のおれには、うつってないじゃないか。ほれ、俺のどこに病気があるんだよ。病気のこと、まだ、だれも、よく分かってないくせに。
吾朗　……。
源太　それなのに、みんなで静江を除《の》け者にして……。静江は、みんなが殺したんだよ。みんながよってたかって静江を殺したんだ。
源太　病気だ、病気だといって、静江だけでなく、子どもたちまでも悲しい思いさせて、家族までも差別したんだ。静江は、みんなが殺したんだよ！
源太　戦争で死んでたまるか……。静江を守るために、死んでたまるかって、ここまで来たのに、おれは、どうすればいいんだよ。
源太　静江！（静江を再び抱きしめる）
美代（源太のもとに近寄り）お父……、あのね、お母の大好きな、椎の実、持ってきたんだよ。
源太　そうか……、美代はお利口さんだな。
源太　そうだ、お父には美代と太一がいるなあ。
美代　ほら、椎の実だよ（手を広げて見せる）
源太　あれ、本当だ……。
美代　お母に食べさせようと思ったんだよ。
源太　そうか、美代は偉いなあ。可哀想なのはお母だね。お前たち二人の成長を見守ってやれないなんてな。美代……、お母の手に、握らせてあげなさい。お母に持たせてやろうな。お母は、きっと、食べるよ。

美代　うん。（静江の手に椎の実を握らせる）
ツル　アイエナー、ワッターや、ムルシ（全部で）、静江に、詫ビントならんさやあ。
タエ　うん……。
ツル　源太の言うとおり、ワッターは、この病気のこと、何も分かっていないのに、国から言われるままに、隔離して、差別して……。静江に哀れしみたさやあ……。
タエ　静江のこと、忘《ワシ》リティ、ならんやあ。
　その時、遠くで、飛行機が旋回する音。大きくなり、やがて消え去る。皆は、不安な様子。
吾朗　村の上空を、飛行機が飛んで行ったが。
源助　もうすぐ、戦争が終わるんじゃないかなあ……。
ツル　（静江に語り掛けるように）静江、あんたは、よく頑張ったよ。あんたと源太の話はね、私が、ずーっと語り伝えていくからね。病気のあんたを背負って、源太が隣村の診療所まで通った話をね……。
源助　うん、うん。
タエ　太一、美代……。あんたのお父とお母はね。立派だったよ。病気と戦ったんだよ。村の者、みんなとも戦ったんだよ。誇りにしていいんだよ。（太一、美代、うなずく）
ツル　当たり前さな。親を誇りにしないで、だれを誇りにするかね。二人はね。親の鏡、夫婦の鏡さ。私が死んでも、あの世まで、持っていきますよ……。
　その時、背後の小屋の周りからじんじんが、一つ二つ、飛び上がる。そこへ勝俊が、下手から駆け込んでくる。

勝俊　おーい、戦争が終わるぞ。戦争が終わるぞ。

吾朗　おい、本当か?。本当に、戦争が終わるのか?

勝俊　本当さ。ほら、ここに書いてあるよ。さっき、村に飛行機が飛んできて、ビラを落として行ったんだよ（手に数枚のビラ）

みんな、勝俊のところに集まり、じっとビラを見つめる。

源太、太一、美代は静江の傍らから離れない。

源助　アイエナー、戦争は、本当に終わるんだな……。

吾朗　間違いないです。平和な世の中になりますよ。

源太　平和な世の中になっても、人間が変わらないとなあ。

勝俊　あれ、源太さん……（驚いている）。静江さんも……。

ツル　静江は、死んでしまったさ。

源太　世の中が、変わっても、人が、変わらないとな、静江みたいに悲しい思いをする人は、いつまでも、なくならないぞ。

梅子　人を差別する心が、どんなに人を苦しめるか……。

ツル　変わらないと、いけないよ、勝俊。

勝俊　……。

吾朗　そうだよな。タエさん。

タエ　静江みたいな、哀れを、もうだれにもさせたくないね……。

じんじんが、次第に数を増してくる。

太一　お父！（立ち上がって）、戦争が終わったら、うんと勉強して、ぼくが、必ず、お母の病気、治せるようにするよ。

源太　うん。

梅子　太一……。

タエ　偉いぞ、太一。

太一　お父、じんじんだよ。

源太　わあ、すごいなあ。お母を、迎えに来たのかな。お母は、ジンジンが大好きで、よくじんじんの歌、歌っていたからなあ。

梅子　美代、一緒に、静江ネエが作ったじんじんの歌、歌ってあげようか。

美代　うん。（梅子。美代、一緒にじんじんの歌を歌い出す）

　じんじん　じんじん
　じんじん　じんじん
　愛《いと》しいわが子の　明日《あした》を照らせ
　星よりたくさん　人を愛し
　星よりたくさん　夢をみる
　じんじん　じんじん
　愛しいわが子の　明日《あした》を照らせ……

　歌に誘われるように、小屋の周りから。じんじんが一斉に勢いよく、飛び上がる。

ツル　アイエナー、ウサケーナーヌ（こんなにたくさんの）じんじんよ。これは、きっと、ご先祖様の、マブイかもしれないねえ。

タエ　命の、大合唱だね。

源助　静江のこと、忘リティィナランドー（忘れていけないよ）といって、じんじんが、教えてくれているんだな。
ツル　アイエナー。ナマカラヤ、世果報《ユガフウ》どぉ。弥勒世《ミルクユ》どおや。いかな暗シミヤティン、じんじんヌグトゥシ、みんなで力を合わせて、世の中を照らしていけば、必ず、幸せは、やってくるんだよね。命のことは、諦めてはいけないんだよねえ。
太一　お父……。
源太　うん？
太一　お母を、おんぶして、おうちに連れて帰ろう。
源太　うん、そうしような。さ、さあ、お母を背負うぞ。

太一、美代、静江を源太の背中に背負わせるのを手伝う。

じんじんの歌が、大きく響き渡る。
歌に合わせるように、舞台いっぱいにたくさんのじんじんが、飛び交い、山が揺れ、木々が静江の命を迎えるように震える。

じんじん　じんじん
じんじん　じんじん
愛《いと》しいわが子の　明日《あした》を照らせ
星よりたくさん　人を愛し
星よりたくさん　夢をみる
じんじん　じんじん
愛しいわが子の　明日《あした》を照らせ……

テロップ文字が舞台脇に映し出され、ゆっくりと幕が降りる。

【テロップ文字】

明治四十年、「癩予防ニ関スル件」として法律が制定され、ハンセン病患者に対する国家権力の制度的な圧力が始まりました。病に対する国の誤った政策や人々の無知と偏見が、今日までの長い間、「ハンセン病」を患った人々や家族の皆さんを苦しめてきたのです。

昭和十八年に、米国で「プロミン」などの優れた治療薬が開発され、ハンセン病は不治の病から治る病気になりました。また、ハンセン病は、感染力の弱い感染症ということも分かっています。

平成八年、国は、やっと自らの過ちを認め「らい予防法の廃止に関する法律」を制定し謝罪をします。

平成二十一年四月には、「ハンセン病問題基本法」が施行され、療養所に入所しているハンセン病元患者のみなさんと地域住民との交流促進等が目指された新しい取り組みが開始されています。

しかし、日本のハンセン病問題は、今なお解決しなければならない課題が、たくさんあります。そのためには、私たちが真摯に過去の出来事を見据え、具体的な経過や悲劇を検証することが大切です。本作品が、その一助になることを、願っています。

〈完〉

でいご村から

◇登場人物
与儀喜助　主人公
鶴子　喜助の妻
喜一　喜助の息子
宮城よね　喜助の従姉
栄昇　よねの夫
サヨ　よねの娘
千代　栄昇の母
桃原梅吉　サヨの夫
山川建徳　学校長
照屋忠治　村の区長
村人1　勝治
村人2　忠男
村人3　トミ
村人4　正勝
村人5　義春
村人6　マツ
村人たち（多数）
セツ子　ホステス
視力を失った男
行商人
酔いどれ男
物乞いハーメー
語り手＝でいごの精

第一幕

第1場　（喜助《きすけ》の家）

喜助の家。庭には大きなでいごの樹。

喜助と妻鶴子は、村人から次々と祝福の言葉をかけられている。一人息子の喜一《きいち》が県立師範学校に合格したのだ。祝いの席では三線《サンシン》が奏でられ、客は庭まであふれている。

皆が笑顔で喜一の前途を祝福している。

学校長　喜助さん、おめでとう。
喜助　有り難うございます。
学校長　おめでとう、鶴子さん。親の幸せは、なんといっても子どもの立身出世だからなあ。
鶴子　有り難うございます。
忠治　さあ、それでは皆さん。校長先生のご挨拶です。しばらくご注目ください。それでは校長先生、よろしくお願いします。（拍手）

学校長が立ち上がって祝辞を述べる。

学校長　ええ、本日は、誠におめでとうございます。與儀《よぎ》喜一君が、見事に難関の沖縄県立師範学校に合格いたしました。このことは、私ども学校教育に携わる者にとりましては、誠に大きな喜びであります。ヤンバルのこの小さな村からでも、やればできるのだということを証明してくれました。喜一君、おめでとう。
喜一　有り難うございます。
学校長　本日は、父親の喜助さん、母親の鶴子さんにとりましても、こんなに嬉しいことはないものと思われます。喜一君は大事な一人息子でありますが、今日の祝賀会のために首里から、一時帰省をしてくれています。喜一君は、今日のこのめでたい日を忘れることなく、ますます努力し、本校の名誉と、でいご村と呼ばれる本村の名前を県下にとどろかすことを期待しております。それでは、喜一君の前途を祝して乾杯をしたいと思います。
忠治　校長先生、乾杯ではありませんよ。来賓祝辞でございますよ。
学校長　はっはは、構わんでしょう。乾杯は何度でもいいものだよ。なあ、喜助さん。
喜助　はい、有り難いことでございます。
学校長　それでは、乾杯じゃ。準備はよいかな……。では、乾杯！

村人　乾杯！（拍手）
学校長　鶴子さんもよねさんも、おめでとうよ。
鶴子・よね　はい、有り難うございます。
学校長　あり、千代おばあも、おめでとうよ。
千代　有り難うございます。
よね　サヨ！（呼びかける）、校長先生へ、お酒を持ってきて！。
サヨ　はあい。
学校長　喜助さん、さすがに首里士族の家系ですなあ。いやあ、見事ですよ。喜助さんのご先祖様が植えられたという村のでいご並木も、今年は一段と見事に花開くことでしょう。楽しみですな。
喜助　はい、有り難うございます。皆様のお陰です。喜一が、先祖ゆかりの地の首里で学問に励むことができるなんて、本当に夢のようです。有り難うございます。
サヨ　はい、どうぞ、校長先生。
学校長　うん。サヨさんも別嬪さんになったな。いい人でもできたかな？
サヨ　いえ、そんな……。
よね　校長先生、まだまだ、子どもですよ。
忠治　サヨ、喜一と一緒に、「汀間当」でも踊って、みんなに見せてやったらどうだ？　おれが三線を弾いてやるよ。
サヨ　いえ、そんな……。
忠治　喜一！　ほれ、出番だぞ！　サヨと一緒に踊るぞ。
喜一　えっ？
千代　喜一、サヨ、めでたい席だよ。踊るといいよ。
勝治　いよっ、待っていました！（拍手！　口笛など）

忠治、三線を弾く。サヨと喜一、皆の前に引き出されて仲良く踊る。手拍子が響き渡る。

喜一・サヨ　（踊り終わって）有り難うございます。

忠治　うん、やっぱり見事だ。二人の息が合っている。二人は村踊りの花形だからな。

学校長　日本人には、日本人の踊りがあるだろうになあ。（皮肉げに）

忠治　校長先生。今日はめでたい席です。かたいことは言わないで（笑い）。さあ、それでは、次は、お父とお母の番かな。喜助、鶴子、いくよ。

喜助・鶴子　えっ？

忠治、同じように三線を弾く。喜助と鶴子、戸惑いながらも皆に引きだされて仲良く踊る。楽しい喜劇ふうな踊り。みんなの賑やかな手拍子が響き渡る。

喜助　（踊り終わって笑顔で）有り難うございます。疲れたなあ。

忠男　素晴らしい！　喜一やサヨに負けてはないよ！（口々に褒め称える。拍手、口笛など）

鶴子　有難うございます。

忠治　いやあ、ジユゥテー（三線の弾き手）泣かせの見事な踊りだ。参ったよ。ほら喜助、乾杯だ。

喜助　うん、有り難う。

学校長　栄昇さん、あんたも踊るか？

栄昇　いえいえ、私は……。

学校長　はっはっは。ほら、栄昇さんも、おめでとうよ。
栄昇　有り難うございます。私もできの良いクァヌチャー（親族）を持って嬉しいですよ。でも、校長先生、日本はアメリカーとも、戦争を始めたようですが、喜一君のことは心配せんでもいいですかね。
学校長　何を言ってるかね君は……。心配いらんよ。日本はどこと戦っても負けることはないさ。日露戦争、日清戦争、日本は戦争の度に勝ってきたじゃないか。
栄昇　そう、ですよね。
学校長　そうだとも。神の国、日本だ。ははははっ。
梅吉　喜助さん、栄昇さん、この度は、おめでとうございます。
喜助　おお、梅吉か。有り難う。ゆっくりしていけよ。
栄昇　ほれ、梅吉、一杯、どうだ。
梅吉　はい、有り難うございます。
学校長　梅吉、お前は、いくつになった？
梅吉　はい、二十二歳になりました。
学校長　そうか、立派な青年になったな。軍隊に志願したと聞いたが、本当か。
梅吉　はい、来週には入隊します。
学校長　うん、そうか。日本国の未来は、君たち若者の双肩にかかっとる。大東亜共栄圏建設のために頑張るんだぞ。
梅吉　はい！　精一杯、頑張る覚悟です。
学校長　うん！　さあ、飲め！

宴が徐々に静かになっていく。宴席を外したサヨを喜一が追いかける。梅吉、それを目で追う。
二人は庭のでいごの樹の傍らで語り合う。

喜一　サヨさん……、疲れたか？
サヨ　ううん、大丈夫だよ。
喜一　そうか、よかった。
サヨ　でも、びっくりしたよ、急に引っ張り出されたから。
喜一　うん、でも、なんだか嬉しかったな。
サヨ　うん、少し恥ずかしかったけどね……。きぃおじと鶴子おばさんも、相変わらず上手だね。
喜一　そうだね。ぼくも父さんや母さんが踊るのを久しぶりに見たよ。
サヨ　ねえ、喜一さん、覚えている？
喜一　何を？
サヨ　このでいごの樹の下で約束したでしょう？
喜一　ああ、覚えているよ。この樹の下で、結婚しようって約束したんだよな。小さいころから、ずっとサヨさんが好きで……、結婚したいと思っていたからね。
サヨ　うん、嬉しかった。この樹は私たちにとって大切な樹なのよね。
喜一　そうだね。この樹は、ぼくたちにとって……、約束の樹、希望の樹だね。
サヨ　約束の樹、希望の樹か、嬉しいわ……。ねえ、首里にはいつ戻るの？
喜一　そうだなあ、明日には戻らなければいけないだろうなあ。
サヨ　そう……、寂しくなるわ。
喜一　ねえ、サヨさん、いいこと考えた。二人の結婚の約束の印にさ、この樹の下にね……（肩を寄せ合い手を握る。小声で聞き取れない）ねえ、いいだろう。一緒に埋めようよ。
サヨ　うん。素敵ね。

喜一　後で、浜辺に行ってきれいなのを探そう。星もきれいだしね。
サヨ　うん、嬉しい。……でもねえ、喜一さん、私、心配なのよ。
喜一　えっ、何が？
サヨ　う、ううん……。
喜一　ね、何が心配なの？
サヨ　うん、だから、アメリカーとの戦争が始まったっていうでしょう。私、よく分からないけれど、大丈夫かなっと思って。喜一さん、戦争に引っ張られないかなあと思って。
喜一　ああ、そのことか。心配ないよ、まだまだ先のことだよ。それに、ぼくは戦争には行かないよ。
サヨ　本当？
喜一　本当だよ。
サヨ　ああ、良かった……。ねえ、喜一さん、首里に行ったら、ちゃんと、ごはんも食べてよね。
喜一　あれ、姉さん女房みたいだな。
サヨ　そうよ。だって、私、喜一さんよりも一つ年上でしょう？
喜一　あれ、二つ年上じゃなかった？
サヨ　こら！
喜一　ごめん、ごめん。
サヨ　でも、ほんとうに大丈夫かしらねえ……。喜一さん、万が一、戦争に引っ張られても、絶対に、生きて帰ってきてよ。
喜一　うん。
サヨ　待っているからね。
喜一　うん。
サヨ　喜一さんの帰りを、この樹と一緒に、ずっと待っているからね。
喜一　サヨさん……。

鶴子　あれ、二人とも、何の話をしているの？
（鶴子が背後から声をかける）
喜一　あっ、お母さん。
サヨ　鶴子おばさん、おめでとうございます。
鶴子　なんだよ、改まって挨拶なんかして、この子は（笑い）
喜一　お母さん、あのね、サヨさんは、ぼくが戦争に引っ張られるんじゃないかって心配しているんだよ。
鶴子　そう……、母さんだって心配よ。校長先生は、たとえ戦争になっても日本は負けるわけがない、特に師範学校の生徒は国の宝だ。戦争に引っ張られるわけがないって言ってるけれど、母さんは心配だよ。喜一、万一のことがあっても、生きて帰ってくるんですよ。
喜一　あれ、サヨさんと同じこと言っているよ。心配ないって。
鶴子　喜一、親より先に死ぬのが一番の親不孝だからね。いいね、父さんや、母さんや、サヨさんを悲しませては駄目よ。必ず帰ってくるんだよ。
サヨ　おばさん……。
喜一　まいったなあ。母さんやサヨさんに、そんなふうに言われたんじゃあ、死ぬわけにはいかないなあ。逃げてでも、帰ってこなくちゃあなあ……。
鶴子　そうですよ。逃げてでも、（小声で）帰ってくるんですよ。
喜一　う、ううん……。
鶴子　ねえ、サヨ、教えてあげようか。
サヨ　えっ？　何を？
鶴子　「加那ヨー天川さ」
サヨ　わあ、嬉しい。私、いつか習いたいと思っていたの。

鶴子　喜一も生きて帰ってくるんですよ。生きて帰ってきたら教えてあげるからね。
喜一　ぼくは、今、習いたいな。
鶴子　まだ、無理です。
喜一　大丈夫だよ。

喜一、サヨと一緒に「加那ヨー天川」の踊りを、鶴子から教えてもらう。しかし、なかなかうまく踊れない。でも三人とも楽しく笑っている。

鶴子　あれ、踊れるじゃない。(クチサンシンと手拍子を取りながら二人を笑顔で冷やかす)

その光景を、いつの間にかやって来ていた梅吉が、うらやましげに見つめている……。

語り手（でいごの精）
喜一が師範学校に合格したことを祝う村人総出の楽しい宴は、夜遅くまで続きました。しかし、でいごの樹の下で、将来の約束をした喜一とサヨの運命は、やがてサヨの不安が的中し、沖縄戦が始まって大きく変わっていきます。
喜一は、師範学校で徴兵され、学徒隊として戦死したという知らせが、喜助と鶴子の元へ届きます。鶴子は余りのショックに病に伏し、喜一を追うように死んでしまいます。一人残された喜助は、喜一と妻鶴子を供養しながら生きていきますが、喜一を失った無念さ、鶴子を失った悲しみを、なかなか忘れることができません。
戦後になって、サヨは、親の勧めで戦争から生きて帰ってきた梅吉の元へ嫁ぎます。ところが、梅吉は過酷な戦場の体験から、サヨに暴力を振るうようになっていたのです。

私ですか？　私は、ほら、あの喜助の家の傍らに聳えているでいごの樹の精です。でいごは県花にも指定され、観光のシンボルにもなっていますが、私にはもう一つの使命があるのです。私が真っ赤な花を咲かせたら、戦争で死んだ人々のことを思い出して欲しいのです。私の赤い花の色は、沖縄戦で死んだ人々の、命の色でもあるのです。記憶の色でもあるのです。

この物語は、私が見たでいご村の人々の物語です。戦争で家族を失い、未来を奪われた人々はたくさんいました。喜助とサヨもそんな中の一人です。

サヨと喜助は、過酷な運命に弄ばれながらも、自らの思いに忠実に生きていきます。

私には、二人の息遣いまでが、身近に聞こえるのです。二人が必死に生きた戦後は、沖縄の戦後、私たちの戦後でもあったのですから……。

第2場　（第1場と同じ、喜助《きすけ》の家）

仏壇に位牌と遺影、香炉がある。その前で寝ている喜助。

夢にうなされた喜助の声が、突然、響き渡る。

喜助　死んではいかん！　やめろ！　喜一、やめろ！　引き返せ！

喜助　やめろ！　喜一、戻れ！　戻るんだ！　死んではいかん！（必死の思いで叫ぶ）

喜助　やめろ！（慌てて飛び起きる）……ああ、夢か。（びっしょりと汗をかいている）。また、夢を見てしまったなあ。喜一は、もう、戦死してしまったからなあ。

喜助、寝床から仏壇に掲げた鶴子、喜一の遺影を見る。

起きて灯りをともし、線香に火を点けて合掌。

喜助　鶴子……、お前までも、すぐに死んでしまうってことがあるか。喜一が戦死したからといって、お前までも、すぐに死んでしまうなんて、そんなことがあっていいもんか……。

喜助、ぶつぶつとつぶやきながら、のどの渇きを癒すために土間へ降りる。

甕から水を飲もうとして片隅にうずくまっている人の気配に気づく。

喜助　だれだ？
サヨ　……。
喜助　だれだ？　何をしている？
サヨ　サヨだよ……。
喜助　サヨか……。どうしたんだ。こんな夜中に。
サヨ　きぃおじ、かくまってちょうだい。助けてください。もう駄目。我慢できないんだよ、あの人の所が……。もう行く所がないんだよ。
喜助　あの人の所？
サヨ　……。
喜助　とにかく、そんな所にうずくまっていな

いで、さあ、中へ上がれ。（喜助は、サヨの手を引き、水を汲んで、サヨの足を洗う）
喜助　さあ、おぶってやろう。（足が土に触れないようにと、思わずサヨを背負って座敷へ上がる）
サヨ　有難う、きぃおじ……。（サヨも戸惑いを覚えるが、言うままに背負われる）
喜助　サヨ、一体どうしたんだ？
サヨ　うん……。
喜助　あの人って、梅吉さんのことか？　梅吉さんと喧嘩でもしたのか？
サヨ　……。
喜助　お前は、梅吉さんと結婚して幸せになっていると思っていたのに……、どうしたんだ。何か、辛いことでもあったのか？
サヨ　……（俯いているだけで答えない）
喜助　泣いてばかりいては分からないよ。
サヨ　……。（首を横に振る）
喜助　どうした？　何があったんだ？　あんたに幸せになってもらいたくて、あんたの母さんと父さんは、梅吉さんの所に嫁にやったんだよ。分かるよな？
サヨ　……。
喜助　よし、今日は、もう何も話さなくていい。泊まっていくか？
サヨ　うん。（小さくうなずく）
喜助　分かった。今、寝床を準備してやろう。

喜助は、慌てて寝床を用意する。箪笥《たんす》の奥にしまっていた鶴子の着物を取り出してサヨの傍らに置く。

喜助　亡くなった鶴子の着物だ。今日はもう何も言わんでいい。着替えて、ぐっすり休むといい。

喜助は、寝床に入り、横になる。
サヨは、感慨深げに着物を眺めている。

〈やがて暗転、後に明転〉

小鳥の声、庭のでいごの樹に朝日が差す。
喜助が起き出す前にサヨは、もう起きている。サヨの姿を見て、喜助は思わず亡くなった妻の鶴子が現れたのかと驚く。

サヨ　鶴子おばさんの着物、私に似合うでしょう（サヨは、茶を淹れながら、少しおどけた笑い顔で言う）
喜助　うん、よく似合っている。鶴子が、生きて帰ってきたかと思ったよ。
サヨ　……。

小さなちゃぶ台の上には、炊き立てのサツマイモが湯気を上げている。傍らには、味噌汁も添えられている。

喜助　サヨは、味噌がどこにあるのか知っていたのか？
サヨ　女の勘よ。ついでに菜っぱも裏の畑から採ってきたからね。
喜助　そうか……、それはいいけれど……。
サヨ　さあ、食べよう。
喜助　うん。

喜助は、一緒に味噌汁を啜っているサヨの顔を見て驚いた。明らかに殴られた痕《あと》だ。夜には気づかなかったが、手首も赤黒くむくんでいる。

喜助　サヨ……、眼の周りに隈ができているよ、それに手首が赤く腫れている。どうしたんだ?
サヨ　ううん?　なんでもないよ。(慌てて手首を隠す)
喜助　何でもないってことがあるか。
サヨ　……。
喜助　喜一が生きていたらなあ。お前たち二人は、いい夫婦になるって、鶴子はよく言っていたなあ。二人で「加那ヨー天川」を踊るのを見たかったたって……。ダア、鶴子も死んでしまったさ。
サヨ　……。
喜助　サヨはしばらく見ない間に、少し痩せたんじゃないか。苦労をしているのか?
サヨ　きぃおじ……。私、絶対に梅吉さんの所には戻らない。絶対に戻らないからね。梅吉さんの所に嫁いでから三年間、私は、ずーっと我慢のしっぱなしだったのよ。(喜助の言葉に、堪《こら》えていた思いを止められずに泣き出す)
サヨ　三年間は本当に辛かった。梅吉さんは、結婚するとすぐに暴力を振るい始めたの……。
喜助　ええっ?　本当か?
サヨ　まだ子どものできない私に、姑や舅までも皮肉や悪口を浴びせ始めるし……。今では召使いのようにこき使われているの。何度も逃げ出して、母さんの所に相談に行ったのに、母さんは、我慢しなさいと言うばかり。結局は梅吉さんの所に連れ戻されて……。顔を叩かれ、手を縛られて、足で蹴られて……。暴力は、ますます激しくなって何度も死のうと思って、一人で海を眺めていたこともあるのよ。
喜助　……。
サヨ　昨日の晩も暴力を振るわれて、手首を縛られて、口の中へ手拭いを突っ込まれて、窒息させられそうになったの。もう耐えられずに逃げ出してきたの。ほら、この手首を見たら分かるでしょう。（サヨは手首を喜助の前に差し出す）
喜助　信じられないよ。あの梅吉が、こんなことをするなんて……。
サヨ　これでも信じられない？　叩かれた傷跡だよ。（喜助の前で、サヨはゆっくりと着物をずらして、首の周りや肩を見せた）
喜助　分かった、分かった、もういいから服を着けろ……。もし、ここでいいのなら、しばらくは、ここに居るといいさ。
サヨ　うん、有難う……。（仏間に飾っている喜一と鶴子の遺影を見て）きぃおじ、喜一さんと鶴子おばさんにお焼香するね。（感慨深げに香を点け、合掌する）
サヨ　喜一さん……（写真を手に取り、涙ぐみ、抱きしめるように語りかける）。帰ってきて。生きて帰ってくるって約束したじゃない。逃げてでも帰ってくるって約束したじゃない……。死んでなんかいないわよね。死んでなんか……。どんな姿でもいいから、帰ってきて。

視力を失った男が、喜助の家の前を通りすがる。喜助の家を覗くしぐさ。喜助、その男に気付いて立ち上がる。男も喜助の気配に気付く。

視力を失った男　ここはどこですか？　戦争

は、もう終わったのですか？
喜助　うん、終わったよ……
視力を失った男　日本は勝ったのですか？
喜助　……負けたよ。
視力を失った男　そうですか。それで女の人の泣き声がしたんですね。……そうですか。私は、戦争で視力を失ってしまったが、私は役に立ったのかな？　日本は、神の国では、なかったのかなあ……。

視力を失った男、つぶやきながら、ぎこちなく杖をついて立ち去る。それを目で追う喜助……。

喜助　サヨ、外は風が強くなったようだ。台風が来るぞ。しばらくは荒れるぞ。
サヨ　うん……。ねえ、きぃおじ、喜一さんはね、一人で遠い山道を歩いて、隣村の私たちの所に遊びに来たこともあったんだよ。
喜助　そうか……。
サヨ　喜一さん、みんなをびっくりさせるのが、大好きだったからね。なんだか写真を見ていると、ただいまって、今にも帰ってきそうな気がするわ。
喜助　うん、そうだな……。
サヨ　ごめんね、きぃおじ、思い出させてしまったね。
喜助　いや、気にせんでいいよ（喜助は、サヨを気遣うように声をかける）
サヨ　そう言えば、喜一さんと一緒に、きぃおじが、大きなウナギをお土産だと言って持って来たことがあったけれど、覚えている？
喜助　えーっ？　そんなことがあったかな。
サヨ　あったわよ。私は、あんな大きなウナギを見るのは初めてだったから、そりゃもう気持ち悪くって、気持ち悪くって。
喜助　あれ、そうだったかな。お前はウナギが大好きだって、よねから聞いたような気がするけどな。
サヨ　そうなのよ、あんなに気持ち悪そうなのに、食べたら、美味《おい》しくて美味しくて涙が出るほどだった。きぃおじが、またウナギを持ってきてくれないかなって、首を長くして待っていたんだよ。
喜助　あれ、俺と喜一を待っていたんじゃなくて、ウナギを待っていたのか？
サヨ　そんなことはないけどさ。（サヨが、声を出して笑う）
喜助　よーし、いつか、また腹一杯食わせてやるよ。
サヨ　有難う……。きぃおじも、喜一さんも、いつも優しかったからね。怒っている顔なんか見たことがなかったもんね。
喜助　そんなこともないだろうけどな。
突然ドアが激しく叩かれる。サヨが喜助の家に居ることを知った梅吉が怒鳴《どな》り込んで来る。
梅吉　サヨを寄こせ！　サヨは俺の女房だぞ！（目を血走らせながら威嚇するように喜助に言う）
喜助　梅吉さん……。落ち着け！
梅吉　何が落ち着けか。お前なんかに意見を言われる筋合いはない。サヨ、帰るぞ！（手首を捕まえて）。ほら！　立て！
サヨ　嫌だよ。私は、あんたの所に帰る気持ちは、これっぽっちもないからね。
梅吉　何だと。ごちゃごちゃ言わないで、さあ、帰るんだ。

喜助　梅吉さん、サヨが嫌がっているよ。落ち着いて、少し話し合ってみたらどうかねえ。

梅吉　話し合うことなんか、何もない！

サヨ　手を放してよ。私は、ここから、どこへも行かないからね。あんたなんか大嫌いだよ。あんたは戦争に行って気が狂ってしまったんだよ。

梅吉　何だと……、馬鹿たれが！（梅吉がサヨの返事に逆上。頬を叩き、足で蹴り上げる）

サヨ　痛い！（サヨが逃げ出す）

喜助　梅吉さん、やめろよ。

梅吉　サヨ、さあ、こっちへ来るんだ。（逃げ出したサヨを、懐から包丁を取り出して追いかける）。こっちへ来い！

サヨ　嫌だよ。

喜助　梅吉さん、やめろ！

梅吉　お前は、黙っていろ！

喜助　いや、黙っておられるかね。（喜助は逃げ惑うサヨをかばいながら梅吉を押し戻す）

梅吉　この野郎！

喜助　やめろ。やめろって。

梅吉　ありゃ！（何度めかの押し合いのとき、梅吉が手にした包丁が喜助の脇腹を突き刺した）

喜助　ううっつ。

サヨ　きぃおじ！（サヨが悲鳴をあげる）

サヨ　だれか助けて。お願い助けて！（サヨの叫び声を聞いて区長の忠治や村の男正勝や義春たちが駆けつけてくる）

忠治　ありゃ、梅吉。やめろ！

梅吉　こいつら、俺を馬鹿にしやがって。

正勝　やめろ！　梅吉！

梅吉　お前ら知っているか？　戦場ではな、相手に馬鹿にされてはいけないんだ。（錯乱して

いる）

義春　梅吉、どうしたんだ？

梅吉　戦場ではな、やられる前にやらなけりゃ、こっちがやられるんだよ。

忠治　ここは、戦場でないよ。梅吉、しっかりしろ！

梅吉　……。

サヨ　きぃおじ、ごめんね、サヨのせいだね、ごめんね、死んじゃ、駄目だよ。

喜助　うん、大丈夫だよ……。（喜助は、小さくうなずきながら小声で言う。傷口を抑えた右手に血がにじんでくる）

サヨ　きぃおじ、血が出ているよ。死んじゃ駄目だよ、サヨを独りぼっちにしないでよ。

喜助　うん……。（サヨの言葉に、喜助は再びうなずく。苦痛で顔が小刻みに震える）

サヨ　（突然、立ち上がって梅吉へ飛びかかっていく）。あんたって人は、あんたって人は。ひどいよ。本当に気が狂っているよ。

梅吉　なに言ってるんだ。狂っているのは、お前らだよ。

サヨ　あんたって人は……。（梅吉の胸を激しく叩く）

忠治　サヨさん、やめろって。（忠治が慌ててサヨを引き離す）

サヨ　きぃおじ……。（再び放心したように喜助に取り縋る）

喜助　大丈夫だ、大丈夫だよ、サヨ……。

第３場　（同じく、喜助《きすけ》の家）

喜助、家の中で筵《むしろ》を敷き木工細工をしている。村人の勝治らが門前を通りかかる。

勝治　あり、ここが喜助の家だな。
忠男　喜助の先祖は、確か脱清人《だっしんにん》だったよな。
トミ　脱清人？
忠男　明治時代にな、日本政府と一緒になるのがいやで、清の国に助けを求めようとした人々のことをいうらしいよ。脱する清の国へと書いて脱清人だ。でも、結局は時代の流れには逆らえなかったようだがな。
勝治　そうか、喜助は脱清人の子孫か。どこかで聞いたことがあったような気がするな。
トミ　でもねえ、いくらなんでも、傷が治ったからといって、若い娘と二人だけで一つ屋根の下に暮らすなんてねえ、変だと思わないねえ。
勝治　そうだな。男と女だ。いつかは、ミートンバ（一緒に）みたいになるかもな。アンナレーカラヤ（そうなったら）、デージやあ（大変なことだよなあ）。イチムシどうヤンヤア（生き虫のようだな）
トミ　サヨさんは死んだ喜一の許嫁《いいなずけ》、喜助のいとこ姉さんのよねさんの娘だったよね。
忠男　ヤタンヤ（そうだったな）。恥ヌ、アリバドゥ、チュ、ヤンドオや（恥があってこそ人間だよな）
トミ　イキガ（男）は、ソーキブニが足りないからねえ。イナグ（女）見しれえからや、タウチー（鶏）みたいに、ちゃー、バンナイ。
勝治　あい、男だってカーギは選ぶよ。
トミ　あんたは、カーギを選んで、自分の奥さんを探したの？
勝治　失敗しました。あの時は暗シミでカーギは見えなかった。あんたはどうなんだよ？
トミ　私も間違いました。

勝治　イナグやてぃん、イキガの正体を見ないで結婚するんだな。
トミ　あり、私は見ようと思ったけれど、ワッターお父が私の二つの目を抑えよったんだよ。
勝治　納得。ヤクトゥ、イッターお父ヌ、チブル、ハギトーシン、ワカランテーサヤ（それでお父の頭が禿げているのも分からなかったんだな）
トミ　ヌウーヤンディ？（なんだって？）
勝治　ヌウーンアランサ（なんでもないよ）。お父やジンブンアイテーサヤア。
忠男　アリ、アリ、フリユンタクし。イッタアトゥ違ティ、喜助さんに限って、人の道に外れるようなことは、しないとは思うけどなあ。
勝治　そうだよなあ。
忠男　あのな、サヨさんはな、戦争で死んだ喜一が、イクサ場から帰ってくるのを、この家で、まだ待っているという噂もあるよ。
勝治　まさかひゃあ、戦争が終わってから、もう何年になるか。喜一は死んだんだよ。
トミ　遺骨はまだ見つかってないよ。だから帰ってくるって、サヨさんは信じているって。
忠男　この噂、俺も聞いたことがある。サヨさんが、このでいごの樹の下で、喜一さんと一緒に踊っている姿を見たことがあるという人もいるよ。
勝治　おい、おい、おどかすなよ。喜一の幽霊が出るというのか。変なことを言うなよ。
トミ　鶴子さんの幽霊も、出るってよ。
勝治　ええひゃあ。
忠男　考えてみると、サヨさんが梅吉とうまくいかなかったのも、喜一さんのことを忘れられなかったのが原因なのかなあ。

トミ　それはないね。それは梅吉が悪いよ。暴力だよ。梅吉は戦争から戻ってきて人が変わったもんね。南洋のイクサ場で、とてもひどい目に遭ったんじゃないかねえ。

勝治　そうかあ。それにしても、サヨさん、可哀相だね。サヨさん、喜一さんのこと大好きだったからなあ。

忠男　アリアリ、なあシムサ。フリユンタクし。リカ、急ごう。畑ヤティィン、ドゥクゥ待チカンティィ、シミレーカラヤ、ヒンギンドオ（畑でもあまり待たされると逃げ出すよ）

トミ　アリ、あんたが、ユンタク始めたんだよ。この、ソーキブニ足ランヌーヤ。アリ。急げ！

噂話をしながら通り過ぎる村人たち。

喜助は、家の中ででいごを削り、木工細工を続けている。でいごの樹を使った玩具は、わずかな収入だが生活の足しにしている。

物乞いハーメーが登場。喜助に寄って行き、手を差し出し食べ物をねだる。

喜助　あい、ハーメー、今日も来たか。

物乞いハーメー　……。

喜助　芋があるけど、それでいいのなら、ほら食べろよ。（ざるの中の芋を差し出す）

物乞いハーメー　（無言でむしゃむしゃと食べ始める。それを眺めている喜助）

喜助　あんたも戦争で家族をみんな亡くして、気が狂ったというけれど……、集団自決はなあ……。一人で生きていくのは大変だよなあ。
物乞い　ハーメー　……。
喜助　なあ、ハーメーよ。村の人はな、この家を、幽霊屋敷、幽霊屋敷って言いよるが、本当に幽霊が出るものなら見たいもんだよなあ……。（喜助は、汗をぬぐいながらでいごの樹を見上げる）
喜助　喜一、鶴子……。言いたいことがあったら俺の所にも出てこいよ。村の者たちは、お前たちの幽霊を、このでいごの樹の傍らで、何度も見たと言いよるが、俺にも見せてくれよ……。
物乞い　ハーメー　……（無言で立ち去る）
喜助　喜一！　鶴子！（死者の名を呼びながら何度も何度も語りかける）。サヨを、どうすればいいのかなあ。いつまでも、そばに置いていて、いいのかなあ。教えてくれよ、喜一！

第4場（同じく、喜助の家）

喜助のもとへ、サヨの両親、そして祖母の千代おばあがやって来た。サヨのことを引き取って貰いたいという喜助の要望に応えてのものだ。

喜助　なあ、よねさん……。やはり、サヨをいつまでも、俺の家に置いとくわけにはいかんだろう。
よね　うん、分かっている、よく分かっているよ。でも、しょうがないんだよ。
喜助　しょうがない、で済ませることじゃあ、ないだろうが。
栄昇　すまないなあ、喜助さんよ。サヨは、私らの頼みを聞き入れてくれないのだよ。頑固に首を横に振り続けて、今が一番幸せだと言うんだよ。（半ば諦めたような口振りで寂しそうに笑う。傍らのよねも、肩を落とし、ため息をつく）

栄昇　戻らなければ勘当してやるぞ！　って、サヨには言ったんだが、戻すんだったら、死んでやるって言うんだよ……。

よね　きぃおじのところが一番幸せだって、そう言うんだよ……。それにね、（言葉を詰まらせる）。喜一さんが……、喜一さんが、いつか必ず帰ってくるって言うのよ。だから、きぃおじの所で待っているって。喜一さんは、死んではいない。生きて帰ってくるって……。

喜助　そんな……。

千代　あんたと鶴子の二人で、摩文仁に喜一の遺骨を探しに行ったことがあっただろう。そのときも見つからなかったんだから、きっと生きているって……。遺骨がないんだから、喜一さんはきっと戻ってくるって。

喜助　ええっ！（驚く）。サヨがどう言っているか分からんが、やはり俺の所に長く置いておくわけにはいかないよ。村では良からぬ噂も立ち始めているんだ。これ以上、置いておくと、サヨのためにもよくないよ。

栄昇　本当にすまないなあ、喜助さん。迷惑をかけるなあ。サヨは、よっぽど梅吉との生活が辛かったんだろうなあ。

よね　私がもっとサヨの話を、ちゃんと聞いてあげれば、よかったんだけどね……。梅吉と一緒に暮らせば、梅吉のよさも分かるからと、サヨを説得したんだよ。まさか暴力を振るわれているとは思わなかった。

栄昇　梅吉も戦争に行って、人が変わってしまった。戦争に行く前は優しいニーセー（青年）だったんだがなあ。戦争は、本当に、人間を壊してしまうんだなあ。サヨの言っていることが、最初は信じられなかったよ。
喜助　うん、俺も、そうだった……。
栄昇　梅吉は、今は、コザの町で働いているんだってな。
喜助　うん、そう聞いているよ。
栄昇　ヤンバルの村からコザの町へ出て行って米兵相手の商売を始めて、しこたま儲けている人が出ているそうだ。それを聞いて、若者たちもまた村を出て行く。梅吉もそうだと聞いた。このままでは、村は壊れてしまうんじゃないかと心配している年寄りもいるよ。
喜助　うん、この村でも同じようなことが起こっている。
栄昇　梅吉も、商売が成功して羽振りがいいらしいからな。なんでも、「Aサインバー」というのを数軒持っていて、若い女を雇って、アメリカ兵相手の商売をしているらしいよ。
喜助　うん。
よね　梅吉は、ヤンバルから若い女の子を連れ出しては基地の街で働かせているという噂もあるよ。
喜助　うん、俺も気になっている。区長にやめさせろ、と言ったのだが、本人や家族が決めることだから、といって、耳を貸してくれないんだよ……。
栄昇　基地から品物をかっぱらって商売をしている戦果アギヤーもいるようだな。
喜助　あり、あの男だよ。声が聞こえてきた。村々を廻って商売をしているようだ。

外から歌声が聞こえてくる。戦果を挙げてそれを売り歩いている行商人の声だ。
　喜助の家の前を通っていく。

行商人　さあ、さあ、チョコレートにチューインガム。マヨネーズにケチャップ。バターにミルク。煙草にポーク缶詰。コンビーフにラード。毛布にジャンバー。何でもあるよ。頭痛薬もあるよ。文明国アメリカの、文明の品だよ。ナイフもあるよ。さあ、買った、買った。煙草はいらんかねえ。

　行商人、声を張りあげながら、喜助の家の前を通り過ぎていく。

栄昇　商売で儲けるのもいいけれど、本当にこれでいいのかなあ……。

千代　国頭の奥間にもアメリカーの通信隊の基地ができた。嘉手納にも軍事基地がある。辺野古にも金武にも、具志川にも普天間にも、浦添にも那覇にも基地はあるというよ。沖縄は基地だらけだよ。先祖の畑はほったらかして、基地で働くと言って出かけていく若者も増えているというよ。

栄昇　あり、畑も墓も、基地の中に囲われている人もいるってよ、ウガミにも行けないんだってよ。イナグンチャーは、アメリカ兵に乱暴されているという話も聞くけれど、ウチナーンチュは、どうすればいいのかなあ。

喜助　うん。この村でも、アメリカーが道路を造ってくれるというので、ウタキに通じるでいごの樹も切り倒されてしまったよ。

栄昇　アメリカ世になってよかったのかなあ。

喜助　さあなあ……。

よね　サヨのことは、梅吉に嫁がせた私たちが間違っていたのかもしれないねえ。
栄昇　そんなことは、もう言うな！
よね　サヨは喜一が大好きだったからねえ。二人が一緒になっていたら、今ごろはこの腕に孫も抱き締めていたはずなのにねえ。
栄昇　もうよせ！　何度も言うな！
よね　私は、悔しいんだよ。喜一が、どんな悪いことをしたというの。何も悪いことをしたわけじゃないんだよ。なんで死ななけりゃいけなかったのよ。喜一の後を追うように死んだお母の鶴子の気持ちが分かるよ。サヨだって、何も悪くないんだよ。なんで哀れをせんといかんのよ。
栄昇　分かっているよ、分かっているから、もう言うな。……なあ、喜助さんよ、サヨの気持ちが変わるまで、もう少し辛抱して、預かってもらえないかね。
千代　お願いだよ、喜助。こんな山の中の村だ。どこにも放り出すわけにもいかないしね。
喜助　分かった。それでは、もう少しの間だけだぞ。
栄昇　有り難う、助かるよ。なんとか機会を見つけて、もう一度、サヨを説得しに来るよ。
喜助　うん。
よね　どうして、こんなことになったのかねえ。戦争のせいかねえ。
栄昇　やめろって！　悔やんでも、しょうがないだろう。
喜助　サヨを追い出すために、俺も何か、サヨに嫌われるようなことをせんといかんのかなあ。
よね　そんなことはないさ、喜助。サヨもいつかは気が変わるよ。
喜助　うん……。
よね　喜助……、明日は、村祭りだよね。
喜助　うん、そうだ。那覇やコザからも、出て行った村の人々が帰ってきて賑やかになる。
よね　梅吉も、村に帰ってくるかもしれないんだね。
喜助　うん……。
よね　まさか……、とは思うけれど、梅吉がサヨのところへやって来て乱暴することはないだろうね。
喜助　まさか……。
よね　喜助、なんだか心配だよ。気をつけてよね。用心してよ。
喜助　うん、分かった、そうするよ。
栄昇　面倒かけるな、喜助……（足袋を履く）
それでは帰るよ。
喜助　うん、気をつけてな。
栄昇　満月だし、足元は明るいだろう。
よね　喜助……、サヨを、頼んだよ。
喜助　うん。千代おばあも、気をつけてな。
千代　うん。

第5場（同じく、喜助の家）

三線の音。サヨが庭のでいごの樹の傍らで、「加那ヨー天川」の踊りを練習している。喜助は外出中。サヨは喜一の亡霊と踊っているようだ。梅吉がやって来て、その姿を、そっと盗み見ている。やがて喜一の姿は消え、梅吉はサヨの元へ近づいていく。

梅吉　サヨ、久しぶりだなあ。だれと踊っているんだ。
サヨ　あれ……。（怯えている）
梅吉　死んだ喜一と踊っているのか？
サヨ　……（後ずさり、部屋の中へ）
梅吉　馬鹿だなあ、お前は。いつまでも喜一を忘れられないなんてな。（追いかけて手を掴む）
サヨ　やめて！　やめてください！
梅吉　いいだろうが、俺たちは、まだ夫婦なんだよ。

梅吉は逃げ惑うサヨを押し倒す。そこへ喜助が帰ってくる。喜助はサヨの上にのしかかっている男（梅吉）を殴りつける。

喜助　だれだ、この馬鹿たれが！
サヨ　きぃおじ！（サヨが、うめくような声で叫ぶと、乱れた裾を直して立ち上がった。喜助の背後に回り、隠れるようにして土間に降りた。喜助は威嚇するように梅吉を睨みつけた）
喜助　梅吉、貴様か、恥を知れ、恥を！

喜助の傍らで、サヨが、いつの間にか包丁を握っている。その包丁を握ったまま進み出る。

サヨ　殺してやる！　殺してやる！
喜助　サヨ、待て！（喜助は、サヨを制しながら、梅吉の襟首を掴まえ、なおも殴り続けた。やがて、梅吉は転がりながら、庭に飛び出した。喜助は、サヨから包丁を奪い取り、それを握って追いかけるように庭に飛び降りる）
喜助　俺が、ぶっ殺してやろうか。（梅吉は、喜助とサヨの剣幕に押され、四つん這いになりながら逃げ回った。やっと荒い息を整えると喜助に向

かって投げ捨てるように言う）

梅吉　ふん、お前こそ恥を知れ、恥を！　サヨは、お前のいとこ姉さんの子だろうが。村の者、みんなが噂をしているぞ。サヨと男女《おとこおんな》の仲になっているってな。犬畜生にも劣るってな。

喜助　何だと、わけも分からんことを言いやがって……。

梅吉　ふん、サヨと俺はな、まだ夫婦なんだぞ。慰めてやろうと思って来たんだ。それの、どこが悪いんだ！

喜助　失せろ！　これ以上言うと、本当にぶっ殺すぞ。

梅吉　ああ、失せるともよ。こんな幽霊屋敷、二度と来るもんか。（梅吉は脇腹を押さえながら立ち上がる）

梅吉　サヨ、いつまでも、こんなド田舎に住んでいると身体が腐るぞ。コザの町へ来い。コザの町は楽しいぞ。俺が可愛がってやるぞ。それとも、ずうっとここで、こんな男と一緒に暮らしたいのか。

サヨ　すぐに、離婚をしてください。

梅吉　分かったよ。すぐに離婚をしてやるよ。

梅吉　サヨ、ひょっとして、お前はまだ喜一と一緒になれると思っているのか。馬鹿だなあ、お前は。アホ。喜一は死んだんだ。死んだ男との約束なんか忘れるんだ。サヨ、自分のことだけを考えればいいんだよ。

サヨ　そんなことはないよ。

梅吉　そんなことは、あるさ。分からない女だなあ、お前は……。うん、離婚届をすぐに出してやるから、あの世から帰ってくる喜一と一緒になるんだな。いつまでも喜一の幽霊と踊っているんだな。アホ！（梅吉は、帰りしな

にでいごの樹を足で蹴飛ばした。派手な色のシャツが、暗闇の中に不釣り合いな生き物のようにうごめいて消えた）

サヨは、肩を震わせてうずくまっていたが、いきなり包丁を握り、自分の喉元に突き刺そうとする。

喜助　サヨ！　やめろ！　やめるんだ！

サヨ　きぃおじ、死なせて、お願い、死なせてください。

喜助　何を言ってるんだ、サヨ！　やめろ！

（喜助は力ずくでサヨから包丁をもぎ取る。サヨが悲鳴をあげ、どっと泣き崩れる）

サヨ　私なんか、もう……。私なんか、死んだ方がいいんだ。

喜助　馬鹿なことを言うな！

サヨ　皆に迷惑をかけるばかりだし……。生きていたって仕方がないんだ。

喜助　仕方がないってことがあるか！　サヨ、死んではいかんぞ。死んだら負けだぞ。俺だって生きている。喜一を、イクサに取られて、鶴子も亡くしてしまったが、負けずに生きているんだ。

サヨ　死んで……、喜一さんのところに、早く行きたいよ。

喜助　何を言うか。生きていれば、きっと、楽しいこともやって来るさ。（喜助は、絞り出すように言って、サヨを励ます）。なあ、サヨ、生きていこう。

サヨ　……。

喜助　ほれ、あの庭のでいごの樹、あの樹は、俺たちよりも何倍も長く、あそこで生きている。文句も言わずに、あの場所で、いつも花を咲かせ、陰をつくり、俺たちを楽しませてくれている。生きていれば……、だれかの役にも立てるんだ。生きている……、ただそれだけでも、尊いことなんだ。

　サヨが、感慨深げにでいごの樹を見つめる。喜助は、ゆっくりと仏壇の遺影に近づき、香を立てて、語りかける。やがて、サヨも傍らで涙をふきながら合掌する。

喜助　鶴子、喜一……。いいか、サヨをここに置いておくぞ。サヨは、どこへも行くところが、ないんだ。いいな。

喜助　（合掌した後）……サヨ、ここに居てもいい。ずっと、ここに居てもいいぞ。

サヨ　きぃおじ！　有難う。きぃおじ！（サヨが、涙で濡れた顔を上げて、喜助の胸に飛び込む）

喜助　うん、うん……（喜助も、うなずきながらサヨを見る。戸惑いながらも、髪を撫で肩を撫でる）

　でいごの丸い葉が、さわさわと音立てて揺れる。でいごの精が二人を見ている。

　幕が下りる／休憩。

第二幕

第1場　（第一幕と同じ、喜助《きすけ》の家）

　戦後の流行歌が流れる。子どもたちが数人、喜助の家の前で手をつないで遊んでいる。でいごの木の周りで、歌をうたいはしゃぎながら遊びまわっている。（歌の例：「朝はどこから」（森まさる作詞）」でもよい）。……やがて退散。

語り手
戦争が終わってから十年余、村は徐々に復興していきました。子どもたちも楽しそうに遊びまわっています。学校も立派な校舎が建築されました。村と村をつなぐ一周道路もできて、ヤンバルも何かと便利になっていきます。

喜助とサヨは、二人で一緒に暮らすことを選び取りました。自らの思いに素直に従って生きていこうと決意したのです。二人は、苦しい運命に抗うように力を合わせて生きていきます。

しかし、そんな二人にも、時代の波は容赦なく襲いかかります。これから起こる出来事は、私にも予測のつかないことでした。そして私たちみんなが、忘れてはいけないことだったのです。

忠治が、喜助の家へやって来て、縁側に腰掛けながら話し合っている。喜助は部屋の中に筵を敷いて、木工細工の獅子頭を作っている。

忠治　喜助、どうだ、獅子頭は、予定どおり完成できそうか。
喜助　完成させないと、いかんだろう。（手に取って細部を眺めている）
忠治　うん、よろしく頼むよ。お前だけが頼りだ。腕のいい木工細工の職人は、村ではお前一人だけだからなあ。獅子頭がないと獅子も踊れんからな。来月の豊年祭までには、間に合わせてくれよ。

喜助　うん、大丈夫だ。間に合わせるよ。約束する。

忠治　そうか。これで俺も安心したよ。獅子舞は村の悪霊を祓い、五穀豊穣と繁栄を祈願する伝統行事だからな。それを復活させるのが俺の夢だ。お前の獅子頭が完成すると、それが叶うんだ。

喜助　うん……。

忠治　しかし、なあ、喜助よ。月日の経つのは、早いものだなあ。お前らの先祖が、首里から流れてきたと知ったときは、村人みんなが驚いたということだよ。村人みんなが、お前らの先祖の家族を歓迎して、村に住まわせてやったということだが、この話、聞いたことがあるか？

喜助　うん、聞いている。村のみんなに感謝している。このように、村の守り神である獅子頭を作らせてもらっていることにも感謝しているよ。

忠治　いやいや、お互い様だ。お前の先祖は、村にでいごの樹を植えてくれた。でいごは防風林にもなり、漆器の材料としても使われている。木工細工にも適していて、こんなふうに獅子頭を作ることもできる。木彫りの玩具を作る者もいる。

喜助　それなのに、あんたたちは、ウタキに通じる道に植えたそのでいごの樹を切り倒したんだ。

忠治　いや、あれは一部分だ。道路を造るためには仕方のないことだった。

喜助　仕方のないことか……。

忠治　でいごの樹は、まだ残っているよ……。ほれ、ヤンバルの一周道路ができたお陰で、那覇、コザ辺りから見物人もやって来るようになった。お前が作っているおもちゃや、竹細工の籠だって売れるようになった。有り難いことだよ。

喜助　アメリカーもやって来て、村の女たちが危ない目に遭っているというんじゃないか。

忠治　そんなことは……、ない、さ（口ごもる）。

喜助　……。

忠治　戦争が終わってからもう何年が過ぎたかなあ。

喜助　……。

忠治　鶴子さんが死んでからも、もう何年になるかなあ……。そこでだよ、喜助、なあ、村の慰霊碑に、そろそろ、お前の息子の喜一の名前を刻んだらどうかな。そして今年からはお前も村の慰霊祭や豊年祭に参加するといい。それが一番自然なことなんだ。俺はそう思うよ。

喜助　忠治……、確かに、あんたが言うとおり、亡くなった人を祀ることは大切なことだ。慰霊祭にも参加したいよ。でも、あんたたちは、勝手過ぎはしないか。数年前には、喜一を村の慰霊碑に祀ることに反対したんじゃないか。それなのに、どうして今度は一緒に祀ろうとするんだ。戦死者が村からたくさん出ると褒美でも貰えるのか？

忠治　そんなことはないさ。

喜助　ヤマトウに騙されてはいないか。アメリカーの言いなりにはなってないか。喜一を、戦死者として慰霊碑に刻むことで、戦争のことはもう忘れよう、決着をつけようとしている者がいるのではないか？
忠治　そんなことはない。それは、逆だよ。忘れないための慰霊碑だ。
サヨ　区長さん、こんにちは。（サヨが畑から帰ってくる。背負った籠をおろす）
忠治　アリ、サヨさん、元気か？　一人で畑に行ったのか。
サヨ　ええ。
忠治　気をつけろよな。
サヨ　ええっ？
忠治　最近は一周道路ができたおかげで、アメリカーのジープも通るからな。気をつけたほうがいいと思ってな。
サヨ　有り難うございます。大丈夫ですよ。それよりも……、区長さん、豊年祭も復活できるようで、よかったですね。
忠治　うん、よかったよ。喜助にお願いしていた獅子頭も完成間近だし。村もいよいよ賑やかになるぞ。
サヨ　ええ。良かったですね。獅子頭は、私が、必ず届けますからね。
忠治　有り難う、サヨさん……。あのな、サヨさん。近頃はな、ヤマトゥへ復帰しようという祖国復帰運動も盛んになっているらしいよ。今年はな、その復帰運動の行進団がこの村を通るそうだ。
サヨ　ええっ？　本当ですか。
忠治　うん、本当だ。復帰行進団が通るころに、ちょうどでいごの花が咲いているといいんだがなあ。
サヨ　そうですね、そうだといいですね。今、お茶を淹れましょうね。
忠治　うん。

サヨは、お茶の準備で台所へ。

忠治　サヨさんも、痩せたなあ……。なあ、喜助、サヨさんは苦労しているのではないか？

（サヨの後ろ姿を見ながら、忠治が皮肉とも思えるような口振りで言う）

喜助　……。

忠治　喜助よ……。いろいろとあるだろうが、昔のことは水に流して、これからのことを考えようよ。その方が喜一は喜ぶと思うよ。亡くなった鶴子さんだって、喜ぶよ。

喜助　喜一と鶴子が喜ぶ？　馬鹿を言うな。絶対に喜ばないよ。喜ばないからこそ、お前らの言うとおり、幽霊になって、庭のでいごの木の傍らに現れるんだ。喜一のことだって、あんたらはつじつまの合わない理屈だけを並べて、名前を刻むことを断ったではないか。

何をいまさら……。

忠治　喜一はな、遺骨が見つかっていなかったから、戦死したかどうかはっきりしなかったんだ。

喜助　遺骨のない戦死者だってたくさんいる。

忠治　それだけではないさ。喜一はすでに糸満摩文仁の慰霊碑に名前を刻まれて立派に祀られていたから、今さら村の慰霊碑に名前を刻まなくてもいいだろうということだったんだ。二つの慰霊碑に名前を刻んだら、マブイ（魂）がどこへ行ったらいいか困るだろうと思ってな。村の者みんなの意見だったんだ。

喜助　脱清人の子孫だといって拒んだのではないか。

忠治　違うよ、そんなことはない。

喜助　脱清人の家系でも、俺は恥じてはおらぬよ。

忠治　それは、分かっている。
喜助　どうしても名前を刻みたいのならな、喜一だけでなく妻の鶴子の名前も刻んでくれ。鶴子も戦争の犠牲者だ。……鶴子は、喜一の戦死の知らせを聞いて病に伏してしまったんだ。鶴子の名前も刻んでくれるか？　そしてこの俺もだ。俺が死んだら、俺の名前も刻んでくれるか？　サヨだってそうだ。サヨだって、戦争の犠牲者だ。サヨの名前も刻んでくれるか。
忠治　それは、できない相談だよ。
喜助　できなければ、駄目だ。
忠治　そんなことを言わずに考えてくれよ。
喜助　考える？　お前らこそよく考えてみろ。おじいだって、おじいだって、お前ら村人が殺したんだろう。
忠治　喜助、それは違うよ。言いすぎだよ。あれは、事故だよ。
喜助　何が事故なもんか。戦争中に、俺のおじいが蓄えている食糧を、村人全部が奪い取ったんだ。
忠治　それは違う。よそからやって来た者たちに狙われて、奪われたと俺は聞いている。
喜助　よそからやって来た者たちに、どうしておじいが食糧を蓄えていたことが分かるんだ？
忠治　それは、おじいを脅迫して聞き出したんだよ。
喜助　村人、みんなでな。
忠治　分かった！　もういい！　お前とは、もう話をせん！（頑固に断り続ける喜助の態度に、忠治は声を荒げる）
忠治　お前は、昔から頑固だったが、今でもちっとも変わらないな。頑固だけでは生きていけないぞ。もうちょっと賢く世の中を渡ったらどうだ。捨てるものは捨て、拾うものは拾う。お互い様だ。世の中、助け合って生きていくには、忘れなければならないこともたくさんあるだろうが。目をつぶらなければならないこともたくさんあるだろうが。

喜助　俺は目をつぶらんぞ。目をつぶってはいけないこともたくさんある。忘れてはならないことも、たくさんある。俺は、絶対忘れないぞ。喜一やおじいを奪った戦争のことをな。

忠治　だから、忘れないために慰霊碑に名前を刻もう。そうお願いしているんじゃないか。

喜助　だから、おじいの名前も刻んでくれるか。鶴子の名前も刻んでくれるか？　と聞いているんだ。どうするんだ？

忠治　……。

喜助　戦争で死んだ人の名前はな。慰霊碑に名前を刻むだけではなく、俺たちの心にこそしっかりと刻むべきなんだよ！　喜一や戦争の犠牲者はな、みんなの記憶に、しっかりと刻み込むんだよ！

忠治　分かった。もう頼まん。何も頼まん！

忠治は怒って喜助の家を去る。

酔いどれ男が、ふらふらと登場。忠治と肩がぶつかる。

忠治　あれ、また飲んでいるのか。お前は、いつまで酒を飲んでいるんだ！

酔いどれ男　区長さんへ、敬礼！　大日本帝国へ、敬礼！

忠治　いい加減、目を覚ませ。

酔いどれ男　目を覚ましております。自分は、酒は飲んでも、酔ってはおりません。でいご村の区長、照屋忠治さん、万歳！　万歳！
沖縄県民へ、敬礼！
忠治　馬鹿か、お前は……。

第2場（1場と同じ、喜助の家）

庭先で喜助とサヨが、言い争い、もみ合っている。

喜助　許さん！　絶対に許さん！（大きなツルハシを持って、門前を出て行こうとする）
サヨ　きぃおじ、やめて！　やめて、お願い！　やめて！（サヨが、喜助にすがりつき必死に止める。ごほ、ごほと、少し咳もしている）
喜助　村のやつらは勝手に、喜一の名前を慰霊碑に刻みよった。区長の忠治は、俺を裏切りよったんだ。許せん！　このツルハシでぶっ壊してやる！
サヨ　きぃおじ、やめて。ねえ、お願い。

ツルハシを持って慰霊碑に行こうとする喜助、それを必死に止めようとするサヨ。二人の姿を見て、村人たちが、次々とやって来て、周りを取り囲み始める。
喜助は、サヨを押しのけて出掛けようとする。それを村の男たちに止められ羽交い締めにされ、組み倒されてツルハシを取り上げられる。

正勝　ヤミレー（やめろ！）。このフリムン（気狂い）が。馬鹿なことをするな！
義春　喜助！　こんなことをすると、許さんぞ！　お前は分かっているのか？　慰霊碑に喜一の名前を刻んだのはな、お前のためを思って、みんなが決めたことなんだぞ。

喜助　俺のため？　俺は、断った。

マツ　あれ、あんたが断っても、村の者、みんなが決めたことなのに。村の者みんなが決めたことには従うのが筋でしょう？

喜助　みんなが決めたことに従う？　国の言うことに従って、喜一は死んだんだ。

正勝　あり、クヌヒャーヤ、理屈ばかり並べてからに。

義春　ルーカッティセーカラヤ、イキラランサニ（独りよがりでは生きていけないぞ）

喜助　周りにへつらって生きていくのが、いいことだとは思わぬ。自分の信念を曲げてまで、生きていたいとは思わぬ。お前ら、戦争で何を学んだんだ。

正勝　あり、クヌヒャーヤ。（あり、この野郎！）

義春　クサムニーシーからに（理屈ばかりをこねやがって）、タックルサヤ（痛めつけてやろうな）

　村人は、喜助を小突きながら、なおも威嚇し続けた。サヨが息を弾ませながら仲に割り込み、喜助に抱きつき、皆に頭を下げて詫びる。

サヨ　ごめんなさい。許してください。もう、大丈夫です。もう大丈夫ですから、許してください。

　遠巻きに見ている村人の中に、いつの間にか梅吉も混じっている。派手な服装をして、アメリカ兵相手のバーのホステス（セツ子）

を従えている。

梅吉　あい、だれかと思ったら、喜助じゃないか。（覗き込むように）。あい、あんたはサヨか。ハゴーサヌ、ヨーガリティカラニ（こんなに痩せてしまって）。サヨ、喜一は戦争から帰ってきたか？（皮肉を浴びせる）

サヨ　……。

梅吉　サヨさん、喜一さんのことは、まだ忘れられませんか？（皮肉を込めて）

セツ子（ホステス）　だれなの？　この人たち？　あんたの友達なの？

梅吉　友達？　ノー、こんな友達はいないよ。この二人はな、時代の流れに取り残された哀れな人たちよ。この女はな、戦争で死んだ恋人のことが、いつまでも忘れられないんだってよ。可哀相になあ、恋人が生きて帰ってくると信じているんだ。馬鹿だよなあ。

セツ子　アイエナー。そうなの。私たちアメリカ兵相手のホステスは、自分を殺さないと生きていけないのにねえ。恋人は死んでないって、待ち続けることができるなんて、羨ましいさあ。

セツ子　私のお母も父ちゃんの帰りを待ち続けていたよ。私は、そんなお母に反発して家を出たようなものだけどね。どこにでも、そんな人がいるもんだねえ。サヨさん、ていったね。あんたもコザの町へ出てきて、何もかも忘れて、パーッと騒がないねえ。一度きりの人生よ。後悔しないで生きましょう。アメリカ兵だって、可愛いよ。同じ人間だからね。死んだ人との約束なんか忘れなさい。

サヨ　……。

セツ子　あい、なんで、そんな目で私を見るの？　私は、あんたに優しくしてあげているのよ。

梅吉　アリ、もうこんな女とは関わるな。もっと若い女を見つけて、コザに連れていこう。こいつらは時代が変わっていくのを知らないアホなんだ。外の世界を知らない馬鹿。人の道に逆らって自分勝手に生きる犬畜生！

喜助　なんだと！

梅吉　アリ、やるか！

正勝　ヤミレー。梅吉。なあシムサ（もういいよ）

梅吉　分かった。こんな馬鹿を相手にしても、手が腐るだけだ。

セツ子　ねえ、もう早く行きましょうよ。やはり若い娘を探しましょう。初心《うぶ》な子が、アメリカの兵隊さんも喜ぶよ。

梅吉　ＯＫ。フラーを相手にするのも疲れるだけだからな。レッツ、ゴー。（梅吉は二人を笑い軽蔑する）。アリ、このフラーヒャー。（喜助の腹部を蹴飛ばして立ち去る）

サヨが周りの村人たちに言う。

サヨ　皆さん、もう大丈夫です。もう落ち着きましたから。心配いりませんから……（涙声になる）

義信　喜助、本当だな……。もうこんな馬鹿な真似はしないだろうな。

マツ　喜助さん、分かっていますよね。こんなことをしたら、村八分にされますよ。

サヨ　ええ、大丈夫です。大丈夫ですから。

（喜助の代わりにサヨがうなずいた。それを合図に周りの大人たちも輪を解いて帰り始める）

喜助は、しばらく座ったまま呆然としていた。サヨが手拭いを出し、喜助の切れた頬から流れる血をふく。

喜助　サヨ、済まないの……。
サヨ　ううん、いいのよ……。
喜助　つい、かっとなってな……。
サヨ　いいのよ、きぃおじ……。本当は、きぃおじが正しいんだから。私なんかが止めてはいけないいんだから……。分かっているけれど、そんなことをしたら、きぃおじが、悲しすぎるから……。（サヨは、声を詰まらせながら、喜助の服に付いた泥を払う）

老いた校長先生が杖を突きながら通りすがる。戦争で日本が負けたことを信じていない。村人から気が触れていると馬鹿にされている。

校長　おお、喜助か……。
喜助　校長先生……。
校長　（喜助に近寄り）いいか、喜助、日本は、まだ戦争を続けているんだぞ。油断をしてはいかんぞ。日本は神の国だよ。戦争になんか負けるわけがない。喜助、騙されては、いかんぞ。慰霊碑なんかに騙されてはいかんぞ。（遠くにある慰霊碑を見定めて、杖を振り下ろす）。あんなもんに、あんなもんに、騙されてはいかんぞ。
喜助　……。
校長　サヨさんだね……。
サヨ　（うなずく）
校長　サヨさん、喜一君は帰ってきたか？
サヨ　いいえ……。

校長　そうか。喜一君は約束を守る男だ。いいか。諦めてはいかんぞ。喜一君は死んでいない。きっと帰ってくるからな。死ぬわけがないんだ。遺骨だってないんだろう？　だれか、喜一君が死ぬのを見たのか？

サヨ　……。

校長　だれも見ていないんだ。ヤマトや、アメリカーに騙されるなよ。私はヤマトに騙されたが、もう二度と騙されないぞ。沖縄はな、かつて琉球王国だったんだ。きっと琉球の王様が現れて、我々を救ってくれるさ。辛抱するんだよ。

サヨ　……。

校長　（突然、杖を天に向け叫ぶ）

ゑけ　上がる三日月や　ゑけ　神《かみ》ぎゃ金真弓《かなまゆみ》
ゑけ　上がる明星《あかぼし》や　ゑけ　神ぎゃ金細矢《かなままき》
ゑけ　上がる群《む》れ星《ぼし》や　ゑけ　神ぎゃ挿《さ》し櫛《くせ》
ゑけ　上がる虹雲《のじくも》は　ゑけ　神ぎゃ愛《まな》きき帯

　校長、昼間の天を仰ぎ見ながら立ち去る。

喜助　サヨ、校長先生のことを、村のみんなは気が触れていると言っているが、今、言われたこと、気にするなよ。

サヨ　うん……。

喜助　サヨ……、喜一のことは、やはり忘れたほうがいいかもしれないな。

サヨ　そんなこと、ないよ。忘れてはいけないよ。忘れたら、喜一さん、戻ってこれなくなるよ。（泣き出しそうになる）

喜助　うん、そうだな……。

　喜助は、突然立ち上がり、怒りとも悲しみともつかない形相で虚空を睨みつけた。

そして、うめくような声を発して拳を強く握りしめ、空手の動作をして虚空に突き出した。

喜助　えい！　やあ！　えいい！　やああ！

　一突きごとに、息を吸い、獣《けもの》のような声を発して力の限り拳を前へ突き出す。自らに乗り移ったたくさんの死者たちの怨念を乗せて、歯を食いしばり、渾身の力を振り絞って見えない魔物に対峙した。あるいは、これが息子を失った悲しみと怒りを表す形、なのかもしれなかった。喜助はじっとりと汗をかいた後、吹き渡る海風に気づいて、大きく肩で息をし、拳を降ろして海を眺めた。真昼の海は、魚の鱗が撥ねるようにきらきらと輝いている。

喜助　サヨ、海が光っているよ。

サヨ　うん。

喜助　あの海の果てにはな、サヨ。この世とあの世をつなぐ橋があるんだよ。聞いたことがあるか？

サヨ　うん……（サヨがうなずく。サヨは泣いている）

喜助　死んだ人間の魂はな、サヨ……。あの海の果てを天に昇って舞い上がり、皆を見守ると言うんだよ。おじいが、よくそんなことを話していたんだ。ウチナーを見守る神様になるってな。

サヨ　うん。きっと、そうだよ。聞いたことがあるよ……。きぃおじ、さあ、お家に帰ろう。（喜助はサヨの言葉に、肩に手を置いて一緒に歩き出した）

サヨ　きぃおじ、一緒にあの天の道を登ろうね、サヨも連れていってよ……（サヨは、なおも涙を流している）
喜助　うん（喜助は、黙ってうなずいた。振り返って遠くの慰霊碑の方角を眺める）
喜助　喜一も鶴子も……、なんだか、みんな遠くへ行ってしまったな……。
サヨ　うん、なんだか、私もシーが抜けたみたいだよ（生きる意欲が抜けたみたいだよ）
喜助　あれ？　なんだろう？　あの音は……。
サヨ　ええっ？　何？
喜助　ほら、あの音、聞こえるか？、サヨ。
サヨ　うん、聞こえるよ。……そうだ、区長さんが言っていた復帰を訴える行進団のマイクだよ。ほら村の道を通っていくのが見えるよ。

復帰祈念行進団の宣伝マイクの声や歌声。だんだんと近づき大きくなる。

マイクの声　皆さん、こんにちは。こちらは祖国復帰協議会の宣伝マイクです。明日、四月二十八日は、祖国復帰を祈念して辺戸岬沖で海上集会が開かれます。本土の同胞、与論島は、すぐ目の前に見えるのです。私たち沖縄県は、現在、米軍政府の統治下にあり、基本的な人権をも奪われています。戦争で唯一地上戦が行われたこの沖縄に、私たちの望まない基地が建設され強化されているのです。この現状を変えるには、祖国日本への復帰以外にはありません。沖縄戦では二十数万人もの人々が犠牲になりました。日本政府は、この歴史的事実をしっかりと受け止めてくれるはずです。私たちの声はきっと届きます。いや届けなければなりません……。

復帰祈念行進団の歌声、だんだんと遠ざかる。

喜助　サヨ、日本へ復帰したら、基地も無くなり、戦争も無くなるのかなあ。なあ、サヨ。

サヨ　うん。そうだといいね。（急にしゃがみ込む）

喜助　サヨ……。どうした？

サヨ　きぃおじ……。喜一さん、やっぱり死んじゃったんだよ。喜一さん、もう帰ってこないんだよ。（泣き出す）

喜助　サヨ……。

サヨ　喜一さんが、死んじゃったら、サヨはどうすればいいんだよ。

喜助　サヨ、しっかりしろよ。

サヨ　喜一さん……（泣き止まない）

サヨ　きぃおじ、私……、鶴子おばさんに教えて貰った「加那よ天川」、一人で踊るよ。見ていてね。

サヨ、喜助の前で、踊り出す。三線の音が奏でられる。喜助、呆然とサヨの踊りを見ている。

第3場（1場と同じ、喜助の家）

喜助が家の中に筵を敷いて玩具を作っている。村人が数人、息を切らして飛び込んでくる。

勝治　喜助さん、喜助さん、大変だよ。サヨさんが、サヨさんが。
喜助　サヨがどうしたんだ。（驚いて立ち上がる）
忠男　サヨさんが……、倒れていたんだ。
喜助　何？　どこでだ。どこで倒れていたんだ？
勝治　畑でだよ。でも、どうも様子がおかしいんだ。
忠男　大怪我をしている。瀕死の重傷だ。
喜助　何だと。すぐ行く。
勝治　いや、村の者が担架に乗せて、すぐに運んで来るよ。

村人、数人で、サヨを担架に乗せて運んで来る。

喜助　サヨ！（飛び出して担架にすがりつく）
サヨ　……。
喜助　サヨ！
サヨ　……。
喜助、サヨ！　頼む、みんな、サヨを家へ運び入れてくれ。

一緒にやって来た村の女たち、数人が寝床をつくり、サヨを横たえる。

喜助　サヨ！
サヨ　……。
喜助　医者には連絡したのか？
トミ　共同売店の電話から、連絡してあるよ。
喜助　そうか、有り難う。みんな、サヨに何があったんだ。
村人　……。
喜助　なあ、何があったんだ。教えてくれ。何があったんだ。

正勝　俺たちにも、何があったのか、よく分からないんだよ。
義春　畑に倒れているサヨさんを見つけて、ここに運んできたんだ。
正勝　頭から血が流れている。何かで強く殴られたようだ。
トミ　腕や、脚の骨も折られている……。ひどい怪我だよ。
喜助　どうして？　どうして、こんなことに。
忠男　何人ものアメリカーが、畑から逃げてジープに乗って行くのを見たという人がいるよ。
喜助　何？
トミ　そんなことはないよ、喜助。
喜助　サヨ……。
トミ　服が引き裂かれているけれど、サヨは、きっと最後まで抵抗したんだよ。それで、こんなひどい目にあったんだよ。
喜助　……。
喜助　サヨ、しっかりしろよ、すぐに医者が来るからな。お父もお母も、呼んでくるからな。サヨ！　しっかりするんだよ！　サヨ！
サヨ　……。

第4場（1場と同じ、喜助の家）

サヨが、寝床から出て、庭のでいごの樹の元へ必死に這い進んでいる。
やがてでいごの元にたどり着き、すがり付くように語り掛ける。

サヨ　喜一さん……、ごめんね。サヨは、もう死んじゃうよ。サヨは、喜一さんを、待っていたのに、もう待てなくなった……。ごめんね、喜一さん……。こんなことになる前に、喜一さんのところへ行きたかった。早くに死んで、喜一さんのところへ行きたかったよ。
サヨ　でも、サヨは、死ぬことができなかった。きぃおじを独りぼっちにできなかった。きぃおじは、サヨを助けてくれたんだよ。サヨを、独りぼっちにしなかったんだよ……。
サヨ　ごめんね、喜一さん……。この樹の下で結婚しようって約束したのにね。この樹は約束の樹、希望の樹だよって、名付けてくれたのにね……。この樹を見ながら、サヨも頑張ったんだよ。サヨは、アメリカーにも負けなかったよ……。
サヨ　喜一さんと一緒に、幸せになりたかったよ……。

喜助、よね、栄昇、祖母の千代がやって来る。寝床から這い出ていごの樹の根元に倒れているサヨを見て驚き、駆け寄る。

喜助　サヨ！
よね　サヨ！
栄昇　サヨ！　どうしたんだ。
喜助　これは、ひどい熱だ……。サヨ、お前は、一人でここまで這ってきたのか……。
よね　アイエナー（あぁ）、サヨよ。こんなとってあるかね。うちの娘だけに不幸を背負わせるってあるかねえ。サヨ、死んだら駄目だよ。お母より先に死ぬってことがあるかねえ。
栄昇　サヨ……。
よね　ごめんね、サヨ。お母が悪かったね……。お母のせいだね。

サヨ　お母……、だれのせいでもないよ。謝らんでもいいよ。サヨは、大好きな喜一さんを待って、きぃおじと一緒に暮らせたんだからね。謝らんでもいいんだよ……。よね　サヨ……。

サヨ　きぃおじ……。(言葉を詰まらせる)サヨが勝手に押しかけてきて。迷惑ではなかった?

喜助　迷惑なことなんか、ないよ……。

サヨ　そう、よかった。サヨ、安心したよ。鶴子おばさんにも、サヨは怒られないよね。

喜助　何を言っているんだ。怒られることなんかないさ。むしろ、有り難うって感謝されるさ。俺のことを助けてくれたってな。

サヨ　うん、よかった。それを聞いて、安心したよ。でも、サヨが死んだら、きぃおじは、一人で生きていけるかどうか心配だよ。きぃおじ、無茶をしないでよ。

喜助　うん……。

サヨ　きぃおじ、お願いがあるの。こっちに来て。

喜助　……。

サヨ　あのね、サヨが死んだらね、あのでいごの樹の見えるところに墓を作って葬って欲しいの。喜一さんと一緒の墓だよ。

喜助　サヨ……。

サヨ　お願いよ、きぃおじ。

喜助　しかし……。

サヨ　約束だよ、きぃおじ。約束して。

喜助　うん、分かった。(うなずく)

サヨ　有り難う……。でいごの樹を見ながら、喜一さんと一緒に暮らすんだよ……。

サヨ　お父ちゃん、お母ちゃん、親孝行もできずに、ごめんね。

栄昇　いいんだよ、サヨ。

サヨ　喜一さんが、喜一さんが見えるよ。きぃおじ。喜一さんがサヨを迎えに来てくれたよ。迎えに来るのを、ずっと待っていたんだからね。夢が叶えられたんだ。喜一さん、やっぱり約束を守ってくれたんだ。ねえ、千代おばあ、そうだよね。
千代　うん。そうだよ、サヨ……。
サヨ　有り難う、喜一さん……。有り難う……。サヨを許してくれたんだね。迎えに来てくれたんだね。有り難う、喜一さん……
（こと切れる）
喜助　サヨ！
栄昇・よね　サヨ！
よねがサヨににじり寄り、抱きしめる。髪を梳いた後、寝かせる。
よね　サヨ……、ゆっくり休もうねえ。疲れたね。もういいからね。ゆっくり休もうね。
栄昇　どうした、喜助？
喜助　うん……。
よね　喜助？
喜助　うん……。あのな、俺はな、喜一の帰りを待っているサヨが不憫でなあ。サヨの喜一への思いを知っていたばかりに、サヨを追い出すことができなかった。サヨの思いを知る度に、喜一が死んだのが悔しくて、たまらなかった。
栄昇　……。
喜助　これでよかったのかなあと思って……、でも、悔やまれるよ。
栄昇・よね　……。
千代　リカ、みんなで、サヨと喜一のグソーヌニービチをしてあげよう。あの世で、二人を一緒にしてあげよう。なあ、喜助、よね、栄昇よ。あの世で、二人を一緒にしてやろう。

喜助　うん、そうだなあ、そうしてあげたら、きっと二人は喜ぶだろうな。

栄昇　うん、分かった。そうしてあげよう。よね、ワッターは（私たちは）、サヨに親らしいことは何にもしてやれなかったからな。サヨへのせめてもの償いだ。そうしてやろうな。グソーヌ、ニービチだ

よね　ああ（泣き出す）

千代　よね……、人を好きになるということは、尊いことだよ。だれかを愛するということは罪なことではないよ。そう思わないかね……。グソーヌニービチのことは、村のみんなにも私から話して手伝ってもらうさ。みんなでガンを担いで、サヨの思いを叶えさせてあげよう。なあ、よね。

よね　……。

栄昇　それがいい。それがいいよ。なあ、喜助さん。

喜助　うん……。

よね　分かったよ、喜助。分かったよ、千代おばあ、お父。有り難うねえ……。

千代　うん、よかった。よかった。マギーユーエーをしてあげようね。（立ち上がって位牌へ手を合わせる）。喜一、あんたも寂しかっただろうが、グソーヌ、ニービチだよ。村の人、みんなを呼んで、結婚式だ。サヨを頼むよ。

千代　さあ、私は、区長さんの所へ行って、グソーヌニービチをすることを伝えて、いろいろと準備をしてもらうよ。

栄昇　うん、そうしてくれ、おばあ。

喜助　頼むよ、千代おばあ……。

第5場（1場と同じ、喜助の家）

でいごの樹の傍らに、サヨの遺体の入ったガンが置かれている。

家族や村人たちは、でいごの樹に向かい、香を焚き、しゃがんだままで祈っている。

語り手

サヨは死んでしまいましたが、結局、死の原因は明らかにされませんでした。真実は闇から闇へ葬られてしまったのです。戦後、サヨと同じように、無念の思いで死んでいった人々は大勢いたと言われています。サヨもその一人になってしまったのです。

村人たちは、サヨと喜一の二人をグソーヌニービチをさせて、あの世で一緒にさせてやりたいというと、初めは驚いていましたが、やがて区長の忠治をはじめ、みんなが協力を申し出てくれました。今、でいごの樹の下で、サヨと村人たちとの最後の別れの香が焚かれています。サヨが言っていたとおり、でいごの樹の下には、喜一と結婚の約束をした証の、大きなきれいな貝殻が二個、並んで埋められていました。それはそれは、美しく輝いていました。

サヨの遺体は、ガンの中です。住み慣れた村や、村人みんなと「村別れ」をするために村を巡ります。村人のだれもが、その葬列を脳裏に刻み込むはずです。サヨのことをいつまでも忘れないために。戦争で死んだ喜一のことをいつまでも忘れないために……

村人や家族が立ち上がり、ガンを担ぐ。葬

列が厳かに行進を始める。

忠治　みんな、サヨさんを乗せたガンを担いだ葬列が通るよ。（合掌……）。

トミ　グソーヌニービチだよ（合掌して、深々と頭を下げる）

マツ　サヨさん、幸せになるんだよ……。

ガンの葬列、でいごの樹の傍らを出発し、下手より客席に下りる。泣く老女など……。

上手客席より、入れ替わるように村人の獅子舞行列が登場する。

同時に「クンジャンサバクイ」（あるいは「京太郎」）などの踊りが舞台で繰り広げられる。貧しい民衆の時代に対峙する踊りと葬列だ。

大勢の村人の踊り（例：クンジャンサバクイ）

サー首里天じゃなしぬ

ヨイシー　ヨイシー

サー御材木だやびる

ハイユエー　ハーラーラー

サーハリガヨイシー／サーハリガリーリ

サーイソソーソ／イーイヒヒヒーヒ

アーアハハハーハ

……（以下略）

村人の大きな掛け声や踊りが、舞台上で続く中で……。

忠治　あれ、でいごの花が、あんなに真っ赤に咲いているよ。

千代　うん。喜一のマブイが戻ってきているんだよ。でいごの花が真っ赤に咲いたら、ご先祖様が戻ってきているって言われているからね。鶴子やおじいたち、みんなでサヨさんを迎えに来たかもしれないね。

忠治　うん、そうだなあ。そうかもしれないなあ。

千代　区長さん……。村に、もう一度、でいごの樹を植えようよ。

忠治　そうだなあ……。

校長先生　でいごを切り倒したところに、またでいごを植えよう。それが喜一やサヨへの一番の供養になるよ。

忠治　あれ、校長先生、いつの間に……。

忠治　よおし、分かった。トウ、シンカヌチャーヨー。みんなで、でいごの樹を植えよう。ウチナーは、アメリカ世、ヤマト世、どんな世になっても負けないよな。

村人（全員）　よっしゃ。

千代　でいごの花が咲いたら、みんなで戦争のことを思い出そう。死んだ人たちのことを思い出そう。でいごの樹がある限り、沖縄は平和な島だ。この沖縄は、

全員　でいご村だよ。

忠治　よおし、シンカヌチャアよ。チバラヤ！

村人（全員）　よっしゃ。

◇舞台　フイナーレ

再び勢いよく、クンジャンサバクイの踊りが舞台いっぱいに繰りひろげられる。

今度は、でいごの樹を植えるみんなの思いも乗せて……。喜助や、よねや栄昇、千代おばあも参加。それを覗き見て、驚いている梅吉の姿も。喜助には、喜一、サヨ、鶴子の姿も見えている。でいごの精（語り手）

も、村人の踊りを静かに見守っている。

※

喜助の庭のでいごの樹に太陽の光が当たる。村人の上に、赤いでいごの花びらが舞い落ちる。

テーマ音楽流れて、幕が降りる……

〈完〉

海の太陽

◇登場人物

與那嶺亮太（主人公）
　千代（亮太の母）
　亮子（亮太の姉）
　亮一（亮太の兄）
　亮健（亮太の弟）
　美代（亮太の妹）
伊差川洋子（亮太の恋人）
山城　久子（亮一の恋人）
　カマル（久子の祖母）
大城　雄次（亮太の友人）
名嘉真武男（亮太の友人）
　吾郎（漁師仲間）
　仁助（〃・最年長者）
　栄太郎（〃・三線が上手）
　三郎（〃）
英国人兵士
村人たち（「集団自決」を演じる）
亮助（亮太の父・セリフなし）

第一幕

第1場面　シンガポールにて

シンガポールにて。宿屋の広間。

沖縄から来たウミンチュ（漁師）たちが故郷を思い車座になって酒を酌み交わし、三線を弾きながら小宴を催している。

一九四一年十二月八日、太平洋戦争開戦前夜。

吾郎　シンガポールという所は、俺たちウミンチュにとってはなかなか住みやすいな。酒はうまいし、魚も豊富だ。

三郎　糸満では難儀したからな。それに比べりゃ、シンガポールは天国みたいなもんだよ。

雄次　シンガポールは、沖縄から遠く離れているけれど、海は、我々の故郷、沖縄にもつながっているんだよな。

仁助　ニライ、カナイにもつながっている。幸せも不幸も海の彼方からやって来る。ウミンチュは海で生き、海で死ぬ。それができたら本望だよ。

栄太郎　そうだな。ウミンチュにとっては、どの海も俺たちの庭みたいなもんだよな。

（スポット）二人のウミンチュが出てきてサバニを漕ぐしぐさ。突然二人は掴み合って激しくもみあう。一人がサバニから転落。他の一人はじっと海を見つめている。

亮太　ウミンチュには、予期せぬ事故も災難もある。

三郎　サメとも闘わなけりゃならない。

栄太郎　だけど、南洋の海は豊かだ。フィリピン、パラオ、インドネシア。そしてシンガポール。

亮太　そうですね。この調子だと沖縄に帰るのも、もうすぐですね。

吾郎　あい、俺は帰らないよ。俺はこのシンガポールが気に入っているからな。

三郎　吾郎は恋人の福さんがいるからな。
吾郎　俺だけでないよ。雄次もマリアという可愛い恋人がいるよ。な、雄次？
雄次　マリアは、チムグクルができているからな。
吾郎　亮太はどうか？　恋人はいるのか？
亮太　ぼくは……、いないよ。
雄次　亮太は、糸満に洋子という恋人がいたんだがな、他の男に奪われたよ。
仁助　あい、男、女のことは闘いだよ、亮太。自分の心に素直になって頑張らないとな。
三郎　アイエナー。俺の女房のウサ小《グヮ》はどうしているかなあ。俺のことを思ってヤンバルで寂しくしていないかな。
栄太郎　あい、三郎、お前は子どものことは心配しないのか。
三郎　子どもより女房が先だよ。
栄太郎　あれ、女房よか、お父やお母のことが先だよ。
吾郎　いや、お父やお母よりも、恋人が先だな。
仁助　あれあれ、だれが先でもいいじゃないか。みんな家族だ。
みんな　そうだよな（笑い）
仁助　だけど俺たち沖縄のウミンチュにとっては、糸満で鍛えられたおかげで海に出ても疲れは残らないし、漁もはかどる。よかったのかな。
三郎　雄次も亮太も糸満売りされたのか？
亮太　はい、そうです。ぼくは五年間の年季奉公だった。先輩のウミンチュに鍛えられました。
雄次　亮太は先輩の武男にしごかれたんだよな。あれは鍛えると言うよりも、いじめだったな。サバニの下を何度も潜って往復させられたり、縄に石を括られて沈められたり、カマスに入れられて海に投げられそうになったりもしたたな。
亮太　その度に雄次が助けてくれた。
雄次　武男は、亮太と一緒に糸満売りされてきた洋子が亮太に思いを寄せているのが気にくわなかったんだ。男の嫉妬だよ。
亮太　糸満では辛いこともあったが、親方も優しかったし、アギエー漁はいつも楽しかった。ヤンバルには、お母と姉エネ《ネ》エと、弟妹がいる。雄次に誘われてシンガポールまで来たんだが、良かった。もうすぐ帰れるかと思うと嬉しいです。雄次、有り難うなあ。
雄次　うん、俺もお前と一緒で良かったよ。可愛い恋人もできたしなあ。
三郎　恋人だけでなく、こうして休みの日には酒も飲める。
栄太郎　うん、いいことだ。
仁助　この泡盛は、だれが手に入れてきたか？
吾郎　はい、俺です。
仁助　やっぱり、お前か。よく手に入れたなあ。
吾郎　ミドルロードの商店街にある山本商店で売っていたよ。何気なく覗いたら泡盛が置いていたんだ。嬉しくなって、一升瓶を三本買ってきた。
仁助　そうか、上出来だ。
吾郎　ところが、もっと面白いことがあった。大発見だ。
雄次　なんだ吾郎、言ってみろ。
吾郎　あのな、山本商店の店主は山本勝三《かつぞう》というんだが、山本だからヤマトンチュだろうと思ったが、違うんだなあ。ウチナーンチュだった。本名はナカンダカリ（仲村渠）勝三。それこそウチナーンチュ名前だが、名前を変えて商売をしていると言うんだ。シンガポールのウチナーンチュや、他の漁船の乗組員はよく来て泡盛を買っているらしいんだ。知らなかったのは俺たち太平丸の乗組員だけだ。

三郎　あれ、そうだったのか。

亮太　でも、吾郎さんは、なんで名前を変えたことが分かったの？

吾郎　あれ、山本勝三は眉も濃い。顎もハブカクジャー（ハブの顎）。腕からも脛《すね》からも毛が出ている。そんな山本勝三を見てピンと来た。これはウチナーンチュに違いないと。

亮太　それで？

吾郎　（立ち上がって演ずる）それで、向う脛を蹴飛ばした。

雄次　そしたら？

吾郎　アガー（痛い！）と言いよった。

吾郎　あり、ヤーヤ、ウチナーンチュアランナア（あれ、お前はウチナーンチュではないか）、と聞いたんだ。そしたら答えたんだ。（一人二役で演じる）

吾郎　アラン、ワンヤ、ウチナーンチュヤ、アイビランドゥ（いえ、私は沖縄人ではないですよ）。

吾郎　アリ、ウチナーグチ使トーセー（使っているじゃないか）って。

みんな　そうか（大笑い）

雄次　ところで、心配なことと言えば、戦争のことは心配だな。

仁助　そうだな。日本は中国とだけでなく、アメリカーとかイギリスとかにも戦争を仕掛けようとしているらしいからな。

栄太郎　シンガポールはイギリス領だからな、心配だなあ。
亮太　平和な世の中が続くといいんだがなあ。

ドドーンと突然の大音響。爆弾の落ちる音。

みんなは驚き顔を見合わせる。高射砲の音も聞こえる。慌ただしく空襲を告げるサイレンの音も鳴った。往来を大声をあげながら駆け抜ける華僑の声も聞こえる。一気に緊張感が漂い不安な顔を見合わせる。再び大きな轟音が届いた。

一九四一（昭和16）年十二月八日、夜明けのシンガポールだ。

雄次　爆弾の落ちる音ではないか？　どうしたんだろう。何だか様子がおかしいぞ！

街路に出ていた三郎が、慌てて戻ってくる。みんなが三郎を取り囲む。

栄太郎　どうした、三郎、何があったんだ？
三郎　よく分からんが、サイレンはいつもの予行演習とは違う。本物だよ。街が殺気立っている。
亮太　本物って……。
三郎　戦争が始まったかもしれん。外に立っていたら、華僑にも英国人にも、インド人にも睨まれた。

ドドーンと再び轟音が鳴り響く。

吾郎　どうしようか？
雄次　本当に戦争が始まったなら、ここにいると危ないぞ。
吾郎　敵国日本人だと言われて襲われるかもしれない。
亮太　船に戻ろう。太平丸に戻ったほうがいいだろう。
仁助　うん、船に戻って様子を見よう。そうだ。それがいい。すぐに行こう。
雄次　眠っている者はいないだろうな。いたら、叩き起こせよ。
亮太　大丈夫だよな。みんないいか、身の回りの物をもって船へ戻るぞ。
三郎　デージナッタン（大変なことになった）。戦争だよ。戦争が始まったんだ！
雄次　さあいいか。駆け足で船に戻るぞ。

そのときだった。英国兵士や大勢の警察官が踏み込んできた。いきなり銃を突き付けられた。

英国兵1　ヘイ、ジャップ！
英国兵2　手を上げろ、静かにしろ！

太平丸の乗組員たちは手を上げ、茫然と立ち尽くした。

第2場面　ヤンバルの亮太の実家

ヤンバルの亮太の実家。
母親千代が病に伏せている。

千代　アリ、亮子、亮子！（半身を起こしながら亮子を呼び寄せる。亮子が台所から飛んで来る）
亮子　どうしたの、お母。

千代　亮子……、なんだかイフウな（いやな）音が聞こえたよ。
亮子　お母、何の音が聞こえたの？
千代　はっきりとは分からないが、いやな音だった。男二人が喧嘩して海に落ちる音だった。夢かなあ。胸騒ぎがするよ。
亮子　お母よ、気のせいだよ。心配しないでいいよ。（お母に近寄り、額に手を当てる）
亮子　あり、お母、また少し熱が出ているよ。熱のせいだよ。何の音もしないよ。気のせいだよ、お母。
千代　あれ、そうなのかな。シワヤッサー（心配だなあ）。亮太も亮一も元気かねえ。
亮子　お母、亮太はシンガポールで頑張っているよ。心配しないでいいさ。
亮子　亮一兄《ニ》ィニィは、このヤンバルの海で行方不明になってから、もう十年にもなるんだよ。お母、もう諦めたらどうねえ。
千代　諦めたらどうねえって、私の子だもの、諦められないよ……。
亮子　お父の遺体は古宇利《こうり》島に上がってきたんだよ……、あり、トートーメーになって供養できるだけでも有り難く思わんとね。
亮子　ねえ、お母……、亮一兄ィニィのことも諦めて、トートーメー（位牌）に名前を書いてあげて、ウガンしてあげたらどうかねえ。そのほうが亮一兄ィニィも喜ぶと思うんだがね。お父と一緒に海に行ったんだから、助からなかっはずよ。
千代　亮子よ、そう言うなよ、亮一はどこかで必ず生きているよ。
亮子　あれ、生きているんだったら、なんか連絡ぐらいあってもいいんじゃないねえ。もう十年だよ。十年経っても何の連絡もないというのは、おかしいんじゃないの？
千代　きっと忙しいんだよ……。
亮子　そうかねえ……。
千代　亮子、子どものことの心配をするのは親の勤めだよ。
亮子　死んだ子の心配もするの？
千代　まだ、死んではないよ……。
亮子　はいそうでしたね。あんまり心配しないで、早く元気になってよ。また一緒に、魚を売りに行こうねえ。子どもだって親の心配をするんだよ。はい、横になって。（千代は、それを小さく拒む）
千代　亮子、胸騒ぎがするのはね、もう一つ心配事があるからだよ。
亮子　なんねえ、もう一つの心配ごとって。
千代　イクサ（戦争）だよ。
亮子　えっ、何？
千代　イクサが始まったと言うんじゃないか。日本はハワイの真珠湾を攻撃したと言うけれど、亮一や亮太はイクサに取られるんじゃないかねえって心配しているんだよ。
亮子　あれ、お母、勝ちイクサと言われているよ。
千代　そう言われているけれど、勝ちイクサはいつまで続くか分からないでしょう。やがてイクサは、ヤンバルまで来るんじゃないかねえって心配しているんだよ。私は病気だから、あんたたちに面倒をかけるかと思うと、心配でね。
亮子　あり、子どもが親の面倒見るのは当たり前だよ。
千代　兵隊に取られるのは亮太や亮一だけでない。あり、弟の亮健も兵隊に取られるんじゃないかと思って心配しているんだよ。美代のことも心配だよ。戦争では、必ず人が死ぬからね。
亮子　亮健はまだ十七歳だよ。お母は心配ばかりするから病気はいつまでも治らないんだよ。美代もまだ十五歳だよ。女がイクサに取られることがあるかねえ。心配しないでいいよ。
千代　あれ、女だってイクサに巻き込まれて命を落とすってことはあるさ……。

亮健と美代、魚売りから帰ってくる。

亮健　お母、ただいま。
美代　姉《ネ》エネエ、帰ってきたよ。
亮子　あれあれ、亮健、美代、お帰り。どうだった？　魚は売れたねえ？
美代　たくさん売れたよ。
亮子　そう、それは良かったね。
美代　それは、良かったけれど……。
亮子　なんね、心配事ね？
美代　魚は売れたんだけどお金は儲けられなかった。ほれ、これっぽっち……。（お金を、懐から出して亮子の前へ出す）
亮子　あれ、どうしたの？　何があったの？
美代　隣村の人たちは、掛け売りが多いのよ。兄ィニィもお金は後でもいいよと言うから……。
亮子　亮健は優しい子だからね。
千代　アレアレ、美代も、亮健も、有り難うよ。亮子も心配しないでいいよ（身体を起こす）
亮健　お母、今日は具合はどうか。（手足をはたいて千代の元へにじり寄る）
千代　シワスナヨ（心配するなよ）。お母はすぐ良くなるからね。

亮子　あり、お母は、心配するな、心配するな、とばかり言うけれど、ついさっきまで私を心配させていたんだよ。

亮健　お父も亡くなって、亮一兄イニィも行方不明。亮太兄イニイはシンガポールに働きに行った。心配するなと言っても心配するよなあ、お母。俺も頑張らないと、いつまでも貧乏のままだ。

美代　兄ィニィ、貧乏でも、家族みんなが一緒ならいいよ。

亮健　うん？　そうか……。

亮子　あり、お母の心配ごとというのはね。貧乏のことだけではないよ。イクサがやって来るから、亮健と美代は、イクサに取られないかねえっといって、心配しているんだよ。

亮健　そうか。このことだけどな、お母……。

千代　なんねえ、亮健……。

亮健　俺は飛行機乗りになる。

千代　ええっ？　今、なんと言ったの？

亮子　なんと言ったの亮健？（驚く）

亮健　みんなにはまだ言っていなかったけれど……、兵隊になって、飛行機乗りになる。ヤマトゥに渡って航空兵になって、頑張ろうと思っている。給料もウフッサ（たくさん）もらえるらしい。仕送りができるよ。

千代　亮健……。

美代　兄ィニィよ……。

亮健　お国のために奉公するんだよ。日本男児としての本懐だ。

みんな　……（呆然としている）

亮健　ゼロ戦に乗る。（手を広げて空を飛ぶしぐさ）

亮健　お母、ヤンバルの上を飛んで、お金もたくさん落とそうなあ。
千代　亮健……、お母を心配させないでよ。
亮健　大丈夫だよ、日本は勝ちイクサだ。ゼロ戦は真珠湾で大戦果を上げた。俺もアメリカーをやっつける。日本を守り、沖縄を守る。そうだなあ、亮太兄ィニィがいるシンガポールの空にも飛んでいける。
美代　兄ィニィ、日本は勝ち戦でしょう？　本当に勝ちイクサだよね。兄ィニィまで家を出て行ったら心配だよ、恐いよ。
亮健　大丈夫だ！　心配ないよ……。
亮子　亮健、あんたは……。
亮健　與那嶺亮健、お国のために、頑張ってきます。（敬礼）

第3場面　シンガポールの船上にて

捕虜を護送する英国船の船上。
シンガポールで捕まった沖縄のウミンチュたちが護送されている。不安の表情で行方を案ずるが、やがて脱走の計画を立てる。

仁助　俺たちは、どこに護送されるのかな。
雄次　俺たちは、イギリス兵に捕まってから、シンガポールのチャンギー監獄に収容されて、その後マレーシア半島のポートステイハムに連れて行かれた。この船は、またチャンギー監獄に戻るというけれど、その後でインドに連れて行かれるという噂だ。
吾郎　インドってあの象とか虎とかが、たくさんいるインドか？
雄次　うん、そうだ。砂漠の中の捕虜収容所に連れて行かれるらしいよ。

吾郎　アイエナー、哀れするなあ。
亮太　シンガポールやマレーシヤ、タイなど、南洋諸島に住んでいるウチナーンチュやヤマトンチュは、男も女も子どもたちも全部捕まってインド行きだ。遠いなあインドは。生きて帰れるかなあ。
栄太郎　シンガポールもインドもイギリス領だからな。あり得ることだな。
三郎　心配だな。俺の女房のウサ小とはもう会えないのかなあ。
栄太郎　子どもとも会えないよ。
仁助　俺たちがインドへ連れて行かれるのを日本国家は知っているかなあ。俺たちは兵隊ではなく民間人でウチナーンチュだからなあ。国から見捨てられることはないだろうなあ。
栄太郎　家族も分からんだろうからなあ。
吾郎　あれこれ考えると、心配事は多いなあ。俺が戻らなけりゃあ、恋人の福ちゃんも心配するだろうなあ。
雄次　このことだけどな、俺はこの護送船から逃げようと思っている。
仁助　逃げる？　脱走するのか？
雄次　そうだ、これが一番いい解決策だろうが。
亮太　雄次、慌てるなよ。危ないよ。
仁助　雄次、亮太が言うとおりだよ。俺たちウチナーンチュは、琉球王国の時代から、「ばんこくしんりょう（万国津梁）」と言って他の国々と貿易を重ねて、仲良くして国を豊かにしてきた。危険な真似はするなよ。
雄次　あり、イクサを仕掛けるわけではない。この船から逃げるだけだよ。
三郎　鉄砲持っているイギリスの番兵が見回っているよ。

雄次　心配するな、三郎。シンガポールはよく知っている島だ。
吾郎　そうだなあ、雄次よ、俺もお前の考えに賛成だ。遠いインドのどこかも分からないところで命を落とすよりは、脱走してシンガポールで隠れていたほうがいい。日本軍がすぐに助けに来るはずだ。
亮太　雄次、俺も一緒に逃げる。どこまでも、お前と一緒だ。
雄次　亮太、お前は残れ。俺はな亮太、吾郎よ。俺は恋人マリアとの生活に命を賭けたい。インドの砂漠の地に命を賭けたくない。マリアとは結婚しようと約束している。急に姿を消したので、マリアは心配しているはずだ。
亮太　……。
雄次　亮太、お前も知っているとおりマリアは、貧しいマレー人の農家の娘だ。シンガポールに残ってマリアを助けたい。俺の一度きりの人生だ。後悔したくない。分かるだろう、亮太。お前は今死んだら後悔することがいっぱいあるだろう。
亮太　後悔しないために、俺も逃げるんだ。必ず生きて帰って親孝行したい。そしていつの日か、洋子にも会いたい。会って……。
雄次　亮太、お前と恋人の洋子のことは知っていたよ。洋子もお前も苦しんだだろう。それだけに、お前はここに残って沖縄に帰るんだ。もし、洋子と会うことがあれば、だれにも気兼ねをせずに二人の幸せのことを真っ先に考えるんだよ。
亮太　それだから、俺も逃げる。俺も逃げて、今度は自分で、自分の運命を切り開きたい。
雄次　よし、分かった。お前とはどこまでも一緒だ。
亮太　うん、有り難う。
吾郎　それで、いつやるんだ。
雄次　今すぐだ。
吾郎　よおし、雄次、ボートがあるだろう。
　ボートの縄を切って降ろそうか。それから海に飛び込むというのはどうかな。
雄次　うん、おれもそう考えていた。
栄太郎　もうお前たちの思いは、だれも止《と》められないな。気を付けろよ。
雄次　有り難うなあ、栄太郎さん。亮太、吾郎、行くぞ。
吾郎　よおし、沖縄のウミンチュの反骨精神、見せてやろうな。
亮太　みんなも頑張ってな。
仁助　気をつけろよ。

　雄次と亮太、吾郎、身を竦めて、みんなの元から離れていく。それを不安そうに見送るみんな。
　やがて三人の姿が見えなくなり、残った者同士で三人への思いを語り合う。

三郎　雄次のマリアに対する思いは、強かったんだなあ。
仁助　吾郎もからゆきさんの福ちゃんのこと真面目に考えていたんだな。
栄太郎　亮太も、若いのに勇気がある。親孝行すると言って脱走するのは、簡単なようでだれもができることではない。
仁助　亮太は恋人の洋子のことで苦しんだだろうと雄次は言っていたが、どういうことかな。心配事かな。
三郎　亮太はシンガポールの町で、女用のペンダントを買いよったよ。だれにあげるのかなと思って見ていたけれどな。
栄太郎　雄次が教えてくれたけれど洋子という子は読谷から糸満売りされたと聞いた。お父がカツオ工場を作ったんだが失敗してな。それで洋子と姉エネエが年季奉公にだされた。洋子は糸満売りだが、姉エネエは辻に売られたそうだ。
仁助　ああ、そうなのか。人間様々だな。見えないところに不幸はあるからな。見つけてあげるのは大切なことだ。亮太にはそれができたんだろうな。

突然、銃声の音。みんなは銃声がした方を振り向く。

三郎　あれ、何だろう。
栄太郎　鉄砲の音だよ。
仁助　何が起こったんだろう。
栄太郎　三人が見つかって撃たれたんではないだろうな。
三郎　まさかひゃあ……（不安顔で見つめている）
仁助　あり、行ってみよう。

暗転、後、明転。
雄次と吾郎が甲板に横たわっている。その傍らに亮太がいる。

亮太　雄次！　五郎！
三郎　亮太、どうしたんだ？
亮太　二人ともイギリスの兵隊に見つかって撃たれてしまった。
亮太　俺は手を上げたけれど、二人は隙を見てまた逃げた。それで撃たれた。
亮太　イギリスの兵隊たちは笑って立ち去ったが……、俺も逃げりゃよかった。一緒に死にゃよかった。
仁助　そう言うな。亮太。お前は、生き残れと言うことだ。授かった命だ。粗末にするな。
三郎　亮太、生きるんだよ。
亮太　雄次！
栄太郎　人間の運命は分からないもんだなあ。
仁助　さあ、亮太。もう泣くな。みんなで二人を葬ってやろう。
三郎　二人ともウミンチュだ。海に帰してやろうな。

二人の亡骸をムシロで包む。

栄太郎　さあ、いいか。二人を海へ流すぞ。沖縄まで届けよ。
亮太　親を思うチムグクル。恋人を思うシナサケ（愛情）。二人の思いはきっと届きますよね。
栄太郎　届くさ。この海も、この空も、みんなつながっているんだ。
仁助　さあ、二人の思いが親や恋人に届くように願って、手を合わせよう。

みんな手を合わせ、二人の亡骸を海へ流す。
葬送の場にふさわしい三線の音がゆっくりと流れてもいい。

第4場面　デオリ収容所

デオリ収容所にて。舞台全部をデオリ収容所内と想定してもよい。また「デオリ収容所」の看板が一つあってもよい。

そこでシンガポールから護送されてきた沖縄の漁師たちがユンタクしている。樹の切り株にでも腰掛けて。

栄太郎　このインドのデオリという土地は噂に聞いていたけれど、暑いなあ。

三郎　そうですね。昼間は外にも出られないからなあ。夕方になってやっと外に出られて、このようにユンタクもできる。

栄太郎　あまりの暑さに蝿も死んでしまうと言うことだよ。

仁助　そうかもしれないなあ。鳥も昼間は見えないからな。

栄太郎　雄次と吾郎が死んでから、もうどのくらいになるかなあ。

亮太　三年は、過ぎました。

栄太郎　もうそんなになるか。

三郎　このデオリ収容所には、ウチナーンチュとヤマトゥンチュ全部合わせたら二千人余りの捕虜が収容されているらしいよ。

仁助　捕虜ではないよ。捕虜というのは兵隊の収容者。俺たちは民間人だから、インタニーと言うみたいだよ。

三郎　アリ、へんな名前だな。でも、俺たちインタニーは、年寄りも子どもも、男も女もみんな一緒だから、大変だよなあ。栄養失調や病気で亡くなる人も多くいるようだよ。いつになったら沖縄に帰れるのかなあ。

栄太郎　亮太、お前と糸満で一緒だったという人が、このデオリ収容所にいるよ。

亮太　ええっ？　まさか……。

栄太郎　そのまさかだよ。第二号棟の家族棟にいるよ。俺たちは十二号棟の独身棟だから会うことができなかったんだよ。出かけて行って会ってきたらどうか？
亮太　名前はなんというの？
栄太郎　名前は、たしか武男。そうだ、名嘉真武男だ。連れ合いがいるようだが、連れ合いは見えなかった。何か訳がありそうだよ。
亮太　名嘉真武男……。
栄太郎　そうだ。お前が思いを寄せていた洋子のことも分かるんじゃないか。
亮太　……。
栄太郎　男は乱暴者で、周りの者には嫌われているようだよ。
栄太郎　俺たちは十二号棟で亮太も一緒にいるから訪ねてきたらと言ったら、亮太が訪ねて来るべきだと、恐い目をして言いよった。気を付けろよ、亮太。
亮太　有り難う、栄太郎さん。明日にでも訪ねてみるよ。雄次が生きていたらなあ、雄次も一緒に行けたのになあ。
仁助　何だか、デオリ収容所も不穏な空気が漂っていて、ざわめいているからなあ。気を付けろよ。

暗転、そして明転。
亮太と洋子との再会。洋子が二号棟から出てくるところを亮太が声をかける。

亮太　洋子……。
洋子　あれまあ、亮太。
亮太　久しぶりだな。
洋子　びっくりしたよ。こんな所で会えるなんて。

亮太　元気にしていたか。いつまでも変わらないなあ。
洋子　あれ、変わったよ。歳も取ったよ、もうおばさんになっているよ。
亮太　いやいや、そんなことないよ。
洋子　有り難う。
亮太　思い出すなあ。糸満では十五歳から二十歳までの五年間、一緒だったからねえ。
洋子　二人とも同じ年だったからねえ。
亮太　二十歳になった年に、俺は雄次と一緒にシンガポールに渡ったからな、あれから数えても、もう、六、七年にはなるんじゃないかな。懐かしいなあ。
洋子　糸満ではいろいろとお世話になりました。有り難うございました。
亮太　いえいえ、こちらこそ……。
洋子　亮太は、いつも私をかばってくれたよね
（思い出して泣きそうになる）
亮太　あんたが俺をかばってくれたんだよ。有り難うだった。
洋子　（涙をふきながら）、雄次はどうしている？一緒なの？
亮太　雄次はシンガポールで死んでしまった。
洋子　ええっ！　そうだったの。それでは、寂しかったねえ。
亮太　うん、寂しかった……。
亮太　それで、あんたたちは、どこで捕虜になったのか？
洋子　ビルマ、ビルマで捕虜になって、インドのプラナキラ収容所に送られ、それからデオリに来たの。
亮太　そうなのか、プラナキラから一緒だったんだなあ。知らなかったなあ……
洋子　収容されている人は、たくさんいるから

ね……。
洋子　亮太、ごめんね、
亮太　どうした、何を謝るのか。
洋子　私は、武男に騙された。あんたや、雄次を裏切ってしまった。
亮太　……。
洋子　私はまだ子どもだった。世間の渡りようも分からなかった。武男に騙されて、もう故郷の読谷にも帰れなくなって、行く場所もなく、このデオリまで来てしまった。
亮太　……。
洋子　亮太……、あんたの思いは分かっていたけれど……、どうしようもなかった。
亮太　もういいよ。過ぎたことだ、詫びなくてもいいよ。
洋子　亮太……。

亮太と洋子が話している場所に、亮太の兄、亮一がやって来る。亮一はデオリ収容所の警備に当たっているインド兵。突然の出会いに二人は見つめ合う。

亮太　あれ……。
亮一　まさか……。
亮太　亮一兄さん?……（立って近寄っていく）
亮一　亮太か?
亮太　兄さん!
亮一　亮太!（二人とも抱きつく）
亮一　アイエナー、夢であったら覚めるなよ。
亮一　なんでここにいるのか?
亮太　兄さんこそ、なんでここにいるの?
亮太　お母も、姉さんも、亮健も美代も、みんな心配していたんだよ。兄さんは、兄さんは、もう死んだんじゃないかなって。お母は、お母だけは、絶対生きているって、諦めなかった……。
亮一　みんなに心配かけたな……。仕方がなかった。
亮太　お父は死んだ。古宇利島に遺体が上がった。
亮一　そうか……。
亮太　いったい、何があったんだよ。
亮一　そうだな（涙を払う）
亮一　お前が十二歳ごろだったかな。俺はヤンバルを離れた。だからもう十五、六年にもなるかな。いろいろあったんだ。
亮太　うん、そうだろう。心配したよ。いろいろあったこと聞かせてよ。
亮一　そうだなあ、何から話そうかな……。俺はな亮太、あの日、一人で漂流したんだ。ヤンバルの海から流されたんだ。お父と一緒に漁に出た日だ……。
亮一　あの日は台風も接近していたから、波はだんだんと高くなっていた。漂流しているところを、イギリスの商船に救われたんだ。商船の行く先は、インドだということだった。俺はインドまで連れて行って欲しいと頼んだ。彼らは面喰らっていたが、俺もウミンチュだ。船の甲板での仕事などを手伝った。すると感謝されて、俺の願いを聞き入れてくれた。
亮一　カルカッタに着くと船長の計らいで、イギリス軍が宿泊する官舎の清掃などの仕事をさせてもらった。しばらくしてインドの警官に志願して採用された。その後、要望されてインド軍へ配属された。インドでは日本との戦争があり、兵士はいくらでも必要だった。特に日本語が話せる俺は重宝された。

カルカッタの街で妻のムメノとも出会った。結婚してヒサコも生まれた。なにもかも順調だった……。
亮太　そうか、結婚して子どももいるんだ。ムメノさんに、そしてヒサコちゃん。
亮一　うん、そうだ。
亮太　おめでとう。
亮一　うん、有り難う。
亮一　カルカッタは世界有数の貿易港で日本人やウチナーンチュも多くやってきた。でもウチナーンチュとは会いたくなかった。それでカルカッタから遠く離れたデオリ収容所の警備へ志願してそれが認められた。今では、長いインドでの生活で顔も日に焼けて、インド人そっくりの顔になった。まさか、デオリの収容所に、日本人やウチナーンチュがやって来るとは夢にも思わなかった……
亮太　どうして、ウチナーンチュと会うのを避けたの？　カルカッタの方が賑やかだし、住みやすかったんじゃないの？
亮一　どうしてって……、俺が……、俺が父さんを殺したからだよ。
亮太　えっ？
亮一　俺は、あの日、サバニの上で父さんと言い争った。お前も知っていると思うが、父さんは俺と久子の結婚に反対していた。久子はハンセン病の家系だからと口汚く罵っていた。それだけならまだよかった。あの日、俺は久子が縫ってくれた藍色のウミンチュ用のズボンを履いてサバニに乗った。そのことに気付いた父さんは、病気がうつる、ズボンを脱げと、強引に脱がそうとしたんだ。俺は断った。激しくもみ合っているうちに父さんは海へ落ちた。俺は父さんを残してサバニを漕いで、その場を立ち去った。ワジィワジィーしていたからな。父さんを困らせてやろうと思ったんだ。

亮太　……。

亮一　しばらくして、正気に戻った俺は、慌てて現場に引き返した。泳ぎの達者な父さんだ。きっと波に乗って俺の戻ってくるのを待っているだろう。そう思った。ところが、父さんの姿はどこにもなかった……。サメだ。サメが、うようよと辺《あた》りを泳ぎ回っていた。そして、海面に父さんの破れた上着が浮かび上がってきた。しまった。大変なことになったと思った。俺は殺人者だ。どうしよう。頭を抱えて躊躇している間に、サバニは流された。そして台風にさらわれたんだ（涙声になっている）……。

亮太　兄さん……。

亮一　家に帰りたかった。が、帰れなかった……。帰ってはいけないのだ。

亮太　兄さん……、父さんを殺したことにはならないよ。父さんを殺したのはサメだよ。なあ一緒に家に帰ろう。ヤンバルに帰ろう。母さんが待っているよ。奥さんのムメノさんや娘のヒサコちゃんも連れて一緒にヤンバルに帰ろう。なあ、兄さん、もう十分償ったよ……。兄さん、生きていてくれたんだし……。兄さん帰ったら、みんな喜ぶよ。きっとバンザイするよ。

亮一　そうだな……。でもその前に、まずは俺のうちへ来てくれ。妻のムメノも娘のヒサコも紹介するよ。こちらの方も一緒にな。奥さんか？

亮太　奥さんじゃないよ。洋子さんだ。糸満でウミンチュをしていたころから一緒だ。

洋子　洋子です。よろしくお願いします。
亮一　こちらこそ、よろしくお願いします。そうか、亮太は糸満でウミンチュをしていたのか。
亮太　そうだよ、俺もたくさん話があるから、是非行くよ。奥さんのムメノさんにも挨拶したい。
亮一　うん、大歓迎だ。洋子さんも一緒においで。
洋子　有り難うございます。
亮一　ところで、亮太、洋子さん。
亮一　日本は、この戦争に負けたことはもう聞いているよね。
亮太・洋子　はい。
亮一　広島にも長崎にも大きな爆弾が落ちたと聞いた。沖縄は玉砕とも聞いている。
亮太・洋子　……。
亮一　ところが、デオリの収容所にはこの戦争の負けを認めない人々がいる。勝ち組という。そうだな？
亮太　はい。
亮一　この人たちが暴動を起こすのではないかという噂がある。収容所の所長は、暴動を鎮圧するために軍隊を召集している。衝突するかもしれない。亮太、くれぐれも行動には注意しろよ。いいか。
亮太　うん、分かった。
亮一　今日は、これから大事な用があるので失礼するが、それではまた近いうちにな。十二号棟に行けば会えるんだな。
亮太　うん。兄さん……、生きていて良かった。
亮一　うん、良かった。本当に良かった。（亮太の元に近寄って再度抱き締める。それから名残

惜しそうに立ち去る）

洋子　優しいお兄さんね。聞いていて涙が出てきたわ。それこそ奇跡だね。沖縄の神様が会わせてくれたんだね。

亮太　インドの神様もだよ。そして、俺たち二人も会わせてくれた。

洋子　そうだね。

亮太　本当に今日は素晴らしい日だ。

洋子　うん。生きていれば、きっといいこともあるんだね。本当に良かった……。

武男が、肩で風を切るように登場。

武男　あり、亮太じゃないか。挨拶しに来たんだな。いつまでも来ないから忙しいのかなと思っていたよ。元気だったたか。

亮太　おかげさまで。糸満のころはお世話になりました。

武男　おかげさまではないさ。俺は何もしていないからな。

武男　雄次は死んだそうだな。身の丈知らないことをやるからだよ。これは自業自得やさ。

亮太　自業自得？

武男　あれ、それ以外は考えられないだろう。脱走して失敗して殺されたというんだからな。

亮太　雄次には夢があった。シンガポールで生きる夢が……。

武男　夢？　夢の話はいいよ。それよりもよ、亮太。日本はアメリカーに戦争負けたという噂が流れているが、お前はどう思うか？

亮太　根拠があっての噂だろう。日本は負けたのだ。

武男　あい、この、馬鹿たれ！　日本が負けることがあるか。日本は神の国だよ。天皇陛下が守ってくれるんだ。こんなことも分からないで噂を信じる馬鹿がいるか。だからウチナーンチュはヤマトウかい馬鹿にされるんだよ。負けてはないよ。分かっているか亮太!

亮太　……。

武男　お前らのような馬鹿がいるから、俺たちは苦労するんだよ。いつまでも馬鹿のままでいると叩き殺すぞ。いいか。俺たちはな、日本が負けたと言っている所長も叩き殺してやろうと思っているよ。お前も気をつけろよ。ウチナーンチュといって馬鹿にされてはいけないぞ。お前は融通の利かない、馬鹿、アホだからな。

洋子　それは、言い過ぎでしょう。

武男　言い過ぎ? ありゃ、お前も馬鹿がうつったか。昔の恋人と会ったからといって、格好付けるなよ。

武男　亮太、分かっているよな。洋子は俺の女だ。それが分かったからお前は雄次と一緒にシンガポールへ渡ったんだろう。

洋子　あなたは、力づくで……、私を騙したのよ。

武男　馬鹿たれひゃ。（洋子を足で蹴る）

亮太　やめろよ!（洋子をかばう）

武男　亮太、見ておけよ。このうち、暴動が起きるよ。身の置き所を考えておけよ。雄次のように死んではいかんだろう。

亮太　負けたことを認めて出発した方がいい。

武男　ありひゃあ。馬鹿ぐぁひゃあ!（今度は亮太を足蹴りにする。かばう洋子）

武男　お前たちのような負け組は意地のない売国奴だよ。

武男　洋子、恋人に会ったからって恥を知れよ。もう元には戻れないんだからな。
武男、下卑た笑いを残して立ち去ろうとする。
洋子と亮太、立ったままで見つめる。
どこからか大声が聞こえる。
暴徒の声　イクサや負けてーウランドー。
暴徒の声　神の国、日本は勝ちイクサ（戦）どー。
暴徒の声　負け組や、タックルセ！
機関銃の音、暴徒の声。
武男　ありひゃあ、始またんどー。負けてえナランドー（武男、走り去る）
洋子　亮太……（不安げに亮太の元に寄り添い、声をかける）
亮太　行こう、やめさせよう。急げ！
洋子　うん。（二人とも走り去る）
再び、機関銃の音、暴徒の声。
不安の中、第一幕が下りる。

第二幕

第1場面　亮一のインドの家

舞台中央にテーブルと腰掛けを置いて亮一の家とする。

亮一　今日は、良く来てくれたな。妻のムメノと娘のヒサコも喜んでくれた。さあ、ゆっくり腰掛けてくれ。
亮太　有り難う。すごいご馳走でした。
洋子　有り難うございます。
亮一　先日の収容所の中での勝ち組の暴動は大変だったな。
亮太　ええ。今でも銃声の音が聞こえるようですよ。十九名の死者が出たんです。
亮一　そうだったな。残念だった……。ウチナーンチュの死者も出たんだよな。
亮太　ええ、3名が死にました。武男と、仁助さんと、赤ん坊が一人……。
亮一　そうか……。勝ち組は負け組を襲うだけでなく、収容所の高官も襲ってきたんだ。それで軍隊も発砲した。
亮太　騒動に関係のない仁助さんや赤ん坊まで流れ弾に当たって犠牲になったんです。不幸な事件だった。
亮一　うん、大変な事件だったな。
亮太　ええ。
亮一　だけど、もう帰国も決まって良かったな。五月十三日が出発日だったか。あと一週間後か。
亮太　ええ、そうです。二四〇〇人の収容者が日本へ帰ります。
亮一　そうか……。ところで、亮太、俺はやはりインドに残るよ。このデオリでムメノやヒサコと一緒に骨を埋めるつもりだ。
亮太　兄さん……。
亮一　亮太……、お前は、俺に帰国を考えてくれと言った。俺の上官もそうすることは難しいことではない、協力すると言ってくれた。有り難う、亮太、俺はよき弟を持ったよ。

亮一　でも、亮太、俺はもうヤンバルでウミンチュにはなれないよ。この地で暮らすことに決めたんだ。デオリの収容所が閉鎖されて別の土地に移ることがあってもムメノやヒサコと一緒にこのインドで暮らす決意は変わらない。俺はインドが好きだ。俺を助けてくれたインドの大地に感謝している。インドを出ることはない。

亮太　兄さん……。

亮一　だから亮太……、母さんや亮子のこと、そして亮健や美代のことも、心苦しいがよろしく頼む。そして父さんの供養も（涙ぐむ）お願いだ……。

亮太　兄さん。

亮一　分かってくれ、亮太。

亮太　兄さん……。

亮一は亮太の前に、紙袋を差し出した。開いて渡す。中に入っているのは藍色の漁師ズボンだ。

亮一　これは俺の形見だと思って受け取って欲しい。

亮一　俺は、もう海に出ることはない。これを着ることもないだろう。いつかお前がヤンバルに帰って海に出るときは、これを着たらいい。俺も一緒に漁をしていると思え。立派なウミンチュになれ。幸せになれよ。いいか亮太。

亮太　うん、分かったよ、兄さん。

亮一　亮太、俺はカルカッタで三線を手に入れた。以来肌身離さず持っている。これを弾く度に、お父やお母、故郷のヤンバルのことを思い出している。

亮太　兄さんは……、ヤンバルにいるときから、三線が上手だったからなあ。モーアシビの地方（唄い手）だったからなあ。
亮一　お前、よく覚えているなあ。
亮太　忘れていないよ。
亮一　別れに一曲弾きたい。いいかな？。
亮太　願ってもないことだ。お願いするよ。
亮一　踊って貰いたい。洋子さんと二人で。
亮太　ええっ？
洋子　踊りましょう。亮太。（亮太の手を引く）。
　兄さんと家族の幸せを願って踊りましょう。
亮太　そうか。そうだな、故郷を遠く離れても家族のことを忘れてはいけないからな。
亮一　有り難う、亮太。母さんにも、亮健や美代、亮子にもよろしくな。生きるってことは、家族を忘れないこと、故郷を忘れないことのような気がするよ。
亮一　よし、それでは「汀間当」でいいかな。
洋子　ええ。
亮一　亮太、沖縄へ戻っても頑張れよ。
　三線を弾き歌い出す亮一。
　それに合わせて洋子が踊り亮太が踊る。

第2場面　ヤンバルの亮太の実家

　ヤンバルの亮太の実家。沖縄へ帰郷した亮太。呆然と我が家を見つめている。
亮太　沖縄に戻ってきたけれど……。俺たちの家だが、だれもいないのかな。
亮太　お母、美代！（大声で）
亮太　亮健、亮子ネエ！　戻ってきたよ！

返事がない。亮太が、戸惑いながらも靴を脱ぎ家に上がる。仏壇の位牌と写真を見つけて驚き、手に取る。

亮太　まさかひゃあ！

亮太　お母と、亮健の位牌と写真じゃないか。

亮太　沖縄玉砕と聞いたけれど、二人とも、亡くなったのかな……。

そのとき、ジープの音がして米軍基地に勤めている妹の美代が帰ってきた。美代が亮太を見て立ち尽くす。

亮太は美代を見つめる。成人した美代に近づいていく。

亮太　美代！……、美代か……。

美代　亮太兄ちゃん……、なの？

亮太　うん。

美代が大声で泣きだして、その場でうずくまった。亮太は美代の元に駆け寄り、肩を掴み、美代の顔を覗き込む。

亮太　美代、元気だったか。

美代　お兄ちゃん、お兄ちゃん……（美代は亮太の胸を両手で叩き続けた）

美代　馬鹿、馬鹿、馬鹿……。

やがて美代も亮太も涙をふいて立ち上がって家へ入る。

美代　私ねえ、お兄ちゃん。今、ヤンバルにできた米軍基地で働いているのよ。今も、ジープで送って貰ったんだよ。
亮太　そうか。苦労をかけたな。

美代が小さなちゃぶ台を寄せ、茶を入れて亮太に勧める。

美代　はい、お兄ちゃん、ヤンバルのお茶よ、久しぶりでしょう。
亮太　うん、美味しい、母さんの味がする。母さんは……。
美代　みんな、死んじゃった。私、一人よ……。お母ちゃんは避難した山で死んだ。亮健兄ちゃんは飛行機乗りになりたいっていう夢があったけれど、護郷隊にとられて恩納岳で死んだ。お姉ちゃんは結婚して旦那さんと一緒にフィリピンに渡ったんだよ。でもフィリピンで戦死した。お姉ちゃんの旦那さんも二人の子どもも亡くなった……。みんな、みんな死んじゃった。
亮太　そうか……。
美代　私は一人ぼっちになった。寂しくて、寂しくてたまらなかった。どうしていいか分からなかった（また美代が声をあげて泣き出した）
美代　お兄ちゃんも、お姉ちゃんも自分勝手すぎるよ。私と亮健兄ちゃんを置いて、みんな出て行った。お母ちゃんは、兄ちゃんや姉ちゃんたちのこと、最後まで心配していたよ。息を引き取るまで……。二人は帰ってくるから頑張るんだよって、一人ぼっちになる私を励まして死んでいったんだよ。
美代　私に優しくしてくれたのは、米軍基地のジョージだけ……。ジョージと結婚する約束をしたの。ジョージの故郷は、アメリカのミシガン州にあるシカゴという街だって。近くにミシガン湖という大きな湖があって、冬になると表面が全部凍るんだって。ミシガン湖を見に連れていってくれるって言うの。

亮太　そうか……。

美代　お兄ちゃん……、私、もう二十一歳になったよ。

亮太　そうか……、ムカデに足を噛まれて泣いていた泣き虫美代とは違うんだな。

美代　そうだよ。そんなこと覚えていたの？

亮太　覚えているさ。俺のたった一人の妹だからな。

美代　私ね、お兄ちゃん。アメリカに行くのが夢だよ。ジョージと結婚して、ジョージの赤ちゃんを生んで、ミシガン湖で遊ぶの。ね、いいよねえ、お兄ちゃん。

亮太　うん。

美代　怒らないよね。

亮太　うん、怒らないよ。

美代　ああ、よかった。

亮太　幸せになるんだよ。いいな。

美代　うん。

亮太　美代、線香があるか？

美代　うん、あるよ。

亮太　お兄ちゃんが帰ってきたって、母さんにも父さんにも、亮健にも報告しようね。

美代　うん。（美代が立ち上がって線香を点ける。点けながら振り向いて亮太に言う）

美代　お兄ちゃん、何が食べたい？　私、なんでも作ってあげるよ。お兄ちゃんが帰ってきたら、そうしようねって、母さんと約束していたのよ。ねえ、お兄ちゃん、何が食べたい？　好きなもの言って。

美代も亮太の傍らに膝を揃えて座る。両手

を合わせて、仏壇の位牌や遺影を眺める。手を合わす。たくさんの思いが二人の胸に熱く滾っている。美代が立ち上がって亮太の背後に回る。

美代　私の、お兄ちゃんだ。（美代が亮太の背中に凭れて頭を乗せる）

美代　私……、お兄ちゃん、お兄ちゃんってばっかり言っているね。

美代　だって本当に久しぶりだから……。私、お兄ちゃんって言葉、忘れていなかったよ。

亮太　うん、美代、ごめんね。よく頑張ったね。

亮太　美代、あのね、もう一つ、大切な話しがあるんだ。

美代　なあに？

亮太　お兄ちゃんはね、シンガポールで捕虜になって、インドで長い捕虜生活を送ったけれどね、インドでね、亮一兄さんと会ったんだ。亮一兄さんは生きていたんだよ。

美代　ええっ。

亮太　ムメノさんというお嫁さんもヒサコちゃんという可愛い娘さんもいるよ。

美代　ええっ、本当なの？

亮太　本当だよ。インドのデオリという村に住んでいる。

美代　幸せそうだった？

亮太　うん、幸せそうだった。

美代、そう、そりゃあよかった。お母ちゃんも、喜んでいるね。

亮太　うん。きっと喜んでいるよ。

美代　亮一兄さんは私と同じだね。

亮太　えっ？　どういうこと？

美代　どういうことって……、国を越えて結婚するっていうこと。ジョージも退役してシカゴの自動車工場で働くって言っているよ。私もシカゴで幸せになるよ。
亮太　そうだね。うん、頑張るんだよ。
美代　うん、久子ネエもビックリするね。亮一兄ィニィが生きているって聞いたら。
亮太　うん、久子ネエの所を、訪ねてみるよ。
美代　うん。
亮太　美代。
美代　なに?
亮太　ゴーヤーチャンプルーが食べたいな。
美代　うん、任せておけって。

美代が明るい笑顔を作っていたずらっぽく笑った。

第3場面　兄の恋人久子の家

兄の恋人久子の家。

亮太　ごめんください。
亮太　ごめんください。

裏座に人の気配がして床《ゆか》を踏む足音がする。腰を曲げたヒサコの祖母カマルが目の前に現れる。

亮太　私は與那嶺の亮太という者です。お元気でしたか。
カマル　……(亮太を見て、驚いている)
亮太　ここは久子ネエの家でしょう。訪ねてきました。
カマル　……(怪訝そうな目で亮太を見つめる)

そのとき、裏庭の方から久子が現れる。
亮太を見て驚きの声をあげて立ち竦んだ。

久子　あれ、まあ……。
亮太　亮太です。亮一の弟の……。
久子　ホントに大きくなって……、お兄ちゃんにそっくりだね。一瞬、お兄ちゃんが帰ってきたのかと思ってびっくりしたよ。どうぞお上がりください。
亮太　はい、失礼します。
久子　おばあ、亮一の弟の亮太だよ。
カマル　あり、アンヤミ（ああ、そうなのか）、アンシル、似チョーサヤ（それで似ているんだね）。おばあは驚いたよ。亮一かなと思ったよ。

おばあも手招きして亮太を歓迎した。おばあは曲がった腰をゆっくりと下ろして、ちゃぶ台の前に座った。大きな笑顔を浮かべている。久子は、タオルで手をふきながら茶を淹れて持ってきた。

久子　亮太はシンガポールに渡ったと聞いたけれど……。
亮太　ええ、糸満からシンガポールに渡って、四年ほど漁師の仕事をしていました。
久子　そう……、苦労をしたね。
亮太　ええ、それから戦争に巻き込まれて捕虜になりました……。

亮太の言葉を遮って、おばあが口を挟んだ。亮太の話を中断したことを気にすることもなく、勝手に話し始めた。

カマル　おじいがいたら、あんたが来たのを喜んだろうにねえ。
亮太　おじいは、どこに行ったんですか？
カマル　安子《やすこ》の見舞いに行ったさ
亮太　安子って？
久子　私の姉なの、ハンセン病を患って屋我地にある愛楽園に入院しているの。おじいも私も時々、見舞いに行っているのよ。おじいは、今日は野菜とかシークヮーサとかを届けると言って朝早くから出かけたのよ。
亮太　そうですか。
カマル　あんたの兄イニイは、いい人だったよ
カマル　あんたの兄イニイは、久子と結婚する約束をしてくれたんだよ。優しいグヮだったよ。おばあにも、何度も魚を持ってきてくれたよ。（おばあは、手で涙をぬぐう）
カマル　ナンブチ（ハンセン病）だと言って、だれも寄り付かない私たちの家にやって来てね。久子を嫁にくださいって、おじいの前で頭を下げよったたよ。兄イニイは偉いさ。だあ、あんなことになってねえ。生きていたらねえ。
久子　おばあ、もういいさ。私は十分に幸せだったからね。

しばらくして、おばあが目を閉じて頭を揺らし始めた。

久子　おばあはね、耳も遠くなったけれど、座ったままで居眠りもできるんだよ（笑い）

亮太はおばあを起こさないように、そっと久子の傍らで、持ってきた風呂敷を開いた。

漁師のズボンだ。

久子　これは……。

亮太　兄から貰ったものです。もう兄はウミンチュになることはないと思うので、久子さんに返した方がいいかなと思って。

久子　これ、どうしたの？　亮一さんから貰った？　どこで貰ったの？　いつ貰ったの？亮一さんは生きているの？（驚いている）

亮太　実は……、亮一兄は生きているのです。

久子　ええっ！

亮太　インドのデオリという村で生きているのです……。

亮太　兄は久子さんと結婚のことで父と争い、漂流してイギリスの商船に助けられてインドに渡ったそうです。そこでインド兵になり、インドの女性と結婚して子どももいます。久子さんを忘れるために、さらにインドの奥地のデオリの村に移り住んだそうです。久子さんに作って貰ったこのズボンを片身離さずに大事にしてきたと言っていました。

久子　本当なの？　亮太……。信じられないよ。

久子の目に涙があふれ、ふいてもふいても止まらないようだ。

亮太と亮一の出会いが信じられないというふうに何度も何度も、頭を横に振った。やがて、声を絞り出すようにして亮太にお礼を言った。

久子　有難う、亮太……。亮一さんは、きっとどこかで生きていると思っていた。亮一さんは、強い人だから。

久子は、やがて涙をぬぐい、息を整えて亮太の前で微笑んだ。

久子　亮太……、あのね、短い時間だったけれど、私は亮一さんに愛されてとても幸せだったよ。この服はあんたが持っていなさい。またウミンチュになるときがあったら、この服を着て亮一さんの分まで頑張りなさい。私は亮一さんとの思い出をいっぱい抱いて生きていけるよ。インドにいる亮一さんと亮一さんの家族の幸せを祈って生きていけるよ。

亮太　でも……。

久子　亮太、私がこの服を持っていたら、毎日泣いてしまうでしょう。インドへ飛んで行きたくなるでしょう。おばあに、なんて説明する？（久子さんは何度も涙をぬぐった）

久子　この服は、私から亮太へのプレゼントよ。はい、おばあが目を覚まさないうちに早くしまいなさい。

久子は、泣き笑いの顔で亮太に言った。そして小さな笑みを浮かべて亮太を見た。亮太もうなずいた。兄さんは素敵な人を愛したのだと思った。

久子　亮一さんが生きていることを愛楽園にいるお姉ちゃんに知らせたら、きっと喜ぶでしょうねえ。お姉ちゃんは自分のせいだって苦しんでいたからねえ。仏壇の母さんも喜ぶはず……。

亮太　お母さんも亡くなられたんですか。

久子　うん、お父の墓の前で死んでいた……。せっかく戦争を生き延びてきたのにね。お母に何があったのか……。
久子　亮太……、人はそれぞれだね。それぞれの定められた運命を生きるのかね。その運命は平坦な時もあれば残酷な時もある。そのどれにも笑顔を向けなければいけないのかね。
久子　亮太……、人間はみんな弱いからね。力を合わせて生きていかなくてはね。
亮太　……。
　亮太は、もう一度久子を見た。久子はズボンを丹念に畳みながら、風呂敷に包みなおした。必死に堪えていた目からは、再び大粒の涙がぽろぽろとこぼれている。
久子　亮太……。あんたのお母が私を訪ねてきたことがあったよ。お母はね、きっと亮一と結婚できるからねえって、私を励ましてくれたんだよ。嬉しかったよ。
カマル　亮太、イクサ（戦）ヤ、終ワタンドー。ムルシ、チバラントヤー（みんなで頑張らんとな）。（急にカマルが目を覚まして独り言のようにつぶやいて亮太を激励する。その後にまた居眠りする）
久子　アイエナー、おばあよ、もう。ビックリさせてからに……。
久子　亮太、あの庭にあるツツジはね。あれは亮一さんが植えてくれたのよ。大きくなっているでしょう。毎年春になるとね、きれいな花を咲かせてくれるの。亮一さんがやって来て私を励ましてくれていると思っているんだよ。私は幸せだよ。亮太も幸せになるんだよ。
亮太　……（無言でうなずいた）

第4場面　洋子のさしみ屋

読谷にある洋子のさしみ屋を亮太が訪ねる。いまだ戦後の混乱した時代。

亮太　ごめん下さい。
洋子　いらっしゃい。
洋子　あれ、だれかと思ったら……、亮太?
亮太　亮太です。
洋子　こんな格好で……。(照れ臭そうに髪を覆うたタオルに手をやり、掛けたエプロンを見る)
亮太　久しぶりです。どう、元気?
洋子　ええ、元気よ。……亮太はいつも突然やって来て、私をびっくりさせるのねえ。
亮太　ここに来る前に洋子の家へ寄ったんだよ。隣のおばあちゃんに、この店を教えてもらったんだ。
洋子　そう、すぐに探せた?
亮太　うん、すぐに探せた。でも洋子の家の門で一時間余りも帰りを待っていたよ。
洋子　そう、お疲れ様でした。ヤンバルから読谷は遠かったでしょう。でも本当に久しぶりだねえ。
亮太　うん、一年ぶりかなあ。
洋子　少し、ゆっくりできるんでしょう?
亮太　うん。
洋子　よかった。今、美味しい刺身と、あたたかい天ぷらを用意するからね、待っていてよ。
亮太　うん、有難う。そうさせてもらうよ。

亮太はそう言ってテーブルの前に腰掛けた。

洋子　私も遊んでいるわけにもいかなくてね、三か月ほど前からこのさしみ屋とテンプラ屋を始めたんだよ。まだ慣れなくてねえ。お客さんもあんまり来ないんだよ。
亮太　そう、そうなのか。
洋子　でも心配しないでね。

亮太の返事に洋子が笑顔を浮かべる。それから亮太の前に刺身と天ぷらを皿に盛りつけて置き、テーブルを挟んで座ってくれた。エプロンを外して、頭を覆ったタオルを取った。そして髪に手櫛を入れてほほえんだ。

亮太　美味しいよ。この天ぷら。
洋子　有り難う。
亮太　で……、洋子の家族はみんな戦争で亡くなったって？　隣のおばあちゃんから聞いたけれど、お姉ちゃんも亡くなったの？
洋子　ええ、そうなのよ。私、一人で住んでいるのよ、あの家で……。
亮太　そうか。
洋子　戦争は酷《むご》いね……。米軍はね、この読谷や北谷の海岸から沖縄本島に上陸したんだって。昭和二十年四月一日のことだって。村人はパニックになってガマ（洞窟）に逃げ込んだんだ。

※スポット
村人が走り込んでくる。「集団自決」（強制集団死）を演じる無言劇がスタートする。集団にスポットが当たる。
並行して洋子の説明が続く。

洋子　ガマに逃げ込んで死んだのは、読谷だけではないよね。伊江島でも、恩納村でも、糸満市でも、座間味島や渡嘉敷島でも、多くの人たちが死んだ……。
洋子　多くの人たちが捕虜になるよりは自ら死を選んだの。
洋子　カマや剃刀で、互いの首を切った。
洋子　青酸カリの注射をした。
洋子　火を焚いて煙で窒息死した。
洋子　日本軍が中国人を虐殺したのと同様に、今度は自分たちが米軍に殺されると思い込んだのね。
洋子　生きようとする者、死のうとする者、凄惨な地獄絵が展開された。
洋子　両親も幼い妹も、そこで死んだ……。

洋子の説明が終わると、集団自決を演じていた村人が退場する。

亮太　洋子……。
洋子　姉ちゃんはね、嘉手納で日本の兵隊さんと一緒に死んだって。姉ちゃんは辻にいるころから大好きな日本の兵隊さんがいてね、このことを嬉しそうに話していたから、きっと死を覚悟で、兵隊さんの後を追いかけて嘉手納まで来たと思う。姉ちゃんは、それでよかったかも。そう思うことにしているのよ。
亮太　俺のところも、弟の亮健は護郷隊で死んだ。お母は、ヤンバルの山の中で避難中に死んだ。亮子ネエはフィリピンで死んだ。
洋子　そう……。戦争は生き残った者にも多くの悲しみを与えるんだよね。死んだ人の思いも背負って生きていかなけりゃならないからね。

亮太　そうだね、みんな生きたかっただろうにね、死んでしまった。
洋子　生きている者は、力を合わせて頑張らないといけないね。
亮太　洋子……、このことだけど……、俺と一緒に頑張ってくれないか。
洋子　えっ？
亮太　ずっと考えていたんだ。洋子と一緒に生きたいって。戦争で奪われた人生をやり直したいって。俺と結婚して欲しい。戦後を一緒に生きよう。
洋子　それ……、本気なの？
亮太　そうだ、本気だ。自分の一度切りの人生だ。後悔するなって、雄次にも言われた。
洋子　私は、あんたも雄次も裏切ったのよ。私は……。
亮太　言わなくてもいい。昔のことだ。
洋子　こんな……、こんな私でもいいの？
亮太　こんな私でも、どんな私でも、洋子は洋子さ。
洋子　亮太……、有り難う。私だって、ずーっとこのことを夢見ていた。でも、言い出せなかった。（目を赤く腫らして亮太の思いを受け入れてうなずく）
洋子　刺身屋でプロポーズするなんておかしいよ、亮太。たぶんインド人はそうしないね。
亮太　うん、しないと思う。砂漠に刺身屋はないからね。でも、シンガポールではあるかもしれないな……。洋子、はいこれプレゼントだ（亮太は用意していたプレゼントを洋子に渡す）
洋子　何、これ？（紙包みは少し古びている。小さな紙包みだ）
洋子　開けてもいいの？
亮太　うん。

洋子　あれ……。（洋子がつぶやいた）
亮太　ペンダントだよ。シンガポールの街で買った。魚のペンダントだよ。いつかきっと洋子に渡せる日が来ると思った。

洋子がペンダントを首に掛ける。それを手伝う亮太。

洋子　私、ずっと待っていたんだよ、糸満でもデオリでも……。ずっと信じていたんだよ。亮太と一緒になれる日を……。
洋子　信じていれば、夢は叶うのね。有り難う、亮太……。
亮太　泣くな！　もう。
洋子　うん。
洋子　私……、頑張って生きてきて良かった……。どんなふうに生きていいか分からなくなった日もあったけれど……、死ななくてよかった。
亮太　うん、生きていれば、必ずいいことも巡ってくるさ。
洋子　うん、神様は不幸だけでなく、幸せも運んでくるんだよね。
亮太　そうさ、幸せになりたいと願う心が、幸せを運んで来るんだよ。
洋子　うん。

亮太の胸に洋子が顔を埋める。亮太が洋子の肩に手を回し笑みを浮かべる。

第5場面　ヤンバルの浜辺

ヤンバルの浜辺。亮太は櫂を持っている。

サバニで出漁する亮太を洋子が見送る。

亮太　どうだ洋子、ヤンバルの生活にも少しは慣れたか。

洋子　慣れたよ。たくさん慣れた。

亮太　たくさん慣れたか。

洋子　おかしい?

亮太　おかしくない。

洋子　糸満でも，デオリでも頑張ったんだもの。亮太と一緒なら、どんな苦労も苦労でないよ　(涙ぐむ)

亮太　俺は、ウミンチュだ。海を相手にしか生きることができない。

洋子　うん、それでいいよ。

亮太　どうだ、俺の漁師姿、似合うか。

洋子　うん、似合っている。亮一兄さんから貰ったウミンチュのズボンも似合っている。少し、小さいかなって思っていた。寸法が合わなければ直そうと思っていたけれど……、ぴったりだね。

亮太　うん、大丈夫だ。兄さん、喜ぶだろうなあ。

洋子　ムメノさんも、ヒサコちゃんも、どうしているかしらねえ。

亮太　元気でいるさ。お前と結婚したことを知ったら、兄さん、びっくりするだろうなあ。

洋子　いつか……。

亮太　うん、いつか、デオリに行けたらいいなあ。インドだって遠くはないさ。俺たちウミンチュにとっては、すべての海が一つの海だ。

洋子　うん。

亮太　洋子……、あのな、この海に沈む夕日を見ながらな。亮一兄さんはいつも言っていた。
洋子　なんて？
亮太　水平線の向こうにはな、夕日のスディドゥクルがあるって。
洋子　スディドゥクル？
亮太　そう太陽が一日の疲れを癒やして脱皮するところだ。だから、どんなに辛くても頑張れるって。今日が終われば新しい明日がやって来るってな。
洋子　素敵な考えだね。夕日に照らされた海は波がキラキラと輝いて一本の道もできるよね。まるで幸せを運んでくるニライカナイの道のようにも思えるわ。
亮太　うん、俺もそう思う。
洋子　亮一兄さんには、ムメノさんや娘のヒサコちゃんがいる家族が、スディドゥクルになったんだね。
亮太　そうだ。そして、俺にもスディドゥクルができた。
洋子　うん、何？
亮太　お前だよ。お前が俺のスディドクルだ。
洋子　亮太……。有り難う……。
亮太　俺だけでないよ。ウチナーンチュはみんな自分のスディドゥクルを持って頑張っているんだ。デオリで一緒だった三郎さんもウミンチュになって頑張っている。栄太郎さんは三線屋を引き継いで頑張っているって聞いた。
洋子　ウチナーンチュは負けないよね。スディドゥクルがあるから、いつでも頑張れるのよね。
亮太　そうだよ、沖縄は首里王府の昔から辛いことはたくさんあったが負けなかった。戦争でも、県民の三分の一から四分の一の人々が犠牲になったと言われている。
洋子　それでも負けない。
亮太　うん、一人一人が頑張れば、みんなも頑張れる。スディドゥクルがなければ、見つければいい。つくればいい。
洋子　うん、頑張ろうねえ。亮太……。はい、これ、お弁当だよ。
亮太　うん、有り難う。
洋子　亮太、あんたは私の……、スディドゥクルだね。
亮太　えっ、そうか。嬉しいな（笑い）
亮太　洋子、あれを見ろ、みんなのスディドゥクル、海の太陽だよ！

亮太が洋子の肩に手を置く。
今を生きるすべてのウチナーンチュを励ますようにフィナーレの音楽が流れ、幕が下りる。

〈完〉

読谷村が生んだ偉人屋良朝苗顕彰記念演劇

一条の光を求めて
――屋良朝苗物語

□登場人物（市民劇として多数の登場人物を想定）

○第一幕の登場人物

◇第1場　プロローグ・現在の渡慶次小学校

宮城先生（女）、たかゆき（児童）、なみえ（〃）　たかし（〃）、ようこ（〃）、その他の児童

◇第2場　屋良朝苗《ちょうびょう》の家族・親族

屋良朝苗（主人公）

朝基（朝苗の父）

マカト（朝苗の母）

よしえ（朝苗の兄嫁）

ヨシ（朝苗の奥さん）

孫A、孫B（朝苗の孫）

屋良朝敏（朝苗の従兄）

◇第2場・3場　屋良朝苗の恩師

玉城先生、當山先生、比嘉校長

安里先生（女）

◇第4場　広島高等師範学校時代の友人たち

友人A、友人B、友人C、友人D（女）

◇第5場　米軍政府教育情報部

ディフェンダー情報部長

米高官1、米高官2

○第二幕の登場人物

◇第2場など　屋良朝苗の友人たち

喜屋武（教職員会）、安里（政治家）

知念副主席、宮里副知事、大城秘書官

◇その他
ラジオの声、電話の声
アナウンサー複数名
全軍労労働者複数名
報道記者、米兵多数（警備兵）
県知事退任花道（踊り手多数）
ナレーション（1〜6人）

第一幕

第1場　プロローグ（現在の読谷村渡慶次小学校）

緞帳《どんちょう》は降りたままでよい。緞帳の前で演じられる。

読谷村渡慶次小学校の教室を想定。
授業開始の鐘、先生が教室に入ってくる。
緞帳の前の舞台中央に進み来て正面を向く。

児童　起立！　気をつけ！　礼！（客席の側で号令）
宮城先生　さあ、今日はみんな宿題をやってきたかな（緞帳の前、舞台から客席を見渡しながら問いかける）
みんな　はあい（客席から返事をする）
宮城先生　宿題は、なんでしたか？
みんな　はあい。屋良朝苗先生の似顔絵を描いてくることです。
宮城先生、はい、よくできました。先生が、先週のこの時間にお話しした朝苗先生の似顔絵を、新聞や雑誌、写真などで調べて描いてくることでしたね。似顔絵が難しければ、朝苗先生に関係することであれば、どんな絵でも構いません。想像して描いてもいいですよ、ということでした。今日は、その絵を見せて、ひとこと説明をしてもらいます。分かりましたか。
みんな　はあい。
宮城先生　それでは始めますよ。だれから発表しますか。
みんな　はあい。（手を挙げる）
宮城先生　それでは、たかゆき君、どうぞ。
たかゆき　（客席から緞帳前の舞台に上がって絵を頭上にかざして説明する）これは朝苗先生が、復帰の年の記念式典で挨拶《あいさつ》したときの絵です。新聞の写真を見て描きました。
宮城先生　はい、よくできましたね。朝苗先生は沖縄県の初代の県知事さんでしたね。次はだれかな。
なみえ　はい。
宮城先生　はい、なみえさん。
なみえ　はい、（舞台へ上がり、絵を頭上にかざす）これは、朝苗先生が赤ちゃんの時の絵です。想像して描きました。朝苗先生は、明治三十五年、私たちの住んでいる読谷村の瀬名波で生まれました。
宮城先生　はい、そうです。よくできました。朝苗先生は読谷村瀬名波で生まれ、渡慶次小学校で勉強したのですよ。次はだれかな？
たかし　はい。
宮城先生　はい、たかしくん、どうぞ。
たかし　はい、（舞台へ上がり、絵を頭上にかざす）これは朝苗先生が少年のころ、相撲を取っている絵です。村の相撲大会で優勝したんだって。ねえ、先生、朝苗先生は相撲も強かったんだよね。

宮城先生　はい、そうです。たかしくんと同じように元気な少年だったそうですよ。では、次は……。
ようこ　はい。
宮城先生　ようこさん、どうぞ。
ようこ　はい、（舞台へ上がり、絵を頭上にかざす）この絵は朝苗先生が師範学校に入学するためにお勉強している絵です。朝苗先生は、渡慶次小学校を卒業した後も、学校で先生方のお手伝いをする「使丁《してい》」というお仕事をしながら一所懸命勉強したそうです。
宮城先生　はい、そのとおりです。ようこさん、よく調べましたね。ようこさんの発表したとおり、朝苗先生はお勉強が大好きでした。でもね、おうちが貧しかったので進学を諦めたこともあったそうです。そんな朝苗先生のために、読谷村は奨学資金制度を設けて応援したそうです。そのおかげで朝苗先生は読谷村の第1回村費留学生として沖縄師範学校に進学することができたのです。
たかし　朝苗先生は、相撲だけでなく、勉強も頑張ったんだね。
宮城先生　そうですよ。たかしくんもサッカーだけでなく、お勉強も頑張りましょうね。さあ、それではこれから始まる劇は、私たちの村、読谷村が生んだ偉大な教育者、そして沖縄県の最も困難な時代の県知事であった屋良朝苗先生の物語です。どんな苦しいときでも、朝苗先生は、人間を信じて、夢を持って頑張ったんだよ。夢を持ったら、朝苗先生に会えるよ。夢のある人、手を挙げて！
児童　はあい。
宮城先生　ようし、みんな夢があるんだね。とってもいいことです。それでは、みんなで

一緒に、朝苗先生に会おうね。せーの、

みんな　朝苗せんせーい。（声を合わせて大きな声で）

第2場〈屋良朝苗、少年時代〉

緞帳上がる。読谷村瀬名波の屋良朝苗の自宅。

庭で父朝基《ちようき》が薪を割り、母マカトゥが野菜の土を落としている。貧しさゆえに朝苗を進学させることができない無念さを話し合っている。

マカトゥ　お父、朝苗はまだ諦めきれないみたいだよ。

朝基　何が？

マカトゥ　小学校の高等科に進学することさ。

朝基　仕方がないじゃないか。家には進学させるお金はないんだから……。

マカトゥ　それでも、朝苗の元気のない姿を見ると、チム、ヤムンドー（心が痛いよ）。なんとかならないかね。

朝基　なんともならんよ。長男は十六歳の時に死んでしまうし、次男の朝乗は兵隊にとられた。朝乗の嫁の「よしえ」にも手伝ってもらっている。朝苗にも手伝ってもらわんといかんだろう。仕方ネーンサ（仕方ないことさ）。朝苗には我慢をしてもらおう。（斧で薪を割る）

マカトゥ　朝苗は、おりこうさんだよ。畑の手伝いもしながら、セナハガーからの水汲みなども頑張っているからね。本当に助かるよ。だけどね……。

兄嫁のよしえと朝苗が下手から登場。畑からの帰り。よしえは芋《いも》の入った籠を背負い、朝苗は鍬《くわ》を肩に担いでいる。

よしえ　ただいま。お父、お母、今戻ったよ。

マカトゥ　あい、よしえ。お帰り。いつもご苦労さんだね。朝苗も一緒だね。朝苗も有り難うねえ。

朝苗　……。

マカトゥ　あれ、朝苗は元気ないけど、どうしたの?

朝苗　なんでもないよ。

よしえ　お母、朝苗はおかしいんだよ。畑で泣くんだよ。

マカトゥ　なんで?　なんで泣くの?

朝苗　別に。

朝基　なんで、泣くんだ。朝苗、理由を言ってみろ。

朝苗　なんでも、ないよ。

よしえ　お父、朝苗はね。進学できないのが悔しいんだよ。畑の前を高等科に進学した同級生が通ったときにね、手を挙げて笑って話をしていたのに、同級生が見えなくなった後に、泣き出したんだよ。

朝基　だから、なんで泣くんだ。

よしえ　あれ、進学できないからさ。悔しくて泣いたんだよ。朝苗は勉強が好きなのに、なんとか進学させてあげられないの?　お父?

朝基　……。

よしえ　ねえ、お母、朝苗を進学させたらどうねえ。朝苗の分、私が頑張るから。

マカトゥ　有り難う、よしえ。でも嫁のあんたに、これ以上難儀をさせるわけにはいかないよ。
よしえ　大丈夫だよ。なんとかなるんじゃないの？
朝基　なんともならん！
よしえ　……。

小学校の先生、二人、上手から登場。朝苗を進学させて欲しいと父親を説得に来る。

玉城先生・當山先生　こんにちは。
マカトゥ　あれ、渡慶次尋常小学校の玉城先生と富山先生だ。こんにちは。
玉城　精がでますねえ。お疲れ様です。
マカトゥ　こんにちは。よしえ、チャーグヮー準備セー（お茶を用意して）
よしえ　はあい。

先生方、縁側へ腰掛ける。

玉城　朝苗君も、元気で頑張っているようだな。
朝苗　はい……、有り難うございます。
マカトゥ　今日は、またなんで、お二人も揃って……。
玉城　うん、実は朝苗君のことで、お父さん、お母さんに相談したいことがあって来たんです。
マカトゥ　あれ、お父……。（朝基を呼ぶ）
朝基　どういうことですか。
玉城　朝苗君を是非、読谷山尋常高等小学校の高等科へ進学させて欲しいと思って、お願いに来たのです。
當山　朝苗君は、勉強が好きなようですし、本人も進学を希望しているようです。是非、考えてくださいませんか。

よしえ、お茶を持ってくる。

マカトゥ　そう言われてもねえ。どうぞ、お茶です……。

朝基　わしの家は、お茶だけしか出すことができない。進学に必要なお金は工面できない。

當山　そこをなんとか、みんなで考えることができないかと思いまして、今日はご相談に来たのです。

朝基　なんともできん！

マカトゥ　お父……。

よしえ　お父、私からもお願いします。今日も、畑で進学できない悔しさで涙をこぼしていたんですよ。

玉城　えっ？　本当ですか。

よしえ　ええ、本当です。先ほどもその話をしていたんです。

當山　朝苗君は、たしか五人兄弟の四男でしたよね……。

朝基　そうだ。長男は病気で死んでしまった。次男はイクサに取られた。このよしえが次男の嫁だ。わしも体調が優れないときがあって、いつもいつも元気で働けるわけではない。三男と、そして四男の朝苗が働き手だ。妹はまだ小さいし、朝苗が働かないと、食べてはいけない。

玉城　朝苗君は、渡慶次尋常小学校でも家の手伝いをしながら頑張ってくれました。大変優秀な子どもです。進学しないのは、あまりにも残念だ。

朝基　貧しい農家の家では、みんなが働かないと食べていけないいんですよ。

玉城　……。
マカトゥ　お父、先生方もこうおっしゃってくれてるんだから、考え直してみたらどうかねえ……。
よしえ　お父……。
朝基　読谷山尋常高等小学校高等科は何年だ。
玉城　えっ？
朝基　何年で卒業できるのだ？
當山　二年です。
朝基　二年か……。

朝苗の従兄の朝敏《ちようびん》が下手から登場する。

朝敏　おじさん、こんにちは。
朝基　やあ、朝敏か。
朝敏　どうしたんですか。皆さん、難しい顔をして。
マカトゥ　朝苗の従兄の朝敏です（先生方へ紹介する）
玉城先生・當山先生　こんにちは。
朝敏　こんにちは……。よしえ姉さん、何かあったんですか？
よしえ　うん……。先生方が、朝苗を上の学校へ進学させたらどうかって相談に来たの。
朝敏　それはいいことですよ。うちのお父も言っていたよ。朝基は何考えているんだろう。朝苗を進学させないことってあるかなあって。朝苗は、頭もいいのになあって。
朝基　お前は何しに来たんだ。
朝敏　申し遅れました。ぼくは兵隊さんになることに決めたんです。その報告に来たのです。ぼくの夢は、兵隊さんになってお国のために頑張ることです。朝苗は学問をさせて、お国のために頑張らせてください。ぼくからもよろしくお願いします。
朝苗　朝敏兄《ニイ》さん……。
朝基　分かった。みんながそれほど言うなら……、朝苗、頑張ってみるか？
朝苗　えっ、お父……、本当？
朝基　本当だ。その代わり、学校に行く前に、牛や馬の草を刈ってから学校へ行くんだよ。分かっているな。
朝苗　うん、分かっている。お父、有り難う、頑張るよ。家の手伝いも、畑仕事も、一所懸命、頑張るよ。お父、有り難う。
朝敏　朝苗、よかったな。
マカトゥ　朝苗、よかったねえ。
朝苗　うん、お母、有り難う。
マカトゥ　うん、よかった。
朝苗　先生方、有り難うございます。一所懸命頑張ります。よろしくお願いします。
玉城　うん、よかったな。
當山　朝苗君、一緒に頑張ろうなあ。
朝苗　はい。有り難うございます。
よしえ　あれ、朝苗は、また泣いているの。もう泣かなくていいのにねえ。
みんな　よかったな、朝苗（笑顔で声を掛け合い、うなづきあう）

◇ナレーション
屋良朝苗さんは、このようにして、貧しさゆえに一度諦めた学問の道へ再び戻ります。朝苗さんは無事二年間で読谷山尋常高等小学校の高等科を卒業します。

そんな朝苗さんに再び温かい手が差し伸べられます。親しい先輩から、母校渡慶次尋常小学校の使丁《してい》にならないかと誘われたのです。

朝苗さんは、小学校で働きながら難関の師範学校へ進学するために、一所懸命、勉強したのです。

第3場〈渡慶次尋常小学校、使丁《してい》時代〉

渡慶次尋常小学校職員室の一角。
朝苗が一生懸命勉強している。二、三名の先生方は帰り支度をしている。

當山　朝苗君、今日も頑張っているな。
朝苗　あっ、當山先生、何かまだやることはありますか。（机から離れて立ち上がる）
當山　いや、もう十分やってもらったよ。学校の仕事の手伝いも、教室の掃除の手伝いもやってもらった。今日はもう十分だよ。勉強を続けなさい。
朝苗　はい、有り難うございます。
安里　當山先生、朝苗さん、先に帰りますね。
朝苗　はい、安里先生お疲れ様でした。
安里　お疲れ様でした。朝苗さん、頑張ってね。
屋良　はい、有り難うございます。
當山　本当に、朝苗君はよく頑張るな。家の手伝いもしながら、学校の手伝いもして、毎日、勉強を続けている。たいしたもんだ。辛《つら》くはないのか。
朝苗　辛くはありません。自分のためですし、お父との約束ですから。
當山　うん、立派だな。ところで、朝苗君は、いくつになった？
朝苗　はい、十七歳です。
當山　そうか。これだけ勉強しているんだから、師範学校への合格は、間違いないだろうな。
朝苗　いえいえ、まだまだ勉強は足りません。
當山　そんなに謙遜しなくていいぞ。比嘉校長も君の将来を楽しみにしている。もちろん私も期待しているぞ。
朝苗　はい、有り難うございます。
當山　ところで、戦争に行った君の従兄の朝敏君はシベリヤで戦死したそうだな。
朝苗　はい、残念です。朝敏兄《ニィ》さんは兵隊になって、お国のために頑張ると言っていました。ぼくには、教育で国を造れと、励ましてくれたのですが……。朝敏兄さんの分まで頑張らなければと思います。そんな決意も、ますます強くなりました。
當山　おまえの実の兄の朝乗さんは帰ってきたんだよな。
朝苗　はい、生きて帰ってきました。よしえ姉さんも喜んでいます。朝乗兄さんは兵隊に行って教育の大切さが分かった、頑張れと、ぼくを励ましてくれています。
當山　そうか、よかったな。お父さんは？
朝苗　はい、お父は体調がすぐれず、病気で寝込んでいます。それだけにぼくが一所懸命勉強するのが、ちょっと心配のようです。
當山　一所懸命勉強するのが心配？　どういうことだ？
朝苗　はい。学費が心配のようです。師範学校へ受験はさせるが、合格しても進学させることはできないかもしれない。そう言っています。ぼくも、このままお父の病気が良くならなければ、村に残ろうかと思っています。
當山　おいおい、待てよ。入学後の学費のことは比嘉校長が、知花秀康村長と交渉している。知花村長も前向きに検討すると約束したそうだ。心配するな。大丈夫だよ。

比嘉校長が、帰ってくる。

比嘉校長　あれ、朝苗くんに、當山先生、二人ともまだ学校に残っていたんだな。
朝苗　お帰りなさい。校長先生、お疲れ様です。
比嘉　うん。朝苗くん、喜べ。若い人たちのために、村当局は奨学資金制度を設けるそうだ。師範学校に合格したら、君が村費留学生第一号になるぞ。
朝苗　ええっ？
當山　校長先生、本当ですか。
比嘉　本当だ。今、朝苗くんの家にも寄ってきたところだ。お父さんが学費のことを心配していると聞いていたからな。一番に知らせてあげたいと思ってな。
朝苗　有り難うございます。
比嘉　お父さんは言っていたぞ。この知らせを聞いて病気が治ったような気がするって。
朝苗　有り難うございます。
當山　合格したら。
比嘉　お父さんは踊りだすぞ。（笑い）。お父さんは、こうも言っていた。朝苗には家の手伝いばかりさせて迷惑をかけたのだが、勉強するのに遅いということはないんだなと。朝苗は先輩や読谷の人の恩を、忘れてはいけないなと……。
朝苗　はい、有り難うございます。忘れたらバチがあたります。
比嘉　気にせんでいい。のびのびと頑張ることだ。
朝苗　はい。

當山　朝苗くん、よかったな。努力は、だれかが見ているんだな。そして、必ず報われるんだ。よかったな。

朝苗　はい。有り難うございます。

比嘉　本当に、私も君の将来が楽しみになってきたよ。読谷村民の期待を背負って、いや沖縄を背負って立つ人物になってくれ。

當山　校長先生、日本を、いや世界を背負って立つ人物にです。

比嘉　そうか、そうだな（笑い）。みんなが応援しているぞ。

朝苗　はい、有り難うございます。

◇ナレーション

屋良朝苗さんは、比嘉校長や當山先生、知花秀康村長や村民、そして家族の期待どおり、勉学に励み、難関の県立師範学校に見事合格します。さらに広島高等師範学校へ進学し、その能力を遺憾なく発揮します。沖縄県に戻ってきて沖縄県立第一高等女学校、沖縄県立女子師範学校などで沖縄の未来を担う若者の教育に努めます。

その後、妻子を引き連れて日本の植民地であった台湾に渡り、台南州立台南第二中学校教諭、台湾総督府師範学校教授となります。台北師範学校在職中に、戦争に巻き込まれ召集されるのです。そして、生き延びて戦後を迎えます。

第４場〈船上にて〉

戦場の爆音／大砲の音／サイレンの音／飛行機の音／機銃掃射の音／戦車の音／火炎放

射器の音など……
　そして、やがて終戦を告げる天皇の玉音放送……。その後静けさが戻る／舞台が徐々に明るくなっていく
台湾から沖縄に戻る船上にて／波の音／汽笛の音など

友人A　やっと戦争が終わったなあ。
友人B　うん、長い戦争だった。
友人C　台湾の台北師範学校に勤務していた我々も召集されたんだからな。実際、生きて帰れるとは思わなかったよ。
友人D（女）　この戦争で、大人も子どもも、男も女も、たくさんの人々が死んだわ。私たちは生きて日本に帰れるだけでも幸せよ。
友人A　うん、そうだな。
友人B　屋良君。
屋良　うん？（友人Bを見る）
友人B　沖縄では地上戦が行われて、住民を巻き込んだ悲惨な戦争が数か月も続いたと聞いたが……。
屋良　うん、私もそう聞いている。
友人C　沖縄は玉砕だとも聞いたぞ。住民の三分の一は犠牲になったそうだ。
屋良　うん……。
友人D　沖縄は米軍に占領されているというけれど、どうなっているのかしらねえ。
屋良　うん、どうなっているんだろうなあ、心配だよ。みんな生きていてくれるといいんだがなあ……。
友人B　屋良君は、やはり沖縄に帰るのか？
屋良　うん、そうしたい。沖縄のこと、両親や郷里の読谷のことが気になるんだよ。
友人B　どうだ、我々と一緒に内地に引き上げ

ないか？

屋良　いや、それはできない。戦争で壊滅したという郷里の様子や親兄弟の生死を確かめずに自分だけ内地に行くわけにはいかないよ。

友人A 屋良君は、相変わらず家族思いだなあ。戦争中の台湾でもしきりに読谷に住んでいるお父さんやお母さんのことを心配していたからなあ。

屋良　私の家は貧しかった。私が県立師範、そして広島高等師範に進学できたのも、家族や友人たちの励まし、そして読谷村の経済的な援助があったからなんです。

友人D　日本への引き揚げ船が、いつ出るか、いつ出るかと、いつも首を長くして待っていたのも屋良さんだったものね。

友人A　沖縄は、米軍に占領されているというが、民主主義の国アメリカだから、平和になっているのではないか。

友人D　それは分からないわ。戦勝国の男たちは傲慢だというからね。女たちも、悲惨な目に遭っていなければいいのにね。

屋良　読谷の人たち、沖縄の人たち、みんな、苦しんでないかなあ。心配だよ。

友人B　沖縄はアメリカ軍に占領されていても、いつの日かきっと日本に帰ってくる日が来ると思うよ。

友人D　ええ、そうだわね。私もそうなると思うわ。そうなれば、またみんなで広島の町を一緒に散歩しましょう。

友人C　広島？　広島には原爆が落ちて、一瞬にして町がなくなったと言うじゃないか。

友人B　俺たちが一緒に学んだ広島高等師範学校も焼けてしまったんだろうなあ。

友人C　町だけでなく、同時にそこに住んでいた人間もみんな焼け死んだんだ……。
友人A　戦争は残酷だな。我々は、屋良君の言うように、これから帰るそれぞれの場所で、しっかりと日本の復興のために努力することが大切なんだろうな。
友人B　我々のできることって何だろう。
友人D　それは……、教育でしょう、私たちのできることって。
友人A　そうだな。平和な未来を作るために、平和な未来を作る子どもたちを育てよう。二度と戦争を起こさない平和な国にしなければな。
友人C　それが生きながらえた我々の使命だよ。戦後を生きる者の責任だよ。命を大切にする教育だ。
屋良　沖縄には米軍基地が建設されているだろうが、沖縄を、他国を侵略し人間を殺す軍事基地の島にしてはいけないと思うんだ。米国だって他国の領土を永久に支配することなんかできないはずだ。
友人B　そうだよ。それは世界の歴史が証明している。
友人A　日本だって、台湾を長く支配することはできなかった。
屋良　そうなんだ。それだから私はやはり沖縄に戻って、私にできることをしっかりとやらなければならないんだ。
友人B　うん、生きる場所は違っても、みんな、それぞれの場所で頑張ろうな。
みんな　うん、頑張ろう。
　みんな肩を寄せ合い、握手をするなどして決意する。
　舞台徐々に暗転。

◇ナレーション

屋良朝苗さんは昭和二十一年に台湾から沖縄へ引き揚げてきます。父親は亡くなっていましたが、母親は戦乱を無事に生き延びていました。屋良さんは、父親を失った悲しみの涙と、母親に再会できた喜びの涙を流します。

読谷村だけでなく、郷里沖縄は、予想以上に破壊されていました。戦争の恐ろしさに息も詰まる思いであった、と述べています。

戦後は、虚脱状態にあった沖縄の人々に何とか希望と勇気を取り戻してもらいたいとして、再び教育者としての道を歩み始めます。

現在の名護高校の教員、知念高校の校長などの職に就きながら、声を大にして、教育の大切さ、平和の尊さを訴えていきます。

昭和二十五年十一月には、当時の沖縄群島政府知事平良辰雄さんに乞われて文教部長に就任します。その後、発足したばかりの沖縄教職員会の会長に就任します。

米国民政府によって軍事優先の統治政策が行われ、基本的な人権さえ奪われていく沖縄の現状を打開するために、やがて復帰運動の先頭に立つようになります。もちろん、日本への復帰を喜ばない米国民政府からの厳しい弾圧を受けることになるのです。

第5場〈米国民政府教育情報部執務室にて〉

米国民政府教育情報部長ディフェンダーの執務室、他の高官もいる。大きな執務テーブルの傍らには米国国旗などがある。

群島政府文教部長屋良朝苗、ディフェンン

ダーに呼び出されて、意見の応酬が激しく続いている。屋良朝苗の随行員は喜屋武さん。

ディフェンダー　（机を叩きながら）ヘイ、ミスター屋良、私は怒っている。あなたに忠告する。あなたは、あなたの群島政府文教部長という地位を利用して、全島校長会を三回開いた。その三回目の校長会で、日本への「復帰決議」をした。これはよくない。教育者は政治的な立場を鮮明にしてはいけない。教育者は中立でなければいけない。

屋良　そのとおりだ。ミスター、ディフェンダー、私も中立でいたいと思う。しかしあなたたちの沖縄での軍事優先の政治は、余りにも沖縄の人々の人権を無視している。私たちは民主国家アメリカに裏切られた思いだ。こんな状況では、沖縄の人々が日本に復帰したいと考えるのは当然だ。だれも止められない。

ディフェンダー　ミスター屋良、私たちはあなたたちのために頑張っている。琉球には誇り高い文化と歴史があるのではないか。なぜ日本に復帰したがるのか。

屋良　そのとおり。琉球には素晴らしい文化と歴史がある。私もこのことを誇りに思っている。この文化を未来につなげていくためには政治と教育が大事だ。しかし、あなたたちの行う政治と教育は、民主的に行われているとは言い難い。

ディフェンダー　ミスター屋良、あなたは沖縄の教員を日本へ送り出し、日本の教育を学ばせようとしている。それはやめなさい。沖縄の教育は米国が責任を持つ。

屋良　沖縄の教職員は三分の一が戦争で死ん

だ。さらに教師の卵である師範学校の生徒は、ほぼ全滅だ。女子はひめゆり学徒隊、男子は鉄血勤皇隊として沖縄戦の前線に立った。四、五百人が亡くなったと推定される。それは三、四年分の教員養成が途絶えたことを意味する。

随行員・喜屋武　生き残った教職員も極度の生活苦から他の職場に転じる者が多く経験の深い教師は少なくなっています。

米高官1　それはあなたたちの問題だ、私たちの問題ではない。

屋良　それは、違う。みんな戦争で死んだのだ。あなたたちは関係ないとは言えないはずだ。沖縄の教育は、我々共通の課題だ。私たちは余りにも多くの人材を失いすぎた。互いにその事実と向き合おうではないか。

ディフェンダー　日本の民主教育は、米国の指導で行われている。習いたければここ沖縄で、直接我々米国人から学べばよい。沖縄の子どもたちに英語を学ばせ、英語で教育することも一つの方法だ。

屋良　国家間のエゴイズムで教育を考えるべきではない。子どもたちの視点で考えるべきだ。あなたは、沖縄県の教員を本土へ派遣することの制度が、沖縄の将来のためになることが分からないのか。

ディフェンダー　分からない。屋良、あなたを米国へ派遣してもいいよ。あなたは優秀だ。気骨もある。米国で学ぶことは、あなたの将来にとってもいいことではないか。

屋良　はっきりと断る。私は、沖縄の人々とこの地で生きる。沖縄で生まれ、沖縄で生きていることに誇りを持っている。

米高官2　ミスター屋良。あなたは、戦災で消失した校舎を復興するという名目で、日本本土へ渡り、全国を回り、募金活動をしているという。それは本当か。
屋良　本当だ。
ディフェンダー　必要な校舎は、私たちの責任で私たちが造る。日本政府に頼る必要はない。
屋良　あなたたちは、基地を造るだけで校舎は造ってくれない。口先だけの約束は信用できない。
米高官2　なんだと。あなたは私たちを怒らせたいのか。
屋良　違う。事実を言っているだけだ。正当な意見を言っているだけだ。
　米高官、話を中断し、三人だけでひそひそと話し合う。
ディフェンダー　ミスター屋良、あなたの日本本土への渡航は、本日以降、禁止する。日本へ渡ることは許さない！（再度机を叩き、大声で怒鳴る）

　舞台、怒声と共に一気に暗転……

　やがてデモ隊の声。教公二法阻止闘争の怒号。シュプレヒコールの声など（シュプレヒコール例：「教職員への弾圧許さんぞ」「沖縄の未来を守るぞ」「沖縄の子どもたちを守るぞ」「二度と教え子を戦場には送らないぞ」「政治の横暴、許さんぞ」「米国民政府の弾圧、許さんぞ」「我々は闘うぞ」。その他リーダーが吹くベルの音等。

　……

　舞台、徐々に明るくなる。先ほどと同じ執

務室

ディフェンダー　ミスター屋良、私とあなたはもっと話し合わなければならない。

屋良　そのとおりだ。世間の人々は、あなたと私は犬猿の仲だと噂している。しかし、私はそうは思わない。私たちは正直に意見を交換しているだけだ。話し合えばきっと理解し合えるはずだ。私はそのことを望んでいる。

ディフェンダー　それでは聞くが、あなたは、文教部長を辞任して役人生活を終え、今度は教職員会を設立したと聞く。それは政治的な団体ではないか。

屋良　政治的な団体ではない。教職員の福祉と権利を守るための教職員会だ。

ディフェンダー　ミスター屋良、沖縄の教職員の福祉と権利を守るために私たちは努力している。教育に関する二法案はそのためのものだ。なぜ、あなたたちは教公二法にこんなにも激しく反対するのか。その理由を聞かせてくれ。

屋良　私も率直に言おう。あなたたちは教職員の福祉と権利を守ると言いながら、それとは逆のことを行っている。教職員の福祉と権利を奪っている。

米高官2　何を言うか。

ディフェンダー　私たちと友好関係にある沖縄の政党も、教公二法に理解を示し、導入しようとしている。あなたたち教職員会は、これまで何でも本土並みにせよと主張してきた。本土並みにしようと思い教公二法を導入しようとすると反対する。なぜなのか。

屋良　その質問をするのは、沖縄の特殊事情が分かっていないからだ。教公二法は表向きは教員の身分と地位を保障しているように見えるが、その内容には、復帰運動は政治活動だとして、教師の基本的人権を著しく規制する条項が含まれている。

米高官1　沖縄の特殊事情とは何か。

屋良　それを私に言わせるのか。

ディフェンダー　構わない。言ってみろ。

屋良　それでは言わせてもらうが、私たちの土地にアメリカ軍が駐留し、私たちの土地を奪っている。それだけではなく、沖縄の人々の尊厳や権利を奪っていることだ。幼い子どもまで殺されている。石川市では六歳になる少女が、アメリカ兵に連れ去られて暴行殺害された。私たち教師も親も、子どもを守れなかったことにショックを受けている。さらにその直後、石川市の隣の具志川村では、夜中に米兵が民家に押し入って「女を出せ」とおどし、夫が妻と十一歳の長女を逃がしているすきに、九歳の次女が拉致され暴行された。あなたの国、あなたの家でこんなことが起こるか。考えて欲しい。沖縄の人間を犬畜生みたいに見ているあなたたちの沖縄人蔑視がこのような数々の悲劇を生み出しているのだ。教公二法は沖縄県民の基本的人権を守る戦いでもあるのだ。

ディフェンダー　……。

米高官2　あなたたちは、立法院前に座り込み、立法院を占拠して、廃案にする協定書を与野党間で交《か》わさせた。私の親しい政党の友人は、余りにも暴力的なあなたたちの行為に怒っている。

喜屋武　暴力的なのは、むしろあなたたちの方だ。沖縄の人々の基本的人権を守ろうとする教職員会の戦いを政治的行為にすり替えて、力でそれを弾圧しようとしている。
米高官2　何だと！
喜屋武　立法院での交渉の席上で、屋良さんは襟首をつかまれ、窓ガラスに頭をぶっつけられ、ガラスが割れて頭を切った。沖縄の人々同士でこのような不幸な対決が起こっている。本土でも教公二法は強行採決されたものだが、今なお反対闘争が続いている。
ディフェンダー　どうやら私たちの立場は、余りにも違いすぎるようだ。意見を一致させることは難しい。このような状況では、私には沖縄の将来を描くことは困難だ。
屋良　私たちは、どのような状況に置かれようとも、沖縄県民として誇りを持ち、安心して生きることができる社会がやって来ることを信じている。子どもたちに夢を与え、夢を実現させる教育ができる日がやって来ることを信じている。そのためにも現状や権力に対して絶望し無気力になることは決してない。私たちは希望を持って信じた道を、これからも進んでいく。
ディフェンダー　ミスター屋良。私はあなたに出会えたことを誇りに思う。私は沖縄を離れても、沖縄に屋良朝苗という教育者がいたことを忘れないだろう。
屋良　私のことでなく、沖縄の人々のことを忘れないで欲しい。ミスター、ディフェンダー、厳しい状況であればあるほど、希望を失わず、己に誠実にありたいものです。立法院を取り巻いた人々の声は、沖縄の人々の希望の声なのです。その声は、永遠に続く声なのです。

デモ隊の声、シュプレヒコールの声など大

きくなり、やがて暗転。
第一幕、休憩の幕が降りる。

第二幕

第1場〈自宅にて〉

屋良朝苗自宅にて。
孫たちが遊び回っている。屋良さんが新聞を読み、妻のヨシさんが茶を淹れる。

ヨシ　はい、お父さん、お茶が入りましたよ。どうぞ。

屋良　うん、有り難う。

ヨシ　今日は、昭彦の入院している病院へ見舞いに行けるの？

屋良　うん、そのつもりだ。仕事に戻る前に、病院へ寄って行く。

ヨシ　良かった、お父さんが見舞いに行くと、昭彦も喜ぶよ。

屋良　うん。お前には、苦労をかけるなあ。

ヨシ　何を言っているのですか、今さら……。もう諦めていますよ（笑い）

ヨシ　お父さん、昔のこと、覚えていますか？

屋良　昔のこと？

ヨシ　そう、私を残波岬に誘って言ったこと。

屋良　ええっ？

ヨシ　お父さんは私に向かってこう言ったんですよ。「俺はな、ヨシ、読谷村に生まれ、潮風を受けて成長した。残波岬に立つと自然と気持ちが高ぶるんだよ。絶壁を背後にして立つと、ただ前進あるのみだ。そんな気持ちになるんだよ」って。
屋良　そうだったかな。
ヨシ　そう言いましたよ（笑い）。「強い風に負けて後ずさると、絶壁に落ちてしまう」と……。昔と同じですね。
屋良　沖縄の状況が、そうさせるんだよ。
ヨシ　はい、分かっていますよ（笑い）
屋良　読谷村は、私の故郷だ。いつでも帰れる故郷があると思うと、なんだか強い気持ちになれるんだ。
ヨシ　そうですか。でも、もう若くはないのですから無理をしないでくださいね。子どもや孫たちは心配していますよ。
屋良　うん、分かっている。
ヨシ　新聞にも出ていましたが、教公二法の阻止闘争では、けが人も出たというし、警察に逮捕された者も出たという。心配ですよ。教職員会は大丈夫でしょうねえ。
屋良　大丈夫だよ。心配は要らない。
ヨシ　心配ですよ。本当は昭彦を見る度に……。
屋良　昭彦を見る度に、なんだ。
ヨシ　お父さんには悪いけれど、昭彦と一緒に、お父さんがしばらく入院してくれるといいなあと思うんです。少しは休んで欲しいです。このままだと本当に心配ですよ。
屋良　おい、おい。
ヨシ　お父さんは台湾から引き揚げてきて以来、ずっと休む間もなく働きづくめでしょう。無理しすぎですよ。だれか代わる人がいないんですか。
屋良　うん、分かった。無理をしないようにする。でも沖縄の課題は山ほどあるんだ。

遊び回っていた孫がやって来て、屋良さんにまといつく。

孫A　ねえ、おじいちゃん、いつ子どもの国へ連れて行ってくれるの。先週の日曜日、連れて行くって約束したのに、また行けなかったじゃない。

屋良　うん、ごめん、ごめん、しばらくは忙しくてなあ。

孫B　また、忙しいって言う。おじいちゃんは忙しいばっかりだ。

ヨシ　ホント。おじいちゃんは、忙しいばっかりだね。

孫A　つまらないなあ。ラジオでも聞くか。（近くにあるラジオのスイッチを入れる。音楽が流れている）

ヨシ　長男の朝夫も、お父さんのこと心配していましたよ。

屋良　うん。分かっている。それでは出かけるぞ。

孫A　つまらないな（ラジオのスイッチを切ろうとする）

ラジオ　臨時ニュースを申し上げます。

屋良　ちょっと待った！

ラジオ　臨時ニュースを申し上げます。教職員会政経部長福地曠昭さんが今日の昼過ぎ何者かに右太腿を刺され病院に担ぎ込まれました。全治三カ月の重傷を負った模様です。福地曠昭さんは、那覇市内で昼食を終わって教職員会に帰る途中、後ろから来たスクーターに乗った二人組に、追い越しざまに刺された模様です。警察は犯人を追っていますが、まだ犯人は捕まっていません。

ヨシ　大変だわ。お父さん、どうしよう。
屋良　まさか、こんなことが起こるなんて……。

突然、電話がなる。

屋良　ヨシ、電話だ。
ヨシ　はい、もしもし……。もしもし、屋良です。
電話の声　会長を出せ、会長を。
ヨシ　お父さん……。
屋良　うん、代わろう。もしもし。もしもし。
電話の声　……。
屋良　もしもし、屋良朝苗だが。
電話の声　あんたが屋良朝苗か。
屋良　そうだ、屋良だ。
電話の声　福地の次は、あんただよ。覚悟はいいかな！
屋良　お前はだれだ。そんな卑劣な行為はやめろ！
電話の声　やめさせたければ、どうすればいいか、よく考えるんだな、屋良先生。
屋良　おい、待て、切るな。切るな（電話、切れる）
ヨシ　お父さん……（孫たちも怯えてヨシの身体にしがみつく）
屋良　しばらく、孫や子どもたちを外へ出すな。こんな恐喝に負けてたまるか。

喜屋武、外間教職員会総務部長、飛び込んで来る。

喜屋武　会長、無事でしたか。よかった。
外間　教職員会にも脅迫の電話があったんで

す。屋良会長を出せと。この家も危ない。すぐ警察に警備を依頼しましょう。

屋良　こんなことにうろたえてはいけない。犯人はだれだか分からないが、同じウチナーンチュだろう。同じウチナーンチュなら話せば分かるはずだ。それよりも福地君の容体はどうなんだ。すぐ病院へ行こう。行くぞ。

喜屋武　会長……。

ヨシ　お父さん……。

屋良、部下の容体を気遣い、急いで家を出る。それを見送る、ヨシや孫たち……。

第2場　〈主席執務室及び執務室前〉

◇ナレーション

屋良朝苗さんは多くの困難に遭遇しながらも教育界にあって教育の復興と子どもたちを守るために尽力していきます。それとともに沖縄県民の尊厳や基本的な人権を守り、「復帰」「反戦平和」を掲げる運動などにも関わっていきます。

そして、米国統治下にあって琉球政府の行政主席を県民の手で直接選出したいという初の公選主席選挙に多くの県民の推薦を受け、当選します。一九六八年十一月十日、屋良朝苗さんは選挙に勝利し、琉球政府第五代主席に就任します。

屋良さんの政治家としての基本的な姿勢の一つ目は、県民本位の自主的な政治を確立することでした。二つ目は迫りつつある復帰に対して核も基地もない平和な沖縄県を願い「即時無条件全面返還」を強く要求することでした。三つ目は「戦争に反対し、県民の平和な生活を守ること」です。戦争で地上戦の行われた沖縄県民の悲惨な体験を県民の財産として平和を強く希求したのです。

屋良さんは多くの課題を解決するために懸命な努力を続けます。米国民政府との交渉だけでなく、復帰運動が加速する中で日本政府との困難な交渉も始まります。屋良さんの考えや屋良さんを支持する人々の考えと、日本政府の考えは必ずしも一致しませんでした。苦悩する屋良さんの皺が多くなってきたと言われる時代です。

公選主席に当選した一九六八年から、初代の沖縄県知事に選出されて勇退する一九七六年までの八年間、屋良さんは一つ一つの課題に誠実に対応していきます。県民を信じ、人間を信じ、希望を失うことなく激務を続けていくのです。

主席執務室。
屋良主席、机を前に書類に目を通している。執務中。知念副主席、大城秘書官らが飛び込んでくる。
知念副主席　屋良主席、大変です。
屋良　どうした、二人とも血相を変えて。もう大変なことには驚かんよ。知念副主席、大城秘書官、どうしたのだ？
知念　はい、大変なことが起こりました。
屋良　何が起こったのだ。
知念　はい。Ｂ52が嘉手納飛行場県道沿いの南側に墜落しました。
屋良　なんだと。
大城秘書官　墜落して、爆発、炎上しています。
屋良　住民は？　住民への被害は？
秘書官　今のところ、直接的な被害はありません。詳細は問い合わせ中です。
屋良　まさか、核、爆弾は……。
知念　はい、核爆弾を積んでいないことは幸いでした。住民は不安と恐怖に陥っています。また戦争が来たのかと口走り、錯乱している住民もいるようです。
秘書官　屋良先生が主席に就任して、まだ十日にもならないというのに、大変なことばっかり。屋良主席、どうしましょう。
屋良　うん、すぐに対策室を設置しよう。三役、及び各部の部局長を集めてくれ。緊急会議だ。大城秘書官、それまでにできるだけ多くの情報を集めてくれ。秘書課の職員を総動員してもいいぞ。それから米国政府にも、日本政府にも詳細を問い合わせたい。早急にその手配をしてくれ。
秘書官　はい、分かりました。
屋良　基地司令官には私が電話をする。つないでくれ。二人とも、よろしく頼むぞ。
知念・大城　はい、分かりました。

二人は慌しく立ち去り、準備にかかる。
屋良主席、執務机を前にして腰掛けに座る。
電話が鳴る。

屋良　はい、屋良です。

受話器を取ったところで、舞台暗転。

◇ナレーション
一九六八年、屋良主席の激務の日々はこのようにして始まっていきます。Ｂ52の撤去を求めて「生命を守る県民共闘会議」は24時間のゼネストを決行する方針を打ち出します。それに対して米軍は「スト参加者は解雇を含む懲戒処分にする」と警告します。ゼネストの賛否両論が飛び交い県内は騒然としていきます。

屋良主席はこの状況を打開するために日米両政府に懸命に働きかけます。上京をしてＢ52撤去の見通しを立てて、ゼネスト回避要請の知事メッセージを発表します。

「県民共闘会議」は屋良主席の要請を受け、ゼネストを回避し、代わりに「県民総決起大会」を行います。しかし、このことにより屋良主席の支持母体である組織は混乱し、「屋良主席弾劾！」の声があがり始めます。苦悩の日々はさらに続いていくのです。

第3場〈主席執務室及び執務室前〉

ここから舞台は、ＡＢの二舞台に分割されて進行します。Ａ舞台は主席執務室で、Ｂ舞台は執務室外の演劇空間です。

Ｂ舞台は同時進行的に県内外の状況を照らしだす演劇空間です。上下舞台にするもよし、左右舞台にするもよし、スポット舞台にするもよし。また、音響、映像を十分に駆使するのもよい。

知事の苦悩と、緊迫感のある状況を演じて、主席、知事と続いた八年間の日々を映し出します。

◇第1の場面（全軍労ストライキ）

▽A舞台　執務室

舞台、明転

屋良主席が、執務机の横の腰掛けに座っている。立ち上がり歩き回ってはまた座る。観客からは後ろ向きになった姿が見える。苦悩する屋良主席の姿。

▽B舞台　米軍基地ゲート前

多数の米兵が軍靴を鳴らして上手から登場。一列に並び着剣してバリケードをつくり威嚇対峙。そこへ下手から群集が現れる。安里積千代社大党委員長も応援に駆けつけ隊列に加わっている。両者は睨み合って対峙。全軍労ストライキ。全軍労働者のシュプレヒコールがこだまする。

群衆　シュプレヒコール！　シュプレヒコール！

群衆　よし！

群衆　米軍は全軍労労働者の解雇を撤回せよ！労働者の首切り反対！　基地の合理化反対！米軍は働く労働者の権利を認めよ！　三千人の仲間の解雇、許さんぞ！（リーダーの声に群衆呼応）

やがて群衆が威嚇する米兵に口々に抗議する。安里委員長が前に進み出る。

安里　労働者の権利に着剣で警備するのは過剰警備だぞ。

安里　君らにも家族がいるだろう。何の予告もなしにクビを切られたら、明日からの生活はどうなるんだ。

安里　復帰が迫っているからといって、一方的に基地労働者のクビを切るのは許されん。労働者の生活を保障しろ。

群衆　そうだ。安里委員長の言うとおりだ。

米兵　ヘイ、ユー！（警備兵、前進し、抗議する安里委員長や群衆と激しく揉み合う）

安里　痛い！（着剣が腕に当たって負傷）

報道記者（現地レポーター）　大変です。今、沖縄社会大衆党安里積千代委員長が米軍の過剰警備により負傷しました。明らかに、大衆の権利に対する過剰な弾圧です。沖縄の人々は、基地の中でも、基地の外でも苦しめられているのです。これが沖縄の現実です。

舞台、暗転

◇第2の場面（復帰協定批准・日米共同声明）

▽A舞台　主席室

主席室へなだれ込んでくる記者団。

記者1　屋良主席、先ほど佐藤総理の声明文が発表されました。一九七二年に沖縄の祖国復帰が実現します。どう思いますか。

記者2　基地は本土並みです。本土並みについて、どう思いますか。

屋良　私はこう考えている。沖縄の基地は、もとをただせば日米の講和条約によって押しつけられたものだ。決して多くの県民が容認しているのではない。悲惨な戦争を体験し、基地の被害を被っている県民は朝鮮戦争、ベトナム戦争に直結した基地に厳しい感情を抱いている。そこで基地に反対する。基地反対の声には、基地の縮小から、基地の整理、最終的には基地の撤去が含まれている。従って政府の言う「本土並み」を、詳細に検討せずに認めるのは、県民の要求を後退させることになりかねない。

記者3　屋良主席は、念願の復帰の見通しがついたので、羽田で佐藤総理をお迎えするということで上京したのに、結局お迎えには行かなかったと聞いています。どうしてですか。

屋良　私がお迎えにあがれば、復帰へのお礼ということになるだろう。私が羽田でお礼を申し上げているとき、地元沖縄では復帰協定への不満を爆発させた抗議集会を開いている。これはおかしなことだ。本土政府や国民は私を無礼なやつと思うかもしれないが、私は県民の代表だ。県民に寄り添って行動したい。羽田行きは中止にした。共同声明への私の見解としては「イバラの道の再出発」ということになるかもしれない。そう思っている。

記者1　屋良主席は、あれほど復帰を望んでおられたのに、それでいいのですか。

屋良　私は沖縄問題はすべて県民の力で、県民と共に勝ち取るものだと思っている。沖縄の将来は、いまだ闇に包まれている。その闇を貫き、前方を照らす一条の光が必要である。この一条の光を県民と共に探したい。もう一度佐藤総理に会い、県民の心を訴えたい。

記者2　佐藤総理は復帰を待たずに、沖縄の国政選挙の実現も明言されました。どう思いますか。

屋良　このことは喜ばしいことだ。また私たちも要請してきた。一つ一つできることから実現したい。その心は総理も私も同じだと思う。沖縄問題は全国民の問題にする努力を、今後とも続けたい。

暗転

◇第3の場面（知事の苦悩のあれこれ／在任中の出来事など一気に紹介する）

▽A舞台　知事室

舞台、徐々に明転

知事が、執務机の横の腰掛けに座っている。観客からは後ろ向きになった姿が見える。苦悩する知事の姿。

▽B舞台　知事室前からの報告。マイクスタンドが複数本立つ。

ニュース、現地レポ等、アナウンサーが次々と入れ替わりニュースを伝える。音楽、映像などを駆使してもよい。声が重なってもいい。

○アナウンサー1の報告

一九七〇年一二月二〇日、早朝のコザ市です。本日未明、このコザ市で約七五台の米軍車両が燃え上がりました。私は現場に来ております。路上の米軍車両からはいまだ黒煙が上がり、辺り一面油の匂いが漂っています。事件の直接の原因は米軍車両が沖縄人をはねた交通事故ですが、背景には米国民政府下での圧制、人権侵害に対する沖縄人の不満があります。現場は異様な状況です。いまだ緊迫した状況が続いています。

○アナウンサー2の報告

一九七一年、沖縄は最悪の基地の島になっています。沖縄中部の米軍基地知花弾薬庫で、作業中の米兵二〇数人が毒ガス漏れによって倒れ入院したことが分かりました。危険な毒ガスを県民の知らない間に米軍は運び入れ、貯蔵していたことに怒りを覚えます。屋良主席は強く日米政府に抗議し撤去を申し入れました。今日は第一次の毒ガス撤去作業が行われます。天願桟橋までトレーラーで毒ガスを運び、グアム島に近いジョンストン島に移す計画です。沿道の住民5千人を避難させての撤去作業になります。沖縄にとって長い一日になります。

○アナウンサー3の報告

コザ市の基地業者が主席室に乱入です。全軍労がゲート前にピケを張り、解雇撤回のストライキ闘争にはいったことに対して、米国民政府は、「コンディション1」を発令し兵士の基地外への外出を禁止しました。「基地の兵士がゲートの外に出てこないと生活が成り立たない」として基地業者はコザ市や琉球政府にスト回避の斡旋を申し入れていましたが、斡旋が不調に終わったことに対して怒りを爆発させたようです。ここにも沖縄の矛盾と苦悩があります。

○アナウンサー4の報告

一九七一年、沖縄返還協定調印式です。屋良主席は参加を要請されるも県民の要望にそぐわないとして参加をしない模様です。

○アナウンサー5の報告

宮古の下地島にパイロット訓練の飛行場建設の計画があります。自衛隊の訓練場になるのではないかと賛否両論が起こっています。屋良主席、軍事に使わぬようにと日本政府と交渉し、確認書を取りました。

○アナウンサー6の報告

大変なことが起こりました。一九七一年、「沖縄返還協定反対」で復帰協を中心に行われた24時間ゼネストで警察官死亡です。浦添市の勢理客でデモ隊と機動部隊が衝突。警備に当たっていた巡査部長が火炎瓶を浴びて死亡しました。屋良主席は、悲報を聞き、すぐさま遺体が安置されている那覇警察署に向かった模様です。

○アナウンサー7の報告

一九七一年、政府自民党は国会にて沖縄返還協定を強行採決しました。傍聴席からは爆竹で抗議です。

十一月十七日この日、屋良主席は「復帰措置に関する建議書」を携えて上京していました。沖縄県民は「基地のない平和な島としての復帰を望んでいる」という内容でしたが、建議書の趣旨は生かされませんでした。

○アナウンサー8の報告

屋良主席、佐藤首相らに会い、強行採決に抗議。

○アナウンサー9の報告

一九七二年五月十五日、今日は沖縄にとって歴史的な一日になります。二十七年間の米国民政府統治の時代に終止符を打ち、沖縄県の施政権が返還されるのです。新生沖縄県が誕生します。本日は復帰記念式典が開催されます。午前は国主催の式典、午後は県主催の式典になる見込みです。なお復帰記念式典の行われる那覇市民会館隣の与儀公園では午後四時から「基地付き返還」に抗議し、復帰協主催の「沖縄処分抗議県民総決起大会」が開催される予定です。

○アナウンサー10の報告

ドルから円への交換。1ドルは305円に。沖縄のドル交換レートは1ドル対305円に決定しました。

○アナウンサー11の報告
一九七二年、屋良主席、辞任の意向伝えるも、押されて知事選へ出馬して当選しました。初代沖縄県知事に就任します。

アナウンサーの声、マイクも増え、やがて慌ただしく重複していく。時代の過渡期、激動期を象徴するかのように。
A舞台では、屋良主席の元に慌しく出入りしている人々の姿が演じられてもいい。

○アナウンサー12の報告
自衛官七〇人、沖縄移駐開始です。反自衛隊闘争が展開される中で、自衛隊配備が次々と強行されています。

○アナウンサー13の報告
一九七二年十二月一日、キャンプ・コートニー第3海兵隊所属の2等兵がコザ市内のサウナの女性従業員を首を絞めて殺しました。米兵の凶悪犯罪は復帰後も後を絶たず、県民生活を脅かしています。

○アナウンサー14の報告
一九七三年、復帰を記念した沖縄特別国体、若夏国体が開催されます。労働組合員は、自衛隊員の参加出場に激しく抗議しています。

○アナウンサー15の報告
一九七五年、沖縄国際海洋博覧会開催。歓迎、反対の渦巻く中で来沖した皇太子夫妻、ひめゆりの塔で参拝中に壕内に潜んでいた過激派と思われる人物から火炎瓶を投げられました。屋良知事と警察は警備で意見が衝突していました。警察が事前に壕内を捜索したいと要望したことに対して、屋良知事は、壕内は聖域であり、過激派も足を踏み入れないはずだと主張していました。今後、知事の発言や姿勢が問題になりそうです。

○アナウンサー16の報告

一九七六年、ＣＴＳ問題、いわゆる原油貯蔵基地建設の問題は認可か不認可かで混迷しています。

○アナウンサー17の報告

一九七六年、第二回県知事選挙が行われます。屋良知事は出馬せず。屋良知事は勇退します。

第4場　〈知事執務室／知事を退任〉

知事執務室。第1場、第2場と同じ。
屋良知事、宮里副知事、平良次期知事、大城秘書官など。

宮里副知事　屋良知事、長年のお勤め、お疲れ様でした。

屋良　うん、宮里副知事もお疲れ様でした。

大城秘書官　屋良先生、お疲れ様でした。

屋良　うん、有り難う。いろいろあった八年間だったな。

大城　主席で四年間、知事で四年間、激動の八年間でした。

屋良　ちょうど沖縄県の世替わりの時期だったからなあ。実際苦労の連続だった。みんなにも心配をかけたね。

宮里　いえいえ、とんでもない。

屋良　後は、次期知事に当選した平良君、よろしく頼むよ。沖縄県のよき伝統を守って、しっかり頑張ってくれ。

平良　はい。微力ながら全力を尽くします。今後とも、いろいろとご教示ください。

宮里　いや、屋良知事にはゆっくり休んで貰います。

屋良　うん、有り難う（笑い）。実際、辞めるとなると、一層、故郷、読谷の山や海、そしてお世話になった人々の顔が思い出されるなあ。主席に立候補したときも、知事に立候補したときも、故郷、読谷の緑の山や青い海を見て決意したものだ。この景色を絶対に守るぞとね。子どもたちの命や平和を守るぞとね。

宮里　知事は立派にお勤めを果たされましたよ。

屋良　いや、みんなに迷惑をかけたのではないかと思ってね。ときどき、多くの人々に、会って謝りたい気がするよ。

宮里　そんなことはありません。知事はいつでも、あらゆる場面で誠実でした。

ジェット機の音。会話が遮られる。激しく轟音を響かせ飛び去る。みんな上空を見上げる。

屋良　これでよかったのだろうか、と思うことも多い。どんな状況の中でも、希望を失わないことを心がけてきたつもりだけどね。

大城　屋良知事の思いは、きっとみんなに届いていますよ。

屋良　そうだね。そうだといいんだがな。さあ、それではこの知事執務室ともお別れだな。

屋良知事、執務室を出る。職員の大きな拍手。紙吹雪が舞い、拍手が鳴り渡る。花束が次々と渡される。屋良知事。一瞬戸惑い、涙ぐむ。

屋良　有り難う。みんな。有り難う。お世話になりました。

職員　屋良知事、お疲れ様でした。

宮里　みんな屋良知事に感謝しているんです。

屋良　うん、みんな有り難う。沖縄は、沖縄は……、負けないぞ。負けてはいかんぞ。いいな。

みんな　はい。

屋良　沖縄の人々の生命を大切にする生き方、沖縄の人々の苦難の歴史を全国民が共有し、沖縄の伝統や文化が世界から注目される日がきっと来る。信じて前進するんだ。

みんな　はい。

◇エピローグ1／沖縄舞踊の群舞

舞台中央で琉球舞踊の群舞が始まる。

権力に対峙したチョンダラー（京太郎）、もしくは読谷のエイサーなどでもいい。あるいは静かな四つ竹踊りでもいい。その踊りが、しばらく続いた後、ナレーションが重なる。

◇ナレーション

屋良朝苗は、生涯、沖縄の心を堅持した教育者であり、政治家でありました。その誠実な人柄は多くの人々を魅了し、多くの人々に支持されました。屋良朝苗が持っていたウチナーンチュの心は私たちにも受け継がれているはずです。

屋良朝苗が私たちに残した言葉があります。沖縄県民を信じ、こよなく愛した次の言葉です。

※

沖縄県民は、あの戦争の悲劇、惨禍の中から力強く立ち上がり、アメリカの方便的支配にも屈することなく民族的節操を守りぬき、至難な復帰を勝ち取った。

私たちの祖先は昔から逆境にも負けず旺盛な活動力で海洋に挑み、すぐれた文化創造能力で有形無形の文化遺産を残してきた。沖縄は基地問題だけでなくその他にも難問を限りなく抱え込んでいる。しかし、困難は多くとも、悲観してはならぬ。また楽観してもならぬ。沖縄県民よ、希望を持とう。常に一条の光を求めて前進しよう。

◇エピローグ2／フィナーレ

琉球舞踊の群舞、さらに舞台いっぱいに誇らかに舞われ、高らかに音曲が鳴り響く。

その中で幕が降りる。

〈完〉

◇注記

本稿は『屋良朝苗顕彰事業推進期成会記念誌』（２０１６年）に収載されているが、一部表現等を修正した。また上演に際しても一部変更されたが、本書には初稿を収載した。

フィッティング・ルーム

◇登場人物
男A　男B
女A　女B

第一幕

舞台中央。横一列に四つのフィッティングルーム（試着室）が並んでいる。けだるい音楽の流れる中、男B、女Bが登場。共に疲れている様子。歩き方にも表情にもそれが表れている。中央のフィッティングルームの前でいぶかしげに立ち止まる。それから、おそるおそる、あるいは意を決したように、カーテンの開いた、フィッティングルームの中に消え、カーテンを閉める。

間もなく、男A、女Aが言い争いながら足早に登場。

1　離婚直前のサラリーマン夫婦

女A　私たち、やっぱり似合わないのよ。もう駄目、性格の不一致というところね。
男A　そんなことはないよ。趣味だって同じだし、映画だって一緒に見たじゃないか。渡辺謙さん、かっこいいって言ったじゃないか。アンガールズを見て、一緒に笑ったじゃないか。
女A　そんなことないない。あなたに合わせただけ。私は洋画が好きなの。ブラット・ピッドが大好きなの。
男A　ジャイアンツだって応援しただろう。
女A　私は広島ファンです。
男A　ぼくたち、結婚しているんだよ。
女A　だから、別れましょうと言っているのよ。
男A　そんな、一方的な決断で、ことは運ばないよ。
女A　一方的なことなんかあるもんですか。何度も話し合ってきたじゃない。
男A　しかし、まだ意見の一致を見ていないよ。
女A　意見の一致は、永遠に見られません。とにかく、もう駄目なのよ。あなた、お願いだから、状況をしっかりと把握してちょうだい。いつもあなたはそうなんだから……。私は、あなたの、そのネクタイが気に入らないの。
男A　えーっ、そうなの。
女A　はではでで、もう嫌らしいったらありゃしない。よくもまあ、そんなネクタイをして街を歩けるわね。ああ、見るのもいやだわ。恥ずかしくないの？
男A　これ、お前が買ってくれたんだよ。
女A　あら、そうだったかしら。
男A　ぼくは、いやだって言ったのに、結婚記念日のプレゼントだと言って、お前がぼくに押しつけたんだよ。
女A　押しつけたってことはないでしょう。
男A　押しつけたんです。
女A　そう……。あなたは、いつも主体性がないから、きっとそうだったかもしれないね。
男A　主体性があるから、今、このネクタイを選んでいるんだよ。これをすれば、お前が喜ぶだろうと思って、無理に結んでいるのに……、人の気も知らないで。
女A　無理に結ぶことないわよ。そういう努力は、お互いに、もうやめましょう。もっと自分に素直に生きましょう。だけど、人格が変わると、ネクタイまで変わって見えるのね。不思議だわ。
男A　ぼくは、何も変わっていないよ。
女A　何も変わっていない？　よくもそんなことが言えるわね。ちゃーんと、胸に手を当てて考えてごらんなさい。本当に変わっていないって言い切れる？
男A　そりゃ、時間が経てば、人間はだれでも変わっていくもんさ。
女A　人間は、ときたね。忘れないでね。私も人間だからね。私も変わるのよ。あなたなんか……。
男A　もう愛していない。
女A　そう、よく知っているじゃないの。さあ、もう無駄なエネルギーを使うのはよしましょう。あなたはまた、あなたに似合いの素敵な女性を探せばいいわ。
男A　お前が一番だよ。
女A　駄目です。そんな甘い言葉はもう通用しないわよ。お互いに自分を偽るのは、もうやめましょう。
男A　ぼくは偽ってなんかいないよ。
女A　そうね。でも私は自分を偽ることになるわ。あなたと一緒に生活していると、私自身であり続けることができないのよ。そのことが分からないの？　気がつかないの？
男A　そんなこと言われても……、よく分からないよ。

女Ａ　そうね、あなたには分からないかもね。
男Ａ　ぼくと一緒にいると、何を偽り続けることになるの？
女Ａ　そうね……、たとえば、時間。
男Ａ　時間？
女Ａ　たとえば、夢。
男Ａ　夢？
女Ａ　たとえば……、もうやめましょう。さよならよ。慰謝料のことは、弁護士とよく相談してから決めましょうね。
男Ａ　本当に、これでいいのかい。ぼくたち。
女Ａ　これでいいのよ。
男Ａ　子どもがいればなんとかなったのかな。
女Ａ　そんなふうに考えるのは卑怯だわ。それこそ子どもを隠れ蓑にして、いつまでも自分を偽ることになるわ。
男Ａ　子どもの夢を二人で育てることは素晴らしいことだよ。
女Ａ　自分の夢はどうなるの？
男Ａ　ときどき……、考える。
女Ａ　私は、あなたのこの煮え切らない態度が、嫌いなの。優柔不断なところがいやなのよ。
男Ａ　俺たち、別れたからといって、自分自身であり続けられるとは限らないよ。
女Ａ　そりゃ、そうだわ。でも試してみる価値はあるわよ。いいわね。私を捜さないでよ。では……。
男Ａ　これは、なんだい？（フィッティングルームに気づく）
女Ａ　これって、これのこと？
男Ａ　この物置のような、トイレのような、怪しげな……。
女Ａ　四角い空間。

男A　トイレではないな。
女A　鏡があって、壁掛けがあって、腰掛けがある。化粧品も置いてあるわね。いい匂いがするわ。うーん、何かしら……。そうだ。フィッティングルームかな？
男A　フィッティングルーム？
女A　試着室のことよ。ほらデパートなんかで、服を買うときに、一度着けてみて、似合うかどうか確かめる部屋があるでしょう。あれよ。
男A　そうか、でもどうして、こんなところにフィッティングルームがあるんだろう。
女A　そうね、不思議だわね……。でも、私たちには関係のないことよね。それでは、さよならね。これは二人のためなのよ。やり直すチャンスなのよ。素敵な人生を見つけてね。では、さようなら。
男A　うん……、さようなら（渋々と）

二人別れる。男Aは、カーテンの開いたフィッティングルームを、いぶかしげに覗いた後、意を決して中に入り、カーテンを閉める。

女Aも再登場。フィッティングルームのことが気になり戻ってくる。鏡の前で化粧をし、ポーズを作る。（軽快な音楽が流れる）ふと、だれかに見られているのではないかと気づき、辺りを見回した後、カーテンを閉める。

2　和服姿の男と不思議な女と

男B、カーテンを小さく開け、顔だけ出し

て不安そうに辺りを見回す。意を決してカーテンを全開。貫禄のある和服姿に変身している。下駄を履き、舞台を悠然と歩く。

男B　日本男児はこうでなくちゃいかんな。和服というのは、こう、気持ちが引き締まる感じさえするな。なにか、景気がよくなってきたような感かにもなるのだ。爽や

「春高楼の花の宴、巡る杯、影　さして……」

（あまりの気持ちよさに歌を口ずさむ）

女B、カーテンを開いて登場。派手派手の大柄模様の入ったワンピース着けている。

（あるいは、タンクトップの若々しい衣装でもよい）

女B　なんか、私、女に生まれてよかったわって感じ。こんな気分は始めてだわ。今までの私は何だったのかしら。ああ、たまらない解放感。太陽よ、私に降り注げ。嵐よ、私に向かって吹いてこい。

「風立ちぬ。今はただ、……」。（あまりの気持ちのよさに歌を口ずさむ）

男B　（女を見て）こんにちは。

女B　はーい。

男B　はーい？　さて。私は、どのような挨拶をすればよいのかな。

女B　好きにすれば。

男B　そうだった。日本男児、何も周りにへつらうことはない。生まれた以上、好きなことがまっとうできずに死なれようか。お嬢さん、お茶なんか一緒にどうですかな。

女B　お嬢さん、て私のこと？　私、お嬢さん

に見えるんだ。私、戦後六十年余も生きたのに。生きてきた甲斐があったというもんだわ。ウートゥトゥ。天国の父ちゃん。どう、私、お嬢さんって言われたのよ（ステップを踏み始める）

男B　ど、どうしましたか？

女B　どうしましたかって……。あなた、どなた？

男B　どうも失礼しました。突然声をかけてびっくりさせたようですね。私は、東京生まれの東京育ちです。出張でこちらに来たものですから……。こちらの正月もいいですな。

女B　こちらって、マーヌクトゥヤガ。

男B　？　？　こちらです。

女B　こちら？　そうね。ほっほほ。こちらは、今、夏ですよ。

男B　あれ、そうでしたか。いやそうでしたね。ついうっかりしていました（自分の服に目をやる）

女B　あなたは、東京生まれのうっかり屋さんですか？

男B　いえ、東京育ちのしっかり屋さんです。

女B　あら、そう……。で、何をしにこちらに来ましたの？

男B　私は、観光リゾート関係の仕事をしておりまして、こちらの島を一つ買って癒しの島にしたいと思ってまいりました。しかし、島の人たちは、最近は悪知恵がつきまして……失礼、なかなか島を売ってくれませんな。難儀をしております。会社からは、頑張れ、頑張れ、島を買うまでは帰ってくるなと言われておりまして、……帰るに帰れない。で、困っております。

女B　そう。それで島の人は騙せないので、私を騙そうとしたわけ？
男Ｂ　いえ、いえ、決してそのようなことはございません。
女Ｂ　そんなに激しく断らないでいいのよ。……私にも自尊心というものがありましてよ。そうだ、基地の島は買えるかもしれませんよ。十年間で一千億円。どうかしら？
男Ｂ　いえ、いえ。とんでもございません。
女Ｂ　十五年間の使用期限をつけてもいいのよ？
男Ｂ　うーん、難しいだろうなあ。
女Ｂ　V字型の滑走路付きでは、どうかしら。
男Ｂ　V字型？
女Ｂ　そう、V字型。
男Ｂ　（嫌らしい目つき）いえ、いえ。私は基地の島ではなくて、癒しの島を買いに来たのです。二十一世紀は癒しの時代です。
女Ｂ　いやらしいわね、そんな激しい断り方。なにか下心があるんじゃゃないの？
男Ｂ　いえ、いえ。何もありません。
女Ｂ　基地の島の乙女だからって、馬鹿にしては、いけませんよ。
男Ｂ　そりゃ、その、当然ですよ……。
女Ｂ　差別や、偏見は？
男Ｂ　持ってなんかいませんよ。
女Ｂ　構造的差別は？
男Ｂ　私は、コウゾウではありません。タイゾウです。
女Ｂ　そう……（疑い深そうに）。でも、どうしてそんな服装をしているの？
男Ｂ　これですか。
女Ｂ　私、あててみましょうか。それは、きっと真実を隠すための貸衣装なんでしょう。
男Ｂ　いえ、これは、その、あの、私に似合うかなと思って、ちょっと着てみただけなのです。
女Ｂ　ほんとに、ちょっとだけ？
男Ｂ　ほんとに、ちょっとだけです。
女Ｂ　ほんとに？
男Ｂ　ほんとに、ほんとです。
女Ｂ　似合わないわ。
男Ｂ　そうですか。やはりね。分相応ということがありますからね。
女Ｂ　分相応じゃなくて、島は今、夏なの。夏には夏の服が一番似合うの。
男Ｂ　そうでしたね。つい、うっかりしていました。
女Ｂ　東京生まれのうっかり屋さん。
男Ｂ　東京育ちのしっかりさん屋です。
女Ｂ　あんたね、ナンカ、ユクシムニーシテナイ？　カマン、カマンのナナマカヤアっていう言葉が沖縄にはあるけど、あんた、知っているね？
男Ｂ　えっ？　何ですか？。
女Ｂ　食べない、食べないって言っているけど、七回もお代わりして食べる人のことさ。沖縄のことわざ。
男Ｂ　そうですか……。初めて聞きます。
女Ｂ　そうでしょうね。私も戦後六十年、初めて使ったのだから。
男Ｂ　戦後六十年？……、お嬢さんは、おばあさんなの？
女Ｂ　あれ、私は、私さ。
男Ｂ　（怪訝な顔で……）お嬢さんのおばあさんは、お元気でいらっしゃいますか。
女Ｂ　オバアは、オバアになる前に死んださ。
男Ｂ　えっ？
女Ｂ　島を買いに来た日本の兵隊さんたちに殺

されたようなものね。
男B　はあ?……。
飛行機の音。上空を飛び去る。
二人とも、それを見上げる。
女B　あなたは、恋をしたことがありますか。
男B　そりゃ、若いころには、いくつかの恋も。
女B　いくつもですか。
男B　ええ、五つ六つは、……いや、三つ二つ、いや二つ、一つかな。
女B　多い方がいいんじゃないの?
男B　そりゃ、その方がいいかも。いや、必ずしもそうとは言えないかも。
女B　また、恋をしてみたいですか。
男B　そりゃ……、恋愛は、男にとって永遠のテーマですよ。
女B　この島には、恋愛をすることもできずに死んでいった乙女たちが、たくさんいたんですよ。
男B　そうでしたね。いや、失礼しました。こちらの島で悲惨な戦争があったことは、伺っております。
女B　こちらだけではありませんよ。あなたたちの側にも、たくさんの悲劇があったんでしょう……。
男B　……。
女B　男の方は、恋愛よりも戦争の方を、永遠のテーマにすべきじゃないかしら?
男B　そうかもしれませんね。
女B　あなたの住む世界は、作られた世界なの?　それとも、夢の世界なのかしら。
男B　えーっ?　どういうことでしょうか?

女B　あら、ごめんなさい。ごめんなさいね。あなたの住む世界は真実の世界でしたわよね。ごめんなさいね。
男B　どういうことですか?
女B　いえね、私はね、……えーっと、そう、私は、身を焦がすほどの恋愛がしてみたいの。命を蘇らせて、こちらの世界で、その瞬間を味わいたいの。
男B　命を蘇らせる?
女B　手榴弾を渡されたら、死ね、ということでしょう。
男B　あなた、まさか、ひめゆりの乙女の……。
女B　な、何を言い出すの、この日本男児は……。私は幽霊ではないわよ。ただ、私は、自分に似合いの人生を探すこともできずに若くして死んでいった人たちが、哀れでならないだけよ。
男B　私もそう思います。そして、多くの人々もそう思っていると思いますよ。
女B　そう思うだけでいいと、思っているの?あなたは……。
男B　いえ、私たちは、人間として生まれた以上、自分に最も幸せな生き方を探して、努力すべきだと思います。

シャドーボクシングをしながら、二人の前を一人のボクサーが通りぬける。ボクサーは、フィッティングルームから飛び出してきた男A。（あるいは、たくさんの男たちが隊列をなして賑やかにシャドーボクシングをしてもよい）。その間、映画ロッキーのテーマ音楽などが流れているとよい。例えば、腕立て伏せ、などの準備体操をし、やがて退出。二人、呆気にとられた後、我に返る。
女Ｂ　ねえ、私にこの服、似合うかしら。
（ポーズをとるが、よろける）
男Ｂ　危ないですよ。
女Ｂ　やはり私には、無理かしら。
男Ｂ　自分を偽り続けることは、やはりどこかで無理がきますね。
女Ｂ　そうだわね。もうあきらめたほうがいいかもね。この歳になって、もう一度やり直そうと思ったのがいけなかったのね。罰が当たるわね。
男Ｂ　いえ、そんなことはないと思います。人生は、ゴールまで常に闘いが続きます。
女Ｂ　あら、あんた、元気が出たの？
男Ｂ　いや、そうではありませんが。……東京にいる子どものことを思いだしたのです。ボクシングが好きな息子がいましてね……。
女Ｂ　息子のことではなく、自分の子どものころを思い出した方がいいんじゃないの？　子どもは親のことを、あまり思い出さないっていうわよ。
男Ｂ　そんなことはありません。
女Ｂ　あらそうかしら。私は子どもを生まなかったからそう思うのかね。でも、子どもが親を成長させるところもあるからね。私も子どもが欲しかったわ。
男Ｂ　結婚はしなかったのですか？
女Ｂ　結婚はしたのだけれど、亭主にすぐに死なれたのよ。
男Ｂ　そうですか。それは気の毒なことでした。
女Ｂ　以来、男っ気なし。でもここに来て少し寂しくなってね。時々、ぼーっとするの。戦争って人を選ばないのね。だれでも殺してしまうのね。あらごめんなさい。愚痴は、ぼけの始まりというけれど、ぼけたのかね。初めて会う人にこんな話をしてね。

男B　いえいえ、どうぞ続けてください。

女B　そうねえ、なんだかね、私にふさわしい人がきっと、また、どこかに居るような気がしてね。私に似合いの茶飲み友だちを見つけても、罰が当たらないのではないのかって思って、向こう（墓）から出てきたのよ。老いへの抵抗なのね、きっと。

男B　……それでいいと思いますよ。だれでもが、自分の人生に抵抗すべきです。

女B　そのためには、私に何が必要なんだろうかって考えるのよね。女の魅力も枯れ果てたからね。着けている服でごまかそうと思ってね。明るい服を着けてみたの。ナガイコト、クラシミニイタカラネ。

男B　えっ？　……。いえ、いえ、まだ、十分魅力的ですよ。

女B　どこが？　どこが魅力的かしら？

男B　どこがって、急に言われても……。

女B　やはり、どこもないんだ。

男B　いえいえ、その……、腰のくびれ当たりが、とてもセクシーですよ。

女B　あら、そうですか……、ガマクがいいのね。

男B　ガマク？

女B　腰のことよ。

男B　ああ、そう言うのですか。一瞬、ガマグチのことかなと、思いましたよ。

女B　ガマクとガマグチは、兄弟言葉なのかしら？

男B　さあ、違うでしょう。どちらも魅惑的ではありますが……。

女Ｂ　冗談よ、冗談（笑い）。でも冗談でなく、男を惹きつけるには、魅力的なガマクと、金のいっぱい詰まったガマクチがあれば十分かもね。それ以上に何か必要かしら？

男Ｂ　あなた自身でさえあれば、きっと素敵な人が現れるはずですよ。

女Ｂ　地震？

男Ｂ　地震ではなくて、自身。

女Ｂ　そう。……私自身を見つければ、自信がつくというわけね。

男Ｂ　そうなんです。なんだか、私はあなたと話していると哲学者になったような気がします。あなたは不思議な魅力を持った方だ。

女Ｂ　そう。それはよかったわ。有り難う。私も、東京生まれの人と話ができてよかったわ。話をするってことは大切なことなのよね。

男Ｂ　そりゃ、そうですよ。

女Ｂ　私であるためには、私自身であり続けることね。

男Ｂ　そのとおりです。

女Ｂ　そうすれば、戦争もなくなるかしら。

男Ｂ　少なくとも、その努力の一つにはなります。

女Ｂ　あんた、かっこいい言い方をするのね。少なくともその努力の一つにはなります。そんな言い方で、沖縄の人をだましたら駄目よ。女をだましたら、駄目よ。

男Ｂ　私にできることは、私自身をだまさないことだけです。私自身を偽らないことだけで、精一杯ですよ。

女Ｂ　かっこいい。でもその努力をしている？

男Ｂ　……忘れていた、ような気がします。

女Ｂ　口ばっかりなんだ。
男Ｂ　……。
女Ｂ　あなたの夢は？
男Ｂ　忘れていました。
女Ｂ　そう。たくさん忘れていたのね。東京生まれの。
男Ｂ　うっかり屋さんです。
女Ｂ　そう。やっと自分を認めたわね。
男Ｂ　……そうなんです。自分を認めることから始めなければいけないのだ。私には夢があったんだ。今、思い出しましたよ。
女Ｂ　どんな夢？
男Ｂ　キリンの世話をすることです。
女Ｂ　キリン？
男Ｂ　そうです。動物園に勤めてキリンの世話をすることが夢だったんです。キリンと一緒に遠くを眺め夢を見ることができたらいいなあって。そして、キリンを主人公にした物語をいっぱい書けたらいいなあって。少年のころ、何度も何度もそう思いました……。あなたは上野動物園へ行ったことがありますか。
女Ｂ　ないわ。
男Ｂ　今度連れていってあげましょう。私が案内しますよ。
女Ｂ　嬉しいわ。
男Ｂ　でも最近はキリンよりパンダのほうが人気があるからなあ。昔と変わっているだろうなあ。上野動物園……。
女Ｂ　私は、パンダより、キリンが好きよ。
男Ｂ　有り難う。
女Ｂ　どういたしまして。パンダのぶくぶくより、キリンのすらーっと、すらーっと。
男Ｂ　すらーっとしていて、遠くを見る目。潔く、姿勢を正して、憂いを振り払い、夢を見る目。サハラへも行きたいなあ。

女B　頑張って。きっと行けるわよ。いっぱいキリンの話を書いて私にも読ませてちょうだい。

男B　ようし。こうしてはいられない。すぐにでも、本社へのレポートをまとめます。島は、島自身のままであることが一番魅力があるのだということを伝えましょう。そして、それが終わったら、私は、キリンの話を書くよ。さよなら、お嬢さん。いつの日かまた会いましょう。（フィッティングルームへ急ぎ足で消える）

女B　ちょっと、ちょっと、待って。待ティ、兄《ニィ》サンテバ。私を上野動物園へ連れて行く話は　どうなったの。沖縄市の子どもの国でもいいんだよ……。（男Bの姿がフィッティングルームに消える）

女B　アイエナー、消えちゃったよ。なんだか、私の気分は、明るいのか暗いのか分からなくなってきたわ。こんな気分になったのは、生まれて初めてだわ。でも、なんだか私にも、似合いのものが、この世にはあるような気がしてきたわ。私は生きているのか、死んでいるのか。私は、おばあなのか、お嬢さんなのか。（くるっと服を翻して一回転。笑顔で）。盆のウンケーの日だからあっちから出て来たけれど、私に似合いのキリンを探さなきゃ。

女B、フィッティングルームへ消える。

3　労働者風の男とギャルとコギャルと

男A、労働者の服装でフィッティングルー

ムから出てくる。たとえばヘルメットをかぶり、ランニング姿に削岩機を持っている。

男A　これが俺に一番フィットしているのかもしれないな。汗水を流して労働する。働いているという実感を肌で感ずることができる。生きているということは、案外こういうことかもしれないな。あいつが、俺のこんな姿を見たら驚くだろうな。（削岩機を握る。どどどっと、けたたましい音が鳴り響く）

女B　ななな何の音？　今の音、何の音？（コギャルの服装で飛び出してくる。たとえば白い唇、茶色い髪、上げ底のサンダルを履いている）

女A　なんの音なの？　B29でも墜落したの？　テポドンね。北朝鮮から、テポドンが飛んできたのね（ギャルの服装で女Aも飛び出してくる）

男A　やっぱり、コギャルの方が行動は素早いか。おい、コギャルにギャルよ。今のはテポドンが飛んできたのではない。普天間基地が爆発したのでもない。俺の仕事道具が仕事をしたまでだよ。こんなふうにな。（再び、削岩機を握る。どどどっとけたたましい音）

女B　きゃーっ。

女A　分かったわ。分かったから音を止めて。

男A　これが俺の命の音だ。（まだ身体の震えが続いていて、辺りを歩き回る）

女B　おじさんは、だれなの？

男A　えっ、おじさん？　お兄さんでしょう。おじさんではなく、お兄さん。

女A　それでは、お兄さんは、だれなの？

男A　さて、私は、だれでしょう。（月光仮面の歌が流れてもいい）

女A　ふざけないで教えてよ。まさか別れたあんたじゃないでしょうね？
男Ａ　あんたじゃありません。しかし、あんたもずいぶん派手な格好しているね。本当にあんたかね？（別れたかつてのサラリーマン夫婦であるかどうかを互いに確かめ合う行動）
女Ａ　私？　私も、あんたなんかじゃありませんよ。
女Ｂ　何わけの分からないこと言っているの。ギャルのくせに何も知らないのね。教養を疑われるよ。この男は、ニクロウよ。うん。
女Ａ　ニクロウ？
女Ｂ　肉体労働者のことを縮めて言うの。ニ、ク、ロ、ウ。
女Ａ　なるほどね。でも、肉体ならあたしも自信があるわ。肉体は嘘をつかない。若さ、ぴちぴち。
女Ｂ　あんた。何か勘違いしていない？
女Ａ　勘違い？　コギャルさん。あんたも面白いこと言うのね。あんた本当にコギャルなの？　おばさんじゃない？
女Ｂ　コギャルですよ。うん。私的に見て、やっぱり私はコギャルですよ。うん。今、はやりの、「モエ（萌え）」って、呼んでもいいのよ。
女Ａ　ぐえっ。
女Ｂ　失礼ねえ。まあどっちでもいいけどさ。私もあんまり人のことは言えた義理じゃないからね。でもさ、勘違いすると、男の人は、喜ぶのよね。あんた知っている？
男Ａ　（二人の間に入って）あんたもニクマンかい？（コギャルに向かって言う）
女Ｂ　ニクマンじゃなくて、ニクロウ。汗水たらして遊ぶ肉体労働者よ。遊ぶのが一番楽しいじゃん。

男Ａ　遊べなくなったとき、どうするんだ？
女Ｂ　死ぬまで遊ぶじゃん。
男Ａ　だから、死ぬころになって、おばあちゃんになって、ニクロウ出来なくなったらどうするのって聞いているの。
女Ｂ　だから、死ぬまで遊ぶじゃん。自分的にみて、だれにも迷惑かけてないよ。いつ死ぬか、だれも分からないよ。
男Ａ　そうか、じゃんじゃん、遊ぶわけだね。
女Ｂ　そう。
女Ａ　じゃんじゃん遊んで、そして病気になって死ぬわけよね。
女Ｂ　病気になんかならないよ。私、若さぴちぴち。（はしゃぎ回る）
女Ａ　アイエナー、若さは、いつか失われるって言っているのに分からないのかね……。兄さんよ。あんたも肉体労働者でしょう。働けなくなったら、どうするの？。
男Ａ　兄さんって言ってくれたんだな。嬉しいなあ。よーし、俺だって死ぬまで働くぞ。母ちゃん孝行もするぞ。
女Ａ　だから、おじいさんになって身体がいうことをきかなくなったら、どうするのって聞いているの。
男Ａ　年金があるさ。退職金もあるよ。シワサンケー。ばんない働いて、ばんない遊んで暮らすさ。あり、人間にとって、どの時期が、一番幸せであって欲しい時期なのか、だれにも分からないよ。
女Ａ　そりゃ、そうだけどさ。なんか、私が聞きたかったのはそんなことじゃなかったような気がするけど、そんなことだったのかしら……。ところで、コギャルちゃん。あんたは肉体労働して、退職金も年金ももらえるの？

女B　微妙。でも、今が、よければいいよ。
女A　今は、すぐ未来になるよ。すぐおばさんになるよ。
男A　すぐおばさんになったギャルよ。説教ばかりしているけど、あんたは何者かね。
女A　私？　私は、ＯＬよ。ちゃんと仕事についてるわ。
男A　どんな仕事？
女A　県庁の、福々課よ。
男A　福々課？　そんな課があったっけ。
女A　あんた、それも知らないでどうするの。あんた、沖縄県民ね。
女B　平和推進課じゃないか？
女A　福々課です。
男A　嘘だろ。なんで今ごろ福々課の職員がこんな所にいるわけ？
女A　今日は、お休みをとったのです。
女B　お休みがとれるの。いいわね。
男A　なにか証明になるもの見せてみろよ。
女A　（慌ててハンドバックを開く）ほれ、運転免許証に、医療保険手帳に、預金通帳。
男A　運転免許証に医療保険手帳に預金通帳で自分を証明するわけ？　運転免許証と医療保険手帳と預金通帳のない人は、自分を証明できないわけけか。
女A　そんなことは、ないと思うんだけど……。

シャドーボクシングをしながら、三人の前を一人のボクサーが、再び通りぬける。ボクサーは、フィッティングルームから飛び出してきた男B。（集団の演舞でもよい。もちろん腕立て伏せの練習があってもいい）

女A　そうだ。今、気がついたんだけど、自分を証明してくれるのは、自分以外のだれかがいればいいわけだ。自分を証明してくれるには、他人が必要なわけだ。
女B　何をぶつぶつ言っているの。
女A　あなたは他人よね。私が自分だっていうことを証明して。（ボクサーの腕をつかまえる）
男B　はあ？
女A　そうだ私は、そのことを知りたくて、今日は、お仕事休んだんだ。お願い、私であることを証明して。
男B　おい、俺は、今、あんたに、ここで初めて会ったばかりだぜ。
女A　それでも、私が私だってことを証明できるでしょう。
女B　こわい、この人。ノイローゼ。
女A　こわくなんかないわ。ノイローゼなんかじゃないわ。なんか……私、飛べないの。不安なの。重たいの、毎日が。
男B　できちゃったのかい？
女A　……。
男A　そうだ、妊娠しているんだ。さっきだって、「ぐえっ」て言っていたよ。
女A　何言っているの。そんなことじゃないわ。だからあんたは奥さんに逃げられるのよ。
女B　お姉さんは、結婚しているの？
女A　ううん。（首を横に振る）
男B　結婚していなくても、子どもはできるぜ。俺はそれを証明できるぜ。
女A　私はね、子どもが大好きでね。保母さんになるのが夢だったのよ。でも、気がついたら福々課に勤めていたわけ。それで、保母の資格も持っているので、もう一回やり直そうかな、なんて考えたり、迷ったりしているわけ。その間に、だんだん歳ばっかり取っていくのよね……。なんか、時々、辛いことがあると抑えていたその夢が、ばあーっと噴き出してくるのよね。今日もね、気持ちの整理がつかなくって、休んじゃったの。

女B　やり直したらいいじゃん。

女A　それが、そう単純にはいかないのよ。いろいろあってね。

女B　上司と。

女A　いや、私自身の生き方とか、友人関係とか。両親の気持ちだとか、せっかくここまで頑張ってきたのにだとか、老後の問題だとか、人間の幸せは何で計るのだろうとか。いろいろあるわけよ。

女B　いろいろと、複雑なのね。

女A　そうなのよ。で、私に後悔しない生き方は何だろうって、やっぱり考えてしまうのよね。

男A　女、四十にして惑わずだよ。

女A　まだ四十に一歳足りないわよ。

男B　男、五十にして天命を知る。

女B　あなたは、五十歳なの。

男B　ぼくは、五十に十五歳足りないよ。

男Bは、再びシャドウボクシングを始める。

女Bの携帯が鳴る。女Bは、携帯を取り、しゃがんだままで応答する。

女B　はい、もしもし。

女B　……、あい、ツトムねえ。もうナシって言ったでしょう。ワカランバー。

女B　アサマ、食べノコ、ミスドで待ってる?

　自分的には、メチャ、メイさ。
女A　（女Bの肩を叩きながら）どういう意味？
女B　朝マックの食べ残しを、ミスタードーナツで食べながら待ってる。自分的には、とても、迷惑さ。
女A　ああ、なるほど。
女B　（さらに携帯に耳を当て）……何か、それ。
女B　……だからよ、牧ドで会った、先パさ。天パってるばあよ。
女B　……デージ、うるさいばあよ。
女B　……普通。
女B　……微妙。
女B　……違う。好きぃ。愛しているよ。分からんの。私はあんた一人よ。一途ーッ。
女B　……分かるぅ。後で、ラブしてあげるからさあ。
女B　……あっさもう。慌てないで。あんたよう。恥！
女B　……（女Aを見て）今、取り込み中だから、切るよ。
女B　（携帯を切り、女Aの傍らに行く）……お姉さん、泣いてるの？
女A　（涙をふく）私もあんたぐらいのころ好きな人がいてね。同棲生活を始めて、子どもができちゃたんだけどね。子どもができたんだけど……（うずくまって泣く）
女B　生めなかった。
女A　（うなずく）
女B　その人に奥さんがいたのね。
女A　（うなずく）
男A　男は、身勝手だな。
女B　こら、男。責任を感じているか、男！
男A　どっちも、どっちさ。
男B　女は、生む機械！

女Ｂ　なんだって。この野郎。
男Ｂ　俺じゃないよ。言ったのは、俺じゃない。

女Ｂ、男Ｂの言葉に立ち上がって突き飛ばそうとするが、男Ｂは動かない。男Ａも立ちはだかる。女Ｂ、上げ底のサンダルをはずし、同じように男Ａにも何度もぶつかるが動かない。

女Ｂ　くやしいね。立っている男は強いからね。
男Ａ・Ｂ　どすこい、どすこい。
女Ａ　ごめんね。もう大丈夫よ。
女Ｂ　本当に大丈夫？
女Ａ　うん、大丈夫。後悔しないように生きたいね。一度きりの人生だもんね。
女Ｂ　そう、一度きりの人生よ。
女Ａ　楽しく過ごしたいもんね。
女Ｂ　うん。楽しく過ごしたい。
男Ａ　俺も、楽しく過ごしたいなあ。
女Ａ　何かになりたいよね。
女Ｂ　うん、何かになりたいね。
男Ｂ　後悔したくないよなあ。夢を追いかけたいよなあ。
男Ａ　ペンか名誉か。自分か家族か。基地か日本か。中国かアメリカか。イスラムかユダヤか。ブッシュかビンラディンか。プーチンかウクライナか。俺も、もう一度考えてみる必要はあるなあ。よし、そうしよう（フィッティングルームへ消える）
男Ｂ　ぼくも、もう一度、出直すか。（フィッティングルームへ消える）
女Ａ　あんた、泣いているの。
女Ｂ　ううん。

女A　そうね。女二人、泣いてばかりいられないものね。
女B　うん。
女A　あんた、家族は？
女B　ううん。
女A　いないの？
女B　うん。母ちゃんがいたけど、男のところへ行っちゃった。
女A　父ちゃんは？
女B　小さいころに死んじゃったの。
女A　そう、辛かったね。それでも生きていかなくちゃね。自分に合った生き方を早く見つけなくちゃね。戻れなくなるところまで行っちゃったら駄目だよ。
女B　うん。大丈夫よ。心配ないよ。
女A　今、どんなふうに生活しているわけ？
女B　うん。一人で、いろいろと、家事とか、アルバイトとか、日雇いとか。エンコウとか。
女A　えっ？
女B　エンコウ。

突然、削岩機の音。途中からヘリコプターの音。空襲の音。爆撃の音へ。女A、女B、耳をふさいでうずくまる。暗転。第一幕が下りる。

〜休憩

第二幕

第一幕と同じ舞台。軍艦マーチが勇ましく流れて幕が上がる。だんだん大きな音……。

男A、B、女A、B、戦時下に相応しい服装で、それぞれのフィッティングルームから飛び出してくる。たとえば軍服、学徒兵服、あるいはもんぺ姿、ひめゆりの乙女の服装等々。すれ違い様に、互いに敬礼をしたり、大声を出し合って励まし合ったりと、何かと忙しい。ところが、軍艦マーチは、途中からパチンコ屋の店内放送であることに気づく。呼び込みの声。四人はバツが悪そうに顔を見合わせて、それぞれのフィッティングルームへ、一人、また一人と消えていく。

男Aが再登場。入院している患者風の服装をしている。

1　患者と看護師と政治家と

男A　みんな、あの音が聞こえたかい？　あれは、パチンコ屋の音なんかじゃない。テレビの音なんかじゃないよ。騙されてはいけないよ。あれは、本当に戦争の音だよ。近くで戦争が起こったんだ。戦争を悟られないようにと音をカムフラージュしているんだ。でも、ぼくは騙されないよ。みんなも騙されてはいけないよ。戦争は平和の姿をしてやって来るからね。ぼくは迷っているんだ。戦争になったら、戦うべきか。逃げるべきか。ぼくは迷っているんだ。これが正義の戦争か、あくどい権力者の利潤追求の戦争なのか。見極めることは本当に難しい。

医者は、ぼくを分裂病だと言うが、そんなに簡単に人間を見極めていいものだろうか。ぼくは騙されない。ぼくは自由を獲得するために仕事を辞め、自由の身になったのだが、まさかこんなところで不自由になろうとは、ゆめゆめ思わなかった。自由を獲得するためには、戦争以外にはない。ぼくは、やはり戦うぞ。戦争に行くぞ。コソボにも、チェチェンにも、東インドネシアにも、アフガニスタンにも、イラクにもウクライナにも。これこそまさに正義と自由の戦いだ。えい、えい、おーっ。えい、えい、おーっ。

……あれ、どうもおかしいなあ。ぼくは戦争に反対しているはずだが、戦いに行くぞ、と、シュプレヒコールをしている。やっぱり分裂病なのかな。もう一度最初からやり直してみよう。

みんな、あの音が聞こえるかい？　あれは、パチンコ屋の音なんかじゃない。テレビの音なんかじゃないよ。騙されてはいけない。あれは戦争の音だよ。近くで戦争が起こったんだ。戦争を悟られないように、音をカムフラージュしているんだ。でも、ぼくは騙されないよ。みんなも騙されてはいけないよ。戦争は、姿を変えてやってくるからね。平和の姿をまとってくるからね。気づいたときには、もう手遅れだからね……。

女A　（看護師姿で登場。背後から男Aに忍び寄る）ほら、捕まえた。やっぱり、ここにいたのね。あなたは、後ろからでもすぐ見極めることができるわよ。かっこいいからね。

男A　ぼくは、戦いに行くぞ。コソボにも、チェチェンにも、ウクラナにも。そうだ、沖縄にもだ。沖縄は、今激戦地だ。この機会を逃がしたら、まさに取り返しがつかなくなる。沖縄には自衛隊もいる。米軍もいる。狙い撃ちされるぞ。パトリオットでは防げない。独立だ。革命だ。チェ・ゲバラだ。レジスタンスだ。パットン戦車軍団を雇うぞ。最強の戦車レオパルト2が必要だ。

女A　あんたは頭が少し傾いているからね。右に傾いていたかね。左だったかね。（肩に手をかけて）前から見ると右。（くるっと回して）後ろから見ると左だね。

男A　肉体の特徴のみで、ぼくの存在価値を判断してはいけない。ぼくの生き方、ぼくの意思、ぼくの思想でこそ、ぼくの存在価値は認められるべきだ。

女A　私は、ちゃーんと仕事で自分の存在価値を認めてもらっているわよ。看護師になるのが私の夢だったからね。人助けがしたかったんだ。あんたを見ていると血が騒ぐわ。

男A　ぼくだって、血が騒いでいる。このチャンスを逃したら一生、後悔するんだ。沖縄は、今、独立するチャンスなんだ。

女A　そうだよね。私はね。あんたみたいな人を助けたかったのよ。白衣を着ると、本当に看護師になった気分になるのよね。人間はまず形ね。さあ、この気分が冷めないうちに、頑張らなくっちゃ。はい、腕を出して。

男A　（おそるおそる腕を出す）あんたは、見たことがないなあ。本当にこの病院の看護師かい？

女A　私、今日、採用になったばかりなの。今日が仕事始めってわけ。よろしくね。

男A　……。

女A　さあ、注射を打ってあげましょうね。私でいいよね。脳神経科の先生を呼ばなくてもいいでしょう。私に打たせてね。一本だけでいいからね。失敗なんかしないからね。私、失敗しない女よ。すぐ、楽になるわよ。

男A　ぼくは戦わなければいけないんだよ。

女Ａ　分かっているわよ。しっかり病気と戦ってよ。
男Ａ　（突然、看護師の手を振り払い、逃げる）ぼくは病気なんかじゃない。
女Ａ　そうだったね。あんたは何だったかね。（追いかける）
男Ａ　ぼくは患者だ！（にらみ合い）
女Ａ　偉いわ、患者さんね。
男Ａ　そうだ。患者さんだ。小泉さんではない。安倍さんでもないぞ。
女Ａ　小渕さんも死んでしまったわね。
男Ａ　死んだのではない。みんなの心に、まだ生きている。コソボでも、チェチェンでも、インドネシアでも、あらゆるところで小渕さんは生きている。サミットが開催された沖縄でもだ。
女Ａ　分かったわ。さあおいで。いい子ね。
男Ａ　ぼくはいい子ではない。正確には、いい大人だ。ぼくは選挙権もある。
女Ａ　いい大人ちゃん。こっち向いて。
男Ａ　あっち向いて、ほい。
女Ａ　てめえ、この野郎、いい加減にしないとぶっ殺すぞ。カム、ヒャ。
男Ａ　いよいよ敵は本性を現してきたぞ。ユア、ウエルカム。（戦いの姿勢で身をかがめる）ギブミィ、チョコレート。ギブミィ、サンディ。ギブミィ、ホリディ。
女Ａ　こいつ本当に、分裂症だね。馬鹿だわ。
男Ａ　そんなこと言うと、お前に、投票なんかしてやらないぞ。（二人身構えたまま、にらみ合う）

男Ｂ、たすきを掛け、立ち会い演説会に臨む政治家の服装で登場。自分の姿にうっとりとした後、演台にて演説。

男B　国民の皆さん。どうか私に清き一票をください。皆さん、今こそ決断の時です。皆さんの清き一票が、この国を変えるのです。どうか、清き一票を。

男A　（男Bに近寄り）あんた、清き、さん？

男B　違う。清《きよし》だ。田中清に、清き一票を。私は国家のために骨身を削る覚悟で、この選挙に立候補した政治家だ。やむにやまれぬ正義感からだ。決して、名誉や名声を望んでいるわけではない。国民の皆さん、今、日本は不況だ。なんとかしなければ、この不況は大きくこの国の運命を変えてしまいます。

男A　あんた、不況さん？

男B　違う。田中清だ。私は国民のしもべだ。常に国民の側に立って、国民が主人公の政治を行いたい。そのために私は立候補した。国民の皆さん。どうかこの田中清に清き一票を、お願いします。

女A　（男Aの腕を取り）さあ、あんたには関係ないでしょう。あっちへ行きましょう。選挙権のあるいい大人さん。

男B　選挙権のあるいい大人？　どうか、こちらへ来て私の話を聞いて欲しい。私は皆さんの手となり足となって働きたい。どうか私を国会の場で働かせて欲しい。

演台から下りて、男Aに握手を求めようとするが、女Aが割って入る。三人の小競り合い。

女A　政治家さん、あんた、清き一票を、清き一票をとだけ言っているけど、それ以外には言うことがないの？　政策はないの？
男Ｂ　政策？　政策はありますよ。ほら、このチラシにいっぱい書いてあります。（ポケットからチラシを出す）
女Ａ　チラシにではなく、あんたの頭にはないの？
男Ｂ　あります。いくらでもあります。（再び姿勢を正して）国民の皆さん。私はまず第一に、この社会から不平等をなくすることから始めたいと考えております。格差是正です。そのためには、税制度を見直すことが必要です。無駄な金を使ってはいけません。国民の税金を有効に使うことが肝要です。

女Ｂがフィッティングルームから、ファッションショーにでも出るような華やかな服装で現れ、演説する政治家の前をモンローウォークで行き来する。

男Ｂ　第二に……。（女Ｂに気を取られる）
女Ａ　第二に、何？
男Ｂ　第二に……（ポケットのチラシを探る）
女Ｂ　（モンローウォークで近寄って耳元でささやく）雇用。
男Ｂ　そのとおり。雇用であります。雇用の問題は、今や緊急を要する課題であります。私が当選した暁には、（ちらっと女Ｂを見て）女性が楽しく働ける職場を開拓したいと考えております。そのためにも、皆さんの清き一票が必要なのであります。どうか皆さん、私を男にしてください。
女Ｂ　（男Ｂの身体を撫でるように）あーら、あんた、まだ男になっていないの。うっふーん。いつでも男にしてあげるわよ。

男B　ありがとう。えーっと男になった暁には。
女A　医療問題はどうするの？
男B　医療問題から、第一に解決いたします。
女B　第三じゃないの？
男B　そうです。第三であります。
女B　鳥インフルエンザは？（再び男の身体を撫でる）
男B　そうでした。鳥インフルエンザは、緊急の課題であります。
男A　おい、政治家よ。自衛隊はどうなるのだ？
女A　拉致問題は？
女B　軍事基地はどうするの？
男B　自衛隊の問題も、拉致問題も、軍事基地の問題も、歴史を正しく認識すれば、結論は明らかであります。
女B　結論は、もう決まっているのね。
男B　いえ、そうではありませんが……。
女A　あれ、あんたは結論も持たずに立候補するの？
男B　いえ、その、あの、そうではありませんが……。
男A　おい田中清よ、お前、戦車は持っているか？
男B　戦車？
男A　お前は、政治家としてのポリシーとか、マニフェストとかは、ないのか？
男B　あります。ありますよ。
女A　慌てないで、ゆっくり話してね。周りに影響されては駄目よ。
男B　（姿勢を正して）政治家の私にとって、最も重要な課題は教育です。美しい日本を作るためには、美しい教育が必要です。そのためには、まず、教科書を書き換えなければなりません。正しい教科書で、正しい教育をするのです。自衛隊も、軍事基地も、戦車も、この国にとって……、この国にとって、必要です。

（と言って演台からコケル。同時に落雷のような哄笑が続いて、やがて闇）

2　作家と性転換者と、シルエットの女と

暗闇の中で四つのフィッティングルームにシルエットが映し出される。それぞれが服を脱ぎ、服を着替えるしぐさ。帽子をかぶり、帽子を取るしぐさ、ボディビルで肉体を鍛錬するしぐさ等々。

やがて、扇情的な音楽が流れ、女Bのシルエットが艶めかしく動く。男A、男B、そーっとフィッティングルームを出て女Bのフィッティングルームを覗きに行く。

男Aは、男から女への性転換者。男Bは作家。やがて二人は鉢合わせる。

男B　（ばつが悪そうに）やあ、こんばんわ。
男A　あーら、ごめんなさいね。こんばんわ。
男B　あれ、君は……、君じゃなかったかね。
男A　あーら、ごめんなさいね。私は私よ。
男B　ああら、そうでしたか。そうでしたか。私は、またあなたのことを、ついさっきまで男だと思っていましたよ。
男A　あら、いやだわ。れっきとした女ですよ。ついさっきまでは男でしたけどね。おっほほ。
男B　いやー、どうも失礼いたしました。ほん

とにお美しい。
男A　ありがとうございます。なんだか恥ずかしいわ。
男B　しかし、今日はいいお天気ですね。
男A　あらいやだ。今は夜ですよ。夜。夜の蝶。
男B　ああ、そのようですな。（空を見上げる）。そのようですが、いいお天気ですな。どうも、どうも……。
男A　あなたは、確か……。
男B　うん？　どうかしましたか？
男A　小説を書いていらっしゃるのですよね。
男B　小説を書こうと思っているのですが、なかなかうまくいきませんな。修行がまだまだ足りません。人生をまだ知らなさすぎます。
男A　そうでしょうね。（女Aのフィッティグルームへ目をやりながら）。誘惑に負けたりしちゃ、いけませんわ。
男B　（頭をかきながら）あなたは、またどうしてこんな夜に。
男A　夜になると血が騒ぐの。オオカミ女。
男B　えっ？
男A　冗談よ、冗談。あの子がライバルなの。あの子と私と、どっちがきれい？　どっちがどっち？　ねえ、先生、教えて？
男B　困りましたな。どっちも、どっちですな。
男A　そんな返事では困ります。私は真剣に自分らしく生きようと思っているのですから……。大切なものを得るためには、大切なものを失ってもよいと決意さえしているのに、それが非社会的で、道徳に背くことになるから許されないなんて……、おかしいと思いません？　それこそ断じて許されないことですわ。
男B　どうも、どうも。重大な決意ですな。
男A　私のような者が、生きていくためには、重大な決意をしなければならないのです。重大な決意なしで生きていける社会が早くきて欲しいですわ。
男B　しかし、私もあなたと同じように自分らしく生きようと思っているのですよ。自分の夢に忠実に生きようと思っているのです。そういう意味では、お互いに同志ですな。
男A　あら、そんなふうに、簡単に同志にしちゃいけませんわ。世間は、みんなオオカミなのよ。裏切られると、傷つきますからね。もちろん、私は、いつでも裏切る側に回りますわ。
男B　おお怖いですな。しかし、私はすべてを投げ捨ててこの楽しみに賭けているのです。
男A　えっ？　どの楽しみ？（女Bのフィッティングルームへ目をやる）。あっちの楽しみのこと？
男B　いえいえ、書くことの楽しみですよ。
男A　本当かしら？
男B　本当ですよ。
男A　女の部屋を覗いていたなんてだれにも言いませんから、本当のことを教えて。
男B　もちろん、書くことは、苦しみでもありますが……。（汗をふくしぐさ）
男A　先生は、嘘つき？
男B　先生、嘘つかない。
男A　女も、嘘つかない。
男B　インディアンも、嘘つかない。
男A　アメリカも、嘘つかない。ロシアも嘘つかない。日本も……、（躊躇しながら）嘘つかない、わよね。

男Ｂ　そ、そ、そうです。
男Ａ　でも、嘘も方便って、言いますよね。フェイクニュースも、みんなが信じれば真実になる。
男Ｂ　いえいえ、国のリーダーは、嘘をついてはいけませんよ。
男Ａ　そうですわよね。このごろは嘘を付いた後で謝る人が、余りにも多いでしょう。テレビは、どのチャンネルをつけても、頭を下げてるオジサンばかり。頭を下げると、てっぺんの禿げが見えるのに、気づかないのかしらね。
男Ｂ　そうですね……。
男Ａ　信頼を回復するためには、禿の一つ、二つ、気にしてはいられないのでしょうね。並んで頭を下げる。みんなで謝れば恐くない。この気持ち、私には分かるわ。
男Ｂ　そうですねえ。チャンスを逃したら、一人で謝らなければならないですからねえ。
男Ａ　私も、嘘をつけば良かったのかしら。つい本当のことを言って、あの人と別れてしまったの。私は男だって、言ってしまったの。
男Ｂ　えっ？
男Ａ　あれ、女だと言ってしまったのかしら。どっちだったのかしら。本当の私は……。ねえ、どっちなの？
男Ｂ　私に聞いても分かりませんよ。私だって、本当の自分は、どの自分なのか分からなくなってしまうことがあるんですから……。自分は、生きていていいのか、とか、自分の存在に意味はあるのか、とか、迷うときがありますからね。そんなときは、もう、とてつもなく大きな絶望と寂しさに襲われてしまう。
男Ａ　で、今日は、とてつもなく大きな絶望と寂しさに襲われたわけね。
男Ｂ　いえ、そういうわけではないのだが……。
男Ａ　どういうわけなの？　ここまで吐いたのだから、みんな吐いちゃえば気が楽になるわよ。
男Ｂ　楽という字は、楽しみという字だよね。はっはは。
男Ａ　辛いという字は不幸の幸の字に似ているわ。私とあなたに明るい日はあるのかしら（やや茶化しながら）
男Ｂ　あんたは、曖昧という漢字が書けるかな？
男Ａ　えーっ？
男Ｂ　いや、失礼。その……、ぼくたちは、だれでもが努力している。だれかのために。何かのために。しかし、時としてその努力が曖昧で、自分から遠い距離にあるような気もするんだよ。
男Ａ　そうだわね。そうだとすると、悲しいわね。
男Ｂ　うん、少し悲しい。だれかに決められた運命を歩いているのかと思うと、少し虚しくなる。
男Ａ　でも、迷っている人って、魅力的だわよ。
男Ｂ　そうかな？
男Ａ　私なんか、ずっと迷いぱなしで生きてきたんだから。男だか、女だか、分からなくて……。やりたいこともできなくって……好きな男にも逃げられて（涙ぐむ）
男Ｂ　……。

男A　どう、この服、似合っている？（気を取り直して）

男B　とっても似合っています。とっても……。あっちの子より（女Bのフィッティングルームへ目をやりながら）、ずーっと素敵だよ。

男A　有り難う。無理を言わせて、ごめんなさいね。

男B　そんなことはないさ。

扇情的な音楽が再び流れる。女Bのフィッティングルームで再び艶めかしい動き。男A、男B、ちらっと眺めただけでそれを無視する。

男A　明日は、素敵な日になるかしら。

男B　きっと虹が架かるよ。素敵な虹がね。

男A　そう。

男B　そうさ。だれにも、きっと素晴らしい一日が訪れるはずだよ。そのことに気づき、その瞬間を掴み取ることが大切なんだ。

男A　それは、一生に一度しかやってこないのかしら？

男B　いや、そんなことはないよ。

男A　一年に一度？

男B　一週間に一度。いや、一日に一回。

男A　欲張りすぎ。

男B　欲張らなきゃな。はっはは。

男A　ほっほほ。（笑い）。先生、意外と素直なのね。

男B　そりゃ、人間、素直でないとな。

男A　私、自分の心に素直な人間って大好き。私に子どもが生まれたら、スナオちゃんって、名前を付けるつもりなのよ。簡単に謝らないスナオちゃん。簡単に泣かないスナオちゃん。簡単に転ばないスナオちゃん。
男B　欲張りすぎ。
男A　欲張らないとね。
男B　（笑い）
男A　先生、元気の出る本書いてね。約束よ。
男B　そうだね、できるだけそうしたいな。
男A　そうすると約束して。
男B　分かった、約束するよ。元気の出るキリンの話。
男A　ありがとう。今日は、最高に素晴らしい満月の夜になったわ。おやすみなさいね、先生。
男B　おやすみ。（手を振って別れる）

男A、フィッティングルームへ消える。男Bは、女Bのフィッティングルームへ未練を残しながらも自分のフィッティングルームへ。女Bのシルエットは、艶めかしく動いている。

3　二人の女

エロチックな音楽の中で、女Bがフィッティングルームから出てきて舞台中央で踊り出す。

女Aもフィッテイングルームから、外出の準備をして出てくる。普通のおばさんの服装。踊りを見てびっくりする。

女A　ありぃ、ありい、このお嬢さんは、気は確かかね。道の真ん中ですよ。（ウチナーヤマトゥグチ口調で。以下同じ）
女B　運動ですよ。

女A　運動？　運動は、運動場ですればいいんじゃないの。道の真ん中は、車の通り道ですよ……。

女B、今度は激しくエアロビクスの運動。

(音楽に合わせて)

女A　ありぃ、ありぃ。待てぃ、待てい。今度は何ね。

女B　エアロビクスさ、おばさん。知らないの。(汗をぬぐう。音楽止む)

女A　初めて見る踊りさ。でも、あんたは、忙しいね。よーんな、よーんな踊ったり、ばちない、ばちない踊ったり。腰は痛くならないの？　あんたは……、本当に、なんだばあ？

女B　なんでもないよ。

女A　なんでもない？　あんたは、なんでもないの？

女B　私ねえ？　私は、なんでもあるさ。

女A　そうだよね。なんでもないってことはないよね。だれでも何か、ではあるわけよね。

女B　どうも初めまして。私は優子です。

女A　はじめまして。私はヨシです。

女B　ヨシ？

女A　はい。ヨシです。ウシ(牛)ではありません。OKのヨシです。

女B　OK。

女A　サンキュー。

女B　あれ、おばさんは、英語ができるんだね。

女A　アリ、私は若いころ、米軍基地で働いていましたからね。基地内ではOKのヨシといって有名だったんだよ。

女B　で、なんで辞めたの？

女A　あの人が辞めろって言って、きかなかったからさ。私が、アメリカの兵隊さんになんて言われても、OK、OKて言うもんだから、心配だといって辞めさせられたんだよ。私は、OKとサンキューしか英語は知らないんだけどね。OKとサンキューだけでなんとかやってこれたのよ。今でも、基地問題はそうなのかしら。

女B　そうねえ、あんまり、NOというの、聞かないわね。

女A　あの人はね、私がNOと言わないもんだから、兵隊さんたちに嫉妬していたわけさ。ヤチしていたんだと思うよ。

女B　で、あの人は、どうしたの?

女A　死んださ。基地内の事故でね。あっけないね。ビリビリ、グデン。感電死よ。新聞にも載ったけどね。毎日新報。

女B　えっ?　そうなの。

女A　私たちは、軍作業で知り合った職場結婚だったの。似合いの夫婦だと言われたんだよ。あの人が死んでから、私はまた軍で働いたんだけどね。働いてもいいって、軍が言ってきたわけよ。あの人の事故で、良心の呵責というか、少し責任を感じていたんじゃないかね。未亡人の私に便宜を図ってくれたわけさ。

女B　そうなの。

女A　で、私は、働かせてもらったんだけどね。でもね、今度は、絶対にOKって、言わんどこうと思ってね。頑張ったんだよ。

女B　偉いねえ、おばさんは。

女A　あの人の遺言のようなものだったからね。心に誓って頑張ったわけさ。兵隊さんになんて言われても、はっきりNOって言ったよ。そしたら、今度は、ＯＫのヨシはＮＯを言い過ぎるって、一年で辞めさせられたさ。クビになったわけよ。
女Ｂ　ＮＯと言える沖縄人ね。
女Ａ　そうさ。でも、ＮＯのヨシは、あんまり兵隊さんにはモテなかったよ。ＯＫのときは、ＯＫのヨシといって有名だったんだがね。
女Ｂ　で、今は何しているの？
女Ａ　今はね、公設市場で天ぷら屋をやっているんだよ。天ぷら屋は気楽でいいさ。ＯＫでも、ＮＯでも、どちらでもいいからね。あんたも遊びにおいでね。
女Ｂ　有り難う。
女Ａ　でもね、これでよかったのかねって思うこともあるよ。子どももいないし、孫もいないからね。時々寂しくなってね。ぶらぶらとさまよう時があるわけよ。ぶらぶらとさまよっても、だれも声をかけてはくれないよ。一度ぐらいナンパというものもされてみたいけどね。だれも振り向かない。もうＯＫという機会もなくなったさ。
女Ｂ　そうですか……。でも、なんかおばさん、モテそうな感じだけどね。
女Ａ　あい、あんたは、分かるんだね。私もね、一度だけは声かけられたことがあるよ。おばさんって言うから、チムドンドンして振り向いたさ。そしたら、中学生ワラバーたちにハンドバックを引ったくられてね。少し腹がたったけれど、この子たちが私の子どもだったらいいねって思ったら、だんだん怒る気にもなれなくてね……。この事件も、新聞に載ったんだよ。朝日タイムス。
女Ｂ　そうですか。でも、それ、ナンパと言わないはずだけど……。
女A　あい、そうねえ。
女B　でも……、いろいろと大変ですね。
女A　そうよ。いろいろと大変よ。一人の生活は自由だけど、寂しいよ。
女B　そうなんだ……。
女A　そうなんだ、よ。で、あんたは子どもはいるの？　旦那さんはいるの？
女B　子どもはいません。主人とは半年前に別れました。性格の不一致ということで。
女A　アイエナー、デージ、もったいない。私が主人をもらいよったのに。捨てたの？
女B　うーん、そうね。相手は別れたくなかったようだから、そういうことになるのかしら。
女A　あいや、そういうことになるのかしらって、なんであんた私に相談しなかったね。何かに迷わされたのかね。
女B　迷わされたのではなくて、熟慮の結果よ。もうすぐ、慰謝料の問題も決着がつくわ。
女A　あい、あんたは慰謝料も取るの？
女B　もちろん。
女A　慰謝料とって、エアロビクスするわけ？
女B　そういうわけではないけど……。
女A　どういうわけ？
女B　健康にもいいし、美容にもいい。それにストレス解消にもなる。若さを保つこともできるわ。
女A　あっちはどうなるの。
女B　あっち、ってエッチのこと？
女A　エッチじゃない。さっきの、よーんなよーんなの踊りさ。
女B　あれも健康にもいいし、美容にもいい。

それにストレス解消にもなるし、若さを保つこともできるわ。
女A　だれかに見せるために踊ったの？
女B　だれかに見られている感じはしたけど、見せるためだったかどうかは……、分かんないわ。
女A　あんたは正直だね。そうだよね。分からないことが多すぎるよね。
女B　そう。私は、どこへ行こうとしているのか。何が得意なのか。何が自分に一番ふさわしい生き方なのか。あの人は、私に似合いの人だったのか。やっぱりよく考えても分からないの。踊りも、生活のスタイルも、趣味も……。
女A　そうね。簡単には、分からないよね。特に夫婦の仲は分からないと言うからねえ。
女B　だから、取っ替え引っ替えしているの。
女A　えっ、男を、取っ替え引っ替えしているの？
女B　違う。踊りを、取っ替え引っ替えして試しているの。
女A　アイエナー、びっくりしたさ。それで寂しくないの？
女B　もちろん、寂しいこともあるさ。だから、いい男が目の前に現れたら、逃さないわ。今度こそ、素敵な男性と巡り会いたいわ。
女A　分かった、そのためにエアロビクスと、ハーニー踊りを練習しているわけだね。
女B　そういうわけではないけど。
女A　どういうわけ？
女B　だから……、健康にもいいし、美容にもいいし、それにストレス解消にもなるし、若さを保つこともできる……。
女A　あんた嘘つかないねえ？

女Ｂ　嘘つかない。
女Ａ　よく間違えないで、何度も言えるわね。感心するさ。これならきっと人生も間違えないよ。
女Ｂ　有り難う。でも、それって皮肉？
女Ａ　いえいえ、そんなことはありませんよ。本気にそう思いますよ。この歳になって、あちこちぶらぶらしないようにね。若いころに、うんと自分の人生について、考える必要があるはずね。私は、熟慮が足りなかったんだよ。
女Ｂ　どういうこと？
女Ａ　私はね、小さいころからカタハラウブチーが好きでね。天ぷら屋一筋に生きたかったのよ……。カタハラウブチーって、あんた分かるね？
女Ｂ　分からない。
女Ａ　あんた、沖縄人？
女Ｂ　イエス。沖縄人よ。
女Ａ　アイエナー。カタハラウブチーは沖縄のアイデンティティよ。
女Ｂ　大げさだわ。
女Ａ　大げさじゃないよ。大学の先生が、そう言っていたよ。
女Ｂ　大学の先生も、間違えることがあるわ。
女Ａ　あい、あんたよ、大学の先生と、ユタの言うことと、どっちを信じるの？　どっちが正しいと思っているの？
女Ｂ　分かった。分かったわ。それで、天ぷら屋になって、よかったの？
女Ａ　うん、その話しね。なるには、なったんだけどね。でも、途中で軍に勤めたさね。目の前にぶら下がっているお金に目がくらんだわけよ。それが運命の分かれ道ね。あの人と出会えたから、それでよかったかねっても思うけど、頑張って公設市場でずーっと天ぷら屋をしておけば、また別の人生が私にあったんだろうと思うとね。
女B　そうね。それは確かに言えるけれど、でも別の人生がよかったかどうかは、だれにも分からないわよ。
女A　そうだよね。そう言って、私も自分を慰めているわけさ。
女B　だれでも、自分の人生を一つしか選べないからね。
女A　今は、夢だった天ぷら屋をやっているんだし、よかったと思わなければいけないんだろうね。カタハラウブチーもいっぱい揚げているしね。
女B　私はね、だれでも人間は、たくさんの可能性を持っていると思うのよ。私にだって、健康な私と不健康な私が住んでいるわ。でも、どれも私なのよね。でも、どれか本当の私の顔があるような気もするの。だけど……、不思議だけどね、また、どれも本当の私ではないような気もするのよ。
女A　うんうん、アタッテいるような気がしますよ。あんた、本当に人生を熟慮するんだね。それで、どうなるの?
女B　だから、その時々の自分の気持ちに素直になって生きるだけね。たぶん、正しい生き方も、間違った生き方もないと思うわ。
女A　あんた若いのに、偉いね。あんたの話を聞いて、なにかずいぶん楽になったような気がする。意地が出てきたような気がする。やっぱり、たまには、街もぶらぶら歩いてみるもんだね。有り難うね。
女B　どういたしまして……。

女Ａ　（歩き去ろうとして）あい、サイフ忘れてきたさ。（ハンドバックをあけて）やっぱりぼけてきたのかね。サンエーに行こうというのにサイフを忘れるなんて。また一つ心配事か増えたさ。私がぼけたら、だれが私を見てくれるかね。
女Ｂ　なるようになるって。
女Ａ　そうだね。
女Ｂ　そう。とにかく、目の前のことを自分の素直な判断で選び取っていかなくちゃ。
女Ａ　うん、アンヤサヤー。
女Ｂ　なんか、よけいなことを言っているようでごめんなさいね。
女Ａ　ううん、そんなことないよ。有り難うね。ではまず……、何するんだったかね。
女Ｂ　家に戻ります。
女Ａ　うん、そうだった。そうだった。あんた他人《ひと》のことまでよく覚えているねえ。感心するさ。
女Ｂ　あれ、おばさんよ。さっきおばさんがそう言っていたんだよ。
女Ａ　あれ、そうだったかねえ。
女Ｂ　なんだか、私も変な気分。何か、忘れ物をしているような気がする……。
女Ａ　えーっ？　何を忘れたの？
女Ｂ　そんな気がするんだけど、それが何なのか、思い出せないの。
女Ａ　アイエナー、あんたよ、若年認知症だね。ひょっとして、忘れたのはフクじゃないの？
女Ｂ　フク？
女Ａ　裸の身をまとう服……。（女Ｂの露出気味の姿を見る）
女Ｂ　そうか、そうかもしれないね。福の神の福。幸福《こうふく》の福を忘れたのかねって、一瞬、どきっとしたわ。

女A　幸福のフクをまとうことができたら、最高だね。（笑い）

女B　それはそうだね。（笑い）。は、は、はっくしょん（くしゃみ）。は、は、

女A　クスケェ。

女B　あれ、おばさんよ、おばさんも風邪をひいたのかね。は、は、は、はくしょん。

一緒　クスケェ！

笑いの中で、暗転。

4　二人の男と二人の女と

舞台中央から、フィッティングルームが取り払われている。男A、女Aは、中央から、客席に向かい、男B、女Bは、両サイドで、客席に背中を向けて、あたかもフィッティングルーム内のしぐさを続ける。例えば、口紅を塗ったり、すね毛を削ったり、着けた服を鏡に映してみたりと……。（腰掛けはあってもいいし、なくてもいい）

途中から、臨時ニュースが流れる。（例えば、ニューヨークのテロ報道。例えば殺人事件など）。四人とも、それぞれのフィッティングルームでそのニュースを、それぞれのしぐさで聞いている。ニュースは最大音に達して、やがて小さくなって消えていく。中央、隣同士の男A、女Aの会話からスタート。

女A　（男Aに向かって）もしもし、今のニュース聞いた？　アイエナー、生きるということ

は幸せなことでもあるが、本当に難しいことでもあるんだね。
男A　そうですね、だれも、二度と生きることはできないですからね。
女A　たぶん、後悔しない人生を送ることなど、まれなことなんでしょうね。
男A　そうだと思うよ。俺だって、これまでの人生を振り返ってみると、間違った選択をしたのではなかったかなあと思うことがたくさんあるよ。得たものもあるが、失ったものも、多かったような気もするなあ。
女A　そうねえ、それでも、夢をもって、希望をもって生きなくちゃね。
男A　そう。そういうことだろうなあ。
女A　歳に関係なく、よね。
男A　もちろんさ。時代にも、場所にも、性別にも関係ないよ。
女A　たぶん、このことの大切さはみんな知っているわ。だけど、途中で、あきらめてしまったり、忙しさの中で、忘れてしまったりするのよね。長い人生で、その意識を持ち続けることができるかどうかが、問題だよね。グローバルな視点でね。
男A　人生は、そう長くはないよ。
女A　いえ、長いわよ。
男A　短いよ。
男B　長い！。（男Bが、自分の席から会話に割り込む）
女B　短いわよ。（女Bも会話に加わる）
男B　長い。断じて、長すぎる！
男A　待て待て待て。このことだけでも、これだけの意見が出るんだからな。十人十色とは、よく言ったもんだね。要するに、フィッティングルームに用意されている服はたくさんあるということだよね。
女A　自分で作ることもできる。
女B　が、どの服が、自分に一番似合っているか、だれも分からない。
男A　だれも分からないから、分かろうと努力する。
女A　でも、分からない。
女B　なら、どうするの？
女A　……分からない。
男A　確かにな。自分に合った服を見つけるのは難しいよ。でも、だれでもが、自分の姿を鏡に映して、似合う服を選ぶことができるはずだよ。

男Bが、化粧が済み、服を着け終わって様々なポーズを取りながら鏡を見ている。

女A　（男Bの不審なしぐさに気づいて）あれ、あんたは、なんの服を着けているの？
男B　鉄腕アトム！（ポーズを取る）
女A　（男Aのしぐさを見て）あんたは？
男A　（ネクタイを結び、黒板に字を書くしぐさなどして）教師！
女B　私は、だれだか分かる？（女Bのパントマイム。みんな集まってきて、必死に見入る）
男B　焼き肉屋！
女B　違う。（不満顔で、続ける）
男A　ナースのお仕事！
女B　ピンポーン。当たり。
女A　焼き肉屋と、ナースのお仕事を間違えるなんて、ひどいわね。
女B　ほんと、ひどいわ。焼き肉にして食べちゃうわよ。
男B　ごめん、ごめん。

女A　今度は、私の番よ。（パントマイム。みんな再びじっと見る）
男B　なんだろう……。
女B　美容師さん！
女A　違う。
男A　ペット屋さん！
女A　当たり！
女B　アイエナー、人間の髪の洗い方と、犬の髪の洗い方は同じなのかねえ。
男B　同じ、みたいだねえ……。
女B　やっぱり自分にあった洗い方とか、犬とは違う髪型とか、見つけたほうがいいわねえ。
　四人とも、うなずきながらそれぞれのポジションに戻って行く。しばらく、それぞれのフィッティングルームでのしぐさ。
　女Bと男Bは、客席に背中を向けている。
　四人の会話は、基本的にその席から飛び交う。
女B　（感慨深そうに辺りを見回し）ねえ、みんな。私たちは、フィッティングルームの中で生きているんだね。ここが、私たちが生きているこの場所が、フィッティングルームなんだね。
男B　そうか、そうなんだ（感慨深そうに辺りを見回す）
女A　そうだわね……。私たちは、ここで、いろいろな自分に出会うもんね。
男A　そうだね。俺にとって、出会った女房は鏡かな？　それとも、服かな？
女A　あなたのその考え方が間違っているわよ。女は、オーダーメードじゃないのよ。あなたに合った服になんかなるもんですか。
男A　冗談だよ、冗談。
女A　慰謝料はちゃんと払ってよ。
女B　あれ、あんたたちミートンダね？
男B　めがとんだ？
女B　目が飛んだ、でなくてミートンダ。夫婦の意味のウチナーロさ。アッサヨー、あんたはミートンダも分からないの、あんたは、いったいだれね？
男B　申し遅れました。私は、大和商事の者です。（名刺を配る）
女A　一流企業ね？（名刺を見て）
男B　そうだと思います。
女A　あれ、ちょっと席代わって。（男Aと代わろうとする）
男B　でも、もうすぐ私は辞めますよ。
女A　なーんだ。そうなの。（慌てて元に戻る）
男A　アイエナー。お前は、男の価値を、名刺で選ぶのか？
女A　な、何言っているの、この人は……。あんた、嫉妬しているの？
男A　やっと客観的にお前を見ることができるようになったということさ。
女A　たいしたもんだね。客観的だなんて、まるで哲学者みたい。
女B　あい、あんたたちは、ミートンダオーエーしに、ここに来たの？。
女A　もう、ミートンダではないってば。
男B　過ちては、改むるに憚ることなかれ。過ちを改むることなきを、すなわちこれ過ちと言う。
女A　あんたも、哲学者ね？
男B　だれもが、みんな哲学者さ。
女B　私も？

男Ｂ　そうだ。
女Ｂ　有り難うね。でも、哲学者は何をすればいいの？
男Ａ　生きていくことの意味を考えればいい。
女Ｂ　生きていくことの意味を考えるのね……。生きていくことに意味があるわけよね……。そう言えば、兄さんよ。（男Ａに向かって）あんたが捨てられた男ね。
男Ａ　捨てられたのではない。
女Ｂ　そうでしょうねえ。かっこいいのにね。本当に世の中の女たちはもったいないことをするわね。女たちは、熟慮したのかね。
男Ａ　……。
女Ｂ　兄さん……。私は、あんたの鏡にも、服にもなんにでもなるからさ、どう、私の前に来てみない？　こっちにおいでよ。（手で招く）
男Ｂ　行ったら苦労するかもよ。（立ち上がって迷っている男Ａの元に行き、耳元で、さらに何事かをつぶやく……）
女Ｂ　あい、あんたも嫉妬しているの？　かっこよさに嫉妬しているんでしょう。嫉妬すると幸せな人生を送れないよ。私なんか、嫉妬なしよ。
男Ｂ　そんなことなんか言っていない。わがままで礼儀知らずな女と一緒になると、苦労するかもと言っているだけだ。ウチナーンチュは、男も女も礼儀を知らない人が多すぎる。
女Ｂ　あれ、ウチナーンチュときたね。ヤマトンチュは、沖縄に礼儀を失してないの。戦後六十年、いやもっともっと昔から、礼儀正しく接してきたの？
男Ｂ　……。
女Ｂ　だましてきたんでしょう。利用してきたんでしょう。
男A　そうだな、ヤマトは沖縄を服にして、着てきただけかもしれないな。
女A　時には破り、時には汚し、時には切り捨ててもきたんだ。
男A　いつまでも、決して身体の一部にはしなかった。そうかもしれないな。
女A　沖縄がヤマトを服にしてきたかもよ。
女B　どっちも、どっちでしょう。
男A　そうだねえ、どっちも似合う服と思って、着てきたのかな？　そうすると、沖縄の歴史は、錯誤の歴史かな。曖昧なテーゲー主義。
女A　あんたも成長したみたいね。しばらく会わないうちに大人になったみたい。
女B　みんな、会わないうちに大人になっていくんだよね。そして、青春は二度と戻らない。
男A　人生も、一度しかない。やっぱり、自分に忠実に生きるってことが大切なんだろうね。（男Bへ）あなたの夢は何なの？
男B　作家。
男A　サッカー？　それは無理だよ。いくら若い人たちに人気があるからって、Jリーガーをめざすのは無理だよ。身体を壊すよ。
男B　サッカーじゃなくて、作家。ライター。
男A　どうも失礼いたしました。
男B　作家になって、キリンの話をたくさん書くこと。キリンの寂しさとか、夢とか、勇気とか、忍耐とか。
女A　いいわね。素敵だわ。
男B　できるかどうか分からないけど、今は、結果よりも努力することにとても意義があるような気がしているんだ。

男A　そうだねえ。
男B　少年のころの夢が、必ずしも適切であったとは言えないだろうが、少なくとも純粋であったような気がする。今はその夢に素直に身を任せたいと思うんだ。歳を取ると、いろいろと考えすぎてしまうからね。
女A　そうね。でも、それは簡単そうに見えて、なかなかできないことだわ。今よりも、かえって困難な道を選ぶことになるんじゃないの。
男B　たぶん、そうなるかもしれないね。でも、夢に気づいたら、努力することが、とても大切なことのような気がするんだ。
女A　そうね。結果よりも、そのプロセスが大切ということね。
女B　好きなことをやっているなら、今が辛くとも頑張ることができるってことよね。
男B　そうなんだよ。それが悔いのない人生を送ることに近づくような気がするんだ。
どこからか時計の時間を刻む音。
続いて様々な演説の声が重なる（たとえばヒットラー、キング牧師、イチローなど）……。
やがて猥雑な音が大きく乱れ飛んで……、そして、静かになる。
男A　俺……。
女A　どうしたの？
男A　俺、今……。俺は、確かに何かをするために生まれてきたような気がする。それが何なのかは、まだよく分からないんだけれど……。確かに、人生は、深い河のような、優しい風のようなもので測られるべきなんだ。目先にこだわらずに、自然に、やりたいことをやる。そのことが大切なような気がする。

女A　そうだね。そうかもしれないね……。あんた、頑張ってね。

男A　うん、有り難う。お前もな。

男B　ぼくも、こうしてはいられない。ぼくには、君たちと話しているこの時間も貴重だが、一人で考えるあの時間も貴重だ。やっと時間が見えてきたような気がする。

女B　そうだね。私もそう思うわ。風を感じることができる。鳥になって空を飛べるような気がするわ。私も、時間を気にせずに夢を自分のものにできるかもしれない。きっと、これまでも努力してきたからだわ。これからは……。

男A　これからは、この広い空間と時間が（正面を向く）

女A　私たちのフィッティングルームなんだね。

男B　そうなんだ。この広いフィッティングルームで、それぞれが皆、己に似合いの服を探す旅を続けているんだ。広いからと言って、だれもが孤独になることはない。

女A　なんだか、勇気が出てきたわ。

女B　この大空の下へ、この広大なフィッティングルームへ、互いに似合いの服を探しに、もう一度出かけましょうか。

男A　幸せを探しにね。

一同　よーし。……それ！（駆け出して、自分のポジションへ）

四人、一斉に横一列に並び、正面を向いて化粧をする。

途中、一斉に背中を向け、一斉に横を向くなど、また、一斉に服を着けるしぐさなど、コミカルに。

軽快な音楽が鳴り出し、それぞれの夢を求めて……。互いの前途を祝するように、フィナーレ。

幕が下りる。

〈完〉

沖縄県中学校文化連盟復帰四十年記念演劇

とびら

「過去の扉」からタイムスリップして現代にやって来た少年少女たち……。そこは復帰四十年を経た沖縄県浦西市西南中学校の教室だった。そこで現代の中学生たちと遭遇する。戸惑う少年たちは、互いに、理解をしようと努力する。少年たちの前に、過去・現在・未来の「とびら」は、どのように開かれるのだろうか。

◇登場人物
できるだけ多くの人物を登場させる。が調整可能。

◇過去からやって来た少年少女たち15人（男8人／女7人）

○狩猟生活・ムラの時代
A男　B男　C女

○琉球王国の時代
D男　E女　F女

○明治時代
G男　H男　I女

○昭和・戦前期
J男　K女　L女

○昭和・戦後期
M男　N男　O女

◇現代の少年少女たち／中学生15人

○男（7人）
ア男　イ男　ウ男　エ男　オ男
カ男　キ男

○女（8人）

サ女　シ女　ス女　セ女　ソ女
タ女　チ女　ツ女
◇声のみの出演
P教師

◇第一幕

第1場〈過去から来た少年少女たち〉

正面に教室を配置。机、腰掛けが三〇脚ほど、置かれている。演技はその前で始まる。
正面奥のホワイトボードは、スクリーンにもなる。

幕が上がると同時に音楽が流れる。（音楽は「力強いエイサー音楽「ミルクムナリ」など、あるいは「島人の宝」などでもよい）スクリーンには、沖縄の美しい風景、海、山、花々、伝統芸能、伝統工芸品、エイサーなどが映し出される。

左脇から15人の過去の時代の少年少女たちが、それぞれの時代の服装で現れる。教室やスクリーンを珍しそうに眺めている。
突然、P教師の声が流れて驚く。同時に、音楽、映像、ゆっくりと消滅……。

1　P教師の声

P教師（声のみの出演）　みなさん、ようこそ、この二十一世紀、二〇一二年の沖縄県にいらっしゃいました。ここは、浦西市、西南中学校二年三組の教室です。皆さんは、過去の扉を開き。現在にやって来た私たち沖縄県の祖先です。

全員　えっ？（驚いている）

A男　祖先？

C女　私たち、祖先？

P教師　皆さんの使命は、現在の扉を開け、現在の沖縄がどうなっているかを確かめることです。みなさんは過去のそれぞれの時代を代表する少年少女たちなのです。いわばオール沖縄ジュニアハイスクール選抜隊です。どうぞ、自分たちの使命に誇りを持って下さい。

全員　（うなずきながら、それぞれに誇りを持つポーズ）

P教師　まず、狩猟生活・ムラの時代を代表する三人の皆さんです。拍手でお迎え下さい。メンソーレ、沖縄へ。

ABC　はい（ひとかたまりになってポーズを作る。手を挙げてもいいし、会釈をしてもいい。服装もそれらしくしている。みんなは拍手。以下同じ）

P教師　次に琉球王国の時代を代表する皆さんです。

DEF　はい（ひとかたまりになってポーズ）

P教師　次に明治の時代を代表する皆さんです。

GHI　はい（ひとかたまりになってポーズ）

P教師　次に昭和、戦前期を代表する皆さんです。

JKL　はい（ひとかたまりになってポーズ）

P教師　最後に、昭和、戦後期を代表する皆さんです。

MNO　はい（ひとかたまりになってポーズ）

P教師　以上の皆さん15人が、一九七二年の復帰以前の過去の時代からやって来た選ばれたジュニアたちです。

A男　ジュニア？

N男　おい、ジュラ紀ってあったけど、あれ石器時代の昔のことじゃないか。

B男　俺たち、怪獣？

O女　ジュラ紀じゃなく、ジュニア。中学生のこと。常識よ。

P教師　私たちが住んでいるこの現代は、過去からやって来た皆さんにとっては「未来の扉」を開いたことになります。どうぞ、皆さんの未来を楽しんでください。なお、皆さんが、この時代を気に入って、とどまる事を希望すれば、私たちは、お手伝いすることができます。しかし、過去に戻りたければ、いつでも過去へ戻れます。皆さんがやって来た右手の「過去の扉」を開くだけでいいのです。また、未来を訪ねたければ左手の「未来の扉」を開けばいいのです（左手に「未来の扉」）。ただし、扉を開く特権は一度だけです。止まるも、行くも、帰るも留まるも、あなたたちの自由です。今年で、沖縄県は復帰後四十年になります。どうぞ、この時代を見極めて楽しんで下さい。あなたたちの目的が叶いますように。幸運を祈ります。

2　過去の少年たちの自己紹介

P教師の言葉を聞き終わった少年少女たち、それぞれに感想を言い合い、互いに自己紹介をし合うしぐさ。

G男　どうぞ、よろしくお願いします。

E女　こちらこそ、よろしくお願いします。
A男　ヌウヤルバアーガ。ナマヌクトゥバヤ
（何だ？　今の言葉は）
I女　あれ、あなたは、どなたですか。そんな言葉は使ってはいけませんよ。正しい日本語を使いなさい。方言を使うと、方言札をもらいますよ。
A男　正しい日本語？　ヌウガ、ワンヤ、ワンドゥヤル（ぼくは、ぼくだよ）。正しい日本語って、あるかヒヤー。
B男　ワッターが使っている言葉は、方言ではないよ。ウチナーグチだよ。ウチナーの共通語を使っているんだよ。
I女　ウチナーグチにも正しいウチナーグチってあるのかな。
F女　先の声が、正しい日本語なの？
O女　あれは、現代の先生の言葉よ。
M男　先生の言葉だって、英語も日本語も、ウチナーグチも、マンチャー、ヒンチャーしていたよ。
H男　お前の言葉もそうじゃないか。
L女　馬鹿みたい。
N男　それにしても皆さんの格好は……、素敵ですね。
K女　格好で、人の価値を決めてはいけませんよね。
J男　中身が勝負だよ、中身が。
B男　中味汁は、美味しいですよね。
F女　馬鹿みたい。

少年少女たち、一人、二人と、教室に入って行く。物珍しそうに、周囲を眺めている。机の上の教科書や鉛筆を手に取ったり、机の中を覗いたり、腰掛けに座ったり、掲示物な

どに触れたり……。

3　未知との遭遇（1）

テレビ、電子辞書、グローブ、掃除機、扇風機、スクリーン等々を見て、手に取ったり、驚いたり、感心したり……。

戸惑う少年たちや納得する少女たち。

E女　ここはどこだって？
F女　たしか、教室、って言っていたよ。
G男　教室か。勉強するところなんだろうな。

C女、I女が不思議そうに触っていた携帯電話の着信音が、突然、鳴りだした。

C女　うわあ（悲鳴を上げ慌てて机の上に置く）
A男　ヌウガ、ヌウヤガ。（どうしたんだ）（次々と携帯が鳴り出し、やがて鳴りやむ）
C女　私、何もしていないわよ。
I女　私もよ。
O女　あんた、触ったでしょう。
C女　うん。（うなずく）
K女　触ったら、鳴るんじゃないの？
L女　わあぁ、また鳴った（再び携帯電話が鳴り出す）
J男　止まれ！　止まれ！（恐れながらも、大声で怒鳴り命令するが鳴り止まない）
M男　止まらんみたいだな。
H男　こんな喧しい中で、どんなふうに勉強するのかな。
N男　知らんよ、俺は……。でも、教室に置いているんだから、なにか役に立ってるんだろうな。（携帯電話鳴り止む）

全員　ああ、びっくりした。
K女　そうだ、分かったわ。この音で、だれかを呼んだんじゃないの？　これは、きっとだれかを呼ぶ道具よ。
K女　だれを？
N男　赤銅鈴之助。
M男　まさか。
L女　そうだわ。ひょっとして、消防車を呼んだんじゃないかしら。
J男　消防車？　火事は、ないよ。
L女　うん……、そうだね。
O女　警察が、来るんじゃないかしら。
B男　警察って、何のことですか。
H男　役人のことだ。
A男　役人って、何ですか？
H男　うーん、取り締まりをする人だよ。
A男　何を取り締まるのですか？
H男　うるさいなあ、お前は。
O女　やっぱり、だれも来ないみたいね。
M男　しーっ、だれか来るぞ。（みんな、机の傍らなどにしゃがむ）
B男　役人か？
L女　違う、中学生たちよ。この教室の生徒たちだ。
D男　しーっ、静かによ……。

◇第2場〈（過去と現代の）少年少女たちの出会い〉

教室へ戻ってきた現代の少年少女たちと過去の少年少女たちとの出会い。隠れるところもなくすぐに見つかる。互いに驚き、やがてにらみ合う。そして、用心深く相手の正体を探りあう。何人かの男生徒たちの間では、小突き合いも始まる……。

4　未知との遭遇（2）

A男　ヤアヤ、タアヤガ。（お前は、だれだ）
ア男　お前は、だれだ。
D男　あなたは、何者で、ありますするか。
イ男　ありますするか。ぼくたちををヌスル（泥棒）と思っているのか。
ウ男　ヌスルは、お前たちだろうが。
M男　あい、やる気か！
エ男＋オ男　一発、ノックアウトだな。（ボクシングの真似）
G男＋H男　やあっ。（気合いを入れて空手の真似をする）
G男　タックルサやあ！
M男　ありひゃ！

数名の取っ組み合いの喧嘩が始まる。

サ女　待って！
シ女　やめて！
E女　やめて下さい。
CK女＋スセ女　ヤミレー（やめなさい）（声を合わせて大声で）
全員　ああ、びっくりした。
K女　意地ぬイジラー手ィ引き。手ィヌイジラー、意地引きよ。
ス女　喧嘩をしていたんじゃ何も解決できないわよ。
オ男　いや、これが一番簡単な解決方法だよ。（また、殴り合おうとする）
セ女　やめて！

女生徒たちもいがみ合っていたが、やがて肩で息をしながらも、みんなが徐々に冷静さを取り戻す。

5 理解し合うことの大切さ／復帰四十年記念会議の提案

A男 まるでイノシシだな、お前は。
カ男 お前は、マングースみたいだな。
I女 あんたは、マヤー（猫）かあ。
ソ女 あんたは、コウモリみたいだね。
タ女 やめましょう。互いに罵りあうのは……。互いに理解し合うには、どうすればいいかを、一緒に考えましょう。
H男 互いを理解をするには、どうすればいいのかって？
タ女 そう。
H男 どうすればいいの？
タ女 それをみんなで考えるのよ。
全員 ……（考える）
キ男 分かった。スポーツの交流試合をやるのなんか、どうかな。
ア男 そうだな、野球はどうだろう。
イ男 サッカーがいいさ。
ウ男 女生徒は、できないんじゃないか。
エ男 なでしこジャパンの時代だよ。
J男 ええ、イッター、何言ってるか。
D男 ワンは、空手がいいなあ。
H男 どうせなら沖縄相撲にしないか。
チ女 ちょっと待ってよ。なんだか変よ、それぞれの時代のスポーツでは、不公平だよ。
オ男 それぞれの時代？ そうか、あんたたちは過去から来たのか？

カ男　その服装は……、間違いないな。過去の人。俺たちの先祖。
ツ女　それでは、まず話し合うことから始めましょう。
K女　何を話し合うの？
ツ女　どこから来たかとか、それぞれの時代はどうだったか、とか。
J男　そうか、それぞれが生きた時代を説明すればいいんだな。
ツ女　そうだよ。どう過ごしていたかとか。
M男　うん、分かった。スポーツよりもいいかもな。俺たちも、君たちが住んでいるこの時代のこと知りたいよ。
エ男　そうだ、今年は、復帰四十年目だから。
オ男＋カ男　「復帰四十年記念会議」を提案しま～す。
全員　賛成（拍手）
N男　方法は？
カ男　それぞれ自分たちが暮らした時代のことを、自由に報告するんだよ。
E女　そのことで、互いを理解するわけね。
キ男　そうだよ。すべては理解できなくても、まずは、そこから出発するんだ。
D男　それなら、俺たちにもできそうだな。
ツ女　必要なら、そこから共通の課題を見いだして、意見を交換することにしましょう。
K女　いい考えだわね。
さ女　まずは、それぞれが、自由に、自己PRしたり、プレゼンテーションをすればいいんだね。
ア男　そうだよ。
全員　よし、賛成！
A男　プレゼンテーションって、何か？
シ女　発表会のことよ。自分たちのやっていた毎日のことを発表すればいいのよ。一種のパフォーマンスかな。
全員　よっし、会場を作ろう。
A男　そうか、プレゼンテーションか……（B男とC女のところへ行って、何事か相談。その間、慌ただしく教室の机を向かい合わせたりと復帰四十年記念会議の開催準備。話し合っているグループもいる）
全員　よおし、できたぞ。（会議の開催準備が整ったところで）
全員　そろそろ、始めようか。
全員　うん。
O女　ここは、過去組、向こうは現代組ね。
　みんな着席する。過去組と現代組とに別れて着席。

6　狩猟生活・ムラの時代の少年少女たちのプレゼンテーション

　ムラの時代の三人が中央に進み出る。全員、拍手で迎える。
A男　ワッターは、多分、現代から一番遠い時代からやって来たと思うから……。ワッターからはじめような。ワッターの時代は学校はなかった。こんな教室もなかった。
B男　いつも、山へ行ったり、海へ行ったり。村の神様にウガン（お祈り）をしたり……。
C女　だから、いつもの自分たちの生活を報告して、と言われてもね。
A男　ワッターは、何をすればいいのかって、もめていたわけさ。
B男　ここで……、眠ればいいのかなって、俺が言ったわけよ。
C女　魚釣りの真似をしてもいいんじゃないのって、私が言ったんだよね。
A男　俺は、山がいいよって、言ったわけ。山にはイノシシもいたし、木の実もいっぱいあったからな。こんなでかいチョウチョウなんかもいたんだぜ。
C女　嘘ばっかり。今のは取り消しだよ。
A男　ごめんな。プレゼンテーションになれていないからよ。
B男　結局、教室が無かったから、何かやれって言われても、教室では、何もすることがないわけよ。
A男　でも、結構、親と一緒に働いていたような気がするよな。畑を耕して、芋を植えたり、野菜を植えたり、親孝行していたと思うよ。
C女　山に入って遊んでばかりいたくせに。
A男　あれ、ワカランヌーヒャア。今度は嘘じゃないよ。山に入ってイノシシを獲っていたんだよ。罠を仕掛けていたんだよ。
C女　目白しか捕れなかったくせに。
A男　あれ、ヤア（お前）は、見たのか？　見たという証拠見せろ。見てもいないくせに。
C女　見なくても分かってるさ。村中の噂だったんだから。あんたはフユーナー、アシバー、ニーブヤーって。
A男　あり、ユクサーヒャー。俺は、遊びながら勉強していたんだよ。
B男　ありあり、オーランケー（喧嘩はするな）
C女　これで、発表、終わります（かわいく会釈）
全員　（拍手）

7　琉球王国の時代の少年少女たち

D男　ぼくたちは、琉球王国の時代から参りました。（やや厳かに威厳をもって語る）。ぼくには夢があったのです。ヤンバル船に乗って大海原を駆け巡る夢です。

三人、起立して直立不動で語る。「かぎゃで風節」を踊る衣装を着けている。

E女　私は、首里王府の宮廷で紅型衣装を着けて踊るのが夢でした。

F女　私は、お隣の「清」という国を見てみたかった。琉球王国のころは、清との貿易も盛んだったから、憧れたわ。

D男　でも、一六〇九年、琉球王国は、薩摩の国に侵略されてしまったのです。

E女　そんな中でも、隣の国、清との交流は続きました。

F女　首里王府は、琉球の文化を大切にしました。オモロを編纂し、清国からの使者を迎えるために、組踊も作りました。

D男　清国から三線が伝わってきて、琉歌が盛んに作られたのも、この時代です。

E女　今日は、私たちは三人で、琉球舞踊「かぎやで風節」を踊ります。よろしくお願いします。

音楽が流れ、三人の舞が披露される。（大拍手で舞踊が終わる。明治のグループと入れ替わる）

8　明治時代／廃藩置県後の時代

G男　明治になって、琉球王国は滅ぼされ、明治政府によって沖縄県が設置されます。これを琉球処分と言います。
H男　明治時代になって学校が作られました。
I女　何のために？
H男　あれ、日本語を習うためにさ。
I女　何のために？
G男　日本人になるためさ。
I女　何のために？
H男　世界と勝負せんといけんだろう。長い鎖国の江戸時代は終わったのだから。
I女　何のために、世界と勝負をするの？
G男　お前は、うるさいなあ。日本という国があるということを世界にアピールせんといけんだろうが。東洋に日本国あり。そのために、日本語を作り、日本語を話す日本人を作ったんだよ。
H男　だから、沖縄の人たちは、方言を使ってはいけない、って言われたんだ。日本人になるために、みんな一所懸命、努力したんだ。日本語の習得と、日本人としての生き方を学ぶのが、学校での、ぼくたちの大きな目標だった。
I女　ふーん、沖縄は、琉球王国でもよかったんじゃないの。
G男　何？
I女　えっ？
H男　新しくできた日本国は、日露戦争で勝利し、日清戦争でも勝利しました。
I女　日本国は、何のために、戦争をしたのかしら？

日本国歌が流れる。G男、H男、I女、直立不動の姿勢。

G男＋H男　（声を合わせて）我等が日本国に、敬礼！（G男、H男だけでなく、集団の中に座っていたJ男も立ち上がって敬礼する）

9　昭和／戦前期

軍艦マーチ流れる。明治期と入れ替わって昭和の戦前期の三人登場。

J男　ぼくたちは、日本国民として、日本の国を守るために、死んでもいいと思いました。
K女　私たちも、必死で兵隊さんと一緒に戦いました（L女と一緒に日の丸の鉢巻きを締める）
L女　学校や教室で、勉強することもできなくなりました。
J男　この沖縄は、戦場になったのです。
K女　多くの人が亡くなりました。
L女　お友達もいっぱい亡くなりました。お姉さんたちは、「ひめゆり学徒隊」を結成して、兵隊さんたちと一緒に死んでいきました（ほとんど涙声）
J男　ぼくたちと同じ年齢の中学生までも、学徒隊を結成して、敵兵に、突撃をしたのです。
I女　敵兵ってだれ？（会場から、ヤジ）
J男　最後には……、最後には、手榴弾を渡されて、家族みんなで死んでしまおう、ということになったのです。（手榴弾を握り締めている）
K女　私の夢は叶いませんでした。
L女　私は、学校の先生になるのが夢でした。
J男　学校で、たくさんのことを学んで、親孝行したかったのに……。みんなで一緒に死のうね、て言われて……。

K女　私たちは、家族みんなで肩を寄せ合って、死ぬことを選びました。

全員　やめろ！

L女　お母さん……。

J男　ぼくが母さんに代わって、手榴弾を爆発させることになりました。父さんは、戦争に行って、留守でしたから、ぼくがやるしかなかったのです。（手榴弾を爆発させる用意をする）

全員　やめろ！　やめろ！（周りのみんな口々に叫ぶ）

K女　さようなら、母さん。

L女　さようなら、みなさん……。

全員　やめろ！（同時にJ男の手が振り下ろされ大きな爆発音。照明が落ち、一瞬暗闇になる）

10　昭和／終戦後

徐々に明るくなり、手榴弾の煙幕が晴れる。同時に、アメリカ国歌が流れる。

N男　戦争が終わって、沖縄には米軍基地がいっぱいできました。

M男　ギブミー、チョコレート。

O女　ギブミー、チューインガム。

N男　学校は、敗戦直後の何もない廃墟の中から始まりました。ぼくたちは、校舎もない、屋根もない、木陰での授業を青空教室と呼びました。

M男　勉強することが、嬉しくてたまりませんでした。貧しくても、戦争のない世の中になったことの喜びでいっぱいでした。

O女　でも、私たちの沖縄は、戦争が終わってすぐに日本の国から切り離されて、米軍政府の統治下に置かれます。
N男　日本本土へ自由に行くことが、できなくなりました。
M男　本土へ行くには、米軍政府が発行するパスポートが必要になったのです。
O女　そんな中で、沖縄の人たちは、徐々に前を向いて歩き始めたのです。道路が整備され、学校の校舎の建築もすすみ、備品が整えられ、ミルクも配られるようになりました。
N男　でも……、いいことばかりではありませんでした。
M男　米軍政府は、基地を作るために、沖縄の人たちの土地を強引に取り上げていったのです。
O女　女の人が……、時には、私たちと同じ年齢の女の子まで、アメリカ兵に乱暴され、殺されることがあったのです。
N男　土地が取り上げられて、農業ができず、父や母たちは、なれない商売を始めたり、軍作業に出かけたりするようになりました。
M男　ぼくたち中学生も、大人と同じように沖縄の引き裂かれる矛盾と現実の中で、生きていたのです。
O女　いつの日か、平和な世の中がやって来るのを信じて、みんな懸命に勉強しました。
N男　両親の期待を背負って……。
M男　沖縄の未来を作るために……。
O女　そして、私たち沖縄の人々は、一九七二年に、日本復帰を勝ち取ったのです。
N男　沖縄戦が終わってから、米軍政府統治下の二十七年間を経ての復帰でした。
M男　今年は二〇一二年、復帰してから四十年が過ぎました。

O女　ここからは、沖縄の現在の中学生の出番です。みなさん、どうぞ。

過去組、全員拍手で現代組を迎える。

11　現代という時代＝プレゼンテーション

現代の中学生。パッと机を正し、姿勢を正し、教科書を取り出し勉強する素振り。中から一人が教師役で立ち上がる。そんな中、数人の生徒は、勉強をせずにふてくされた態度で机に座ったり、腰掛けにふんぞり返って座ったりしている。（教師はア男。ワル集団はイウエ男。女生徒たちは舞台裏へ。ＡＫＢ48の踊りのための着替え）

教師＝ア男　（素早く眼鏡やネクタイを結ぶなどして教師らしく）。さあ、皆さん、勉強しないと、希望する高校へは合格できませんよ。そっちのみんなも、勉強しようよ。（ふてくされグループへ向かって勉強を促す）

イ男　先生、勉強する気になれんよ。

ウ男　勉強せんでも、ナンクルナイサ。

教師　ナンクルなんか、ならんぞ。勉強したくても、勉強できない時代があったんだよ。分かるだろう。

エ男　分かることと、やることは別だし……。

イ男　夢は、みんな違ってて、いいんだし……。

ウ男　個人の自由や価値観が尊重される時代なんだよね、現代は。

教師　理屈ばっかりだなあ、お前たちは。

エ男　（携帯を手にしてメールしている。携帯の呼び出し音。携帯を耳に当てて話し出す。過去組、そ

れを見て驚きの表情、しぐさ）

エ男　もしもし……。おう、おう。よし、分かった。新都心だな。何？　マックじゃないのか？　公園？　うん、うん、分かった。じゃ、また後でな。何？　放課後まで待てん？　分かった。弁当食べたら、すぐ行くからな。うん、うん、じゃあな。

イ男　勉強する人、遊ぶ人、スポーツする人、携帯する人、みんな個性があっていいんじゃないか。なあ先生。みんな違って面白い。

教師　君たちは、個性というのを勘違いしているよ。自由ということには責任が伴うんだ。

ウ男　先生、そんなにむきにならないで。

教師　君たちには、夢がないのか。

エ男　だから、ちゃんと、夢はありますよ。

教師　夢を叶えるためには、努力しなければいけないんじゃないの。

イ男　努力しても叶わない夢もあるんだし。

ウ男　俺たちは、俺たちなりに、自分の夢を叶えるために努力をしているよ。

教師　どんな努力をしているんだ。さあ、先生に見せてみろ。

イ男　努力は、人に見せるものじゃないって。

エ男　隠れて努力するのがいいんじゃないの。

教師　理屈だけ、ごちゃごちゃ言わんで、さっさと見せてみい！

ウ男　分かったよ、先生。そんなに怒らんで。

エ男　俺たちの夢と個性の詰まったパフォーマンスです。

全員　（座って勉強していた男生徒も加わって）ミュージック、スタート！

〈例〉

ＡＫＢ48「会いたかった」の曲流れる。現代組の女生徒全員、衣装を着替えて舞台裏から登場。曲に合わせて踊り出す。男生徒とも加わってKポップでもいい。

12　現代の不安定な世界（正面のスクリーンの映像で紹介）

〈例〉

突然、大音響と共に、サイレンの音。正面のスクリーンに9・11のニューヨーク貿易ビル崩壊の映像。世界各地での戦争。テロで傷つく人々の映像など……。さらに貧困、飢餓、自然破壊、環境汚染などの映像が流れる……。

やがて、過去から来た少年少女たちが、次々と立ち上がる。（戦争の映像を見て憂鬱な気分になっている）

（現代組の女生徒たちは、映像放映の間に再び着替えて登場している）

13　過去からやってきた少年少女たちの帰郷

キ男　おい、みんな、どうしたんだ。急に立ち上がったりして？

G男　ぼくたち、過去へ戻るよ。

D男　自分の時代がいいな。もう帰るよ。

A男　俺、家へ帰って……寝る。

E女　わたしは琉球舞踊の練習をしなけりゃ。

現代の少年少女たち、あっけに取られている。

過去から来た少年少女、それぞれ時代ごとに三人ずつ、整列をして、別れのしぐさをして過去の扉へ戻っていく。

琉球民謡流れる（唐ヌ世カラ大和ヌ世など……）。やがて、ゆっくりと音楽が小さくなる。教室には、現代の生徒たちだけが取り残される。

14　反省と未来への展望

ア男　みんな自分の時代に帰っていくということは……、復帰四十年記念会議は失敗だったのかなあ。

サ女　それぞれに、辛そうな時代だったのに、みんな、自分の時代に帰って行くんだね。

イ男　俺たちは、彼らに悪いことをしたのだろうか。見せてはいけない未来を見せたということだろうか。

ウ男　そんなことはないさ。未来を見ることで、現代を考えることができると思うよ。

シ女　私たちも未来探検隊を作って、未来を覗いてみる？

エ男　ちょっと待った。未来は、それぞれの夢と努力で作るものだよ。すでに作られてあるものではないと思うよ。

ス女　ということは……、それぞれみんなの努力の数だけ、たくさんの未来があるということなの？

エ男　そうだよ。希望の数だけ、未来があるんだ。

セ女　メッチャ、かっこいい。

ソ女　何か、楽しそう。

全員　そうだね（うなずき合う）

オ男　……と、いうことは、過去に戻って行ったみんなも、自分の時代は、辛くても、自分たちの力で未来を作り直せるということに気づいたのかな。

カ男　そうだな。そういうことだな。お前、メッチャ、いいこと言うねえ。
タ女　私もそう思う。結局、自分の時代を大切に生きることが、幸せな未来を作ることになるんだよね。
キ男　ぼくたち、いろいろあるけれど、未来の扉は、ぼくたちの今の努力が、開けることになるんだね。
チ女　そうなんだよね。それぞれの夢で、未来を創ろうということだよね。
イ男　俺たち、ふてくされている時間なんかないんじゃない。
ウ男　確かに、言えてるな。
エ男　結局、毎日の日々が、その人の人生ってことになるんだね。
ス女　そうだよ。みんな、頑張ろうね。
全員　よっし！

オ男　なんだか、明るい気分になったきたなあ。
ア男　未来は、楽しそうだし……。
イ男　おい、キャッチボールでもするか。
ウ男　うん、やろう、やろう、そんな気分だ。

三、四人、キャッチボールを始める。みんな、それを楽しそうに見ている。バッターボックスに立つ真似をする生徒も出てきた。やがて、見えないボールを目で追い、全員で楽しいパフォーマンスなども……。

オ男　分かった（突然の声に全員がびっくりする）
全員　どうしたんだよ、急に。
オ男　キャッチボールだよ。キャッチボール。未来を作るには、キャッチボールが必要なんだよ。

シ女　どういうこと？　ねえ、どういうことなの。
オ男　過去の人々とだけでなく、世界を知るには、世界のみんなとも交流する。キャッチボールをすることが必要なんだ。
キ男　そうか……。お前、今日は、メッチャ、冴えているな。
エ男　俺たちが、キャッチボールをしたおかげだな。
オ男　それは言えてる。
全員　（全員、笑い）
チ女　あのさ、こんなことを考えさせてくれたってことは、復帰四十年記念会議は成功だったたってことだよね。
ア男　そうだよ、ぼくたちの先祖が、身をもって教えてくれたんだよ。感謝しなけりゃね。
ツ女　過去を学び、同時に、世界を視野に入れながら「現代」を、しっかり生きろってね。

「未来の扉」「過去の扉」の照明が音立てて点滅し、やがて「現代の扉」の表示へと変わる。

全員　（拍手で感動を共有）

◇第3場〈現代と世界の少年少女たちの出会い〉

音楽が流れる（例：「時代」（中島みゆき）など／またテーマ音楽を作って、流してもいい）。

左右の「現代の扉」から世界の各地からやってきた中学生が入場する。それぞれの国

の民族衣装をまとった少年少女たち（退場した過去の子どもたちが扮している）

15　世界の未来へ

ア男　皆さんは？
A男　ナイス、トゥ、ミートゥ、ユウ（はじめまして）
C女　ニイ、ハオ（中国語）
E女　アンニョイハセヨ（韓国語）
D男　私たちは世界の国々から来た中学生です。世界の未来を、日本の中学生の皆さんと一緒に考えたいと思います。
イ男　そうか、大歓迎だよ。
サ女　みんなで、今のこの世界を考えるということよね。
ウ男　今を考えるということが、豊かな未来へつながるんだよね。
ス女　考えることも、努力することも、たくさんあるよ。
エ男　環境問題！
オ男　戦争と平和！
カ男　正義と友情！
シ女　希望！
セ女　夢！
キ男　基地問題！
シ女　ウエルカムよ。みんな。大歓迎だよ。
現代組全員　ようこそ沖縄へ。
現代組全男　ようこそ、ぼくたちの教室へ。
現代組全女　ようこそ、私たちの教室へ。
世界の人々　ニィハオ／ボンジュール／アロハ。（等々、声を掛け合っている）

世界の言葉が飛び交う和やかな交換風景。

みんなそれぞれ肩を抱き合いながら、友好と歓迎の意を表す。

全員　ねえ、みんな踊ろうよ。
全員　うん、いいねえ。
全員　さあ、踊るよ。
全員　未来へ、希望へ向かって！

宮古のクイチャーの曲が流れ全員輪になって踊る（ダ・パンプのＵＳＡでもよい。また肩を組みテーマ音楽を合唱）など。
スクリーンには、世界遺産の建造物、文化、自然などが美しく映し出される。美しい世界の風景。美しい沖縄の風景……。
やがてゆっくりと、幕が降りる。

〈完〉

【注記】作品の初稿執筆年、並びに演出者、上演場所など

	初稿	演出者	上演場所
◇朗読劇			
にんげんだから	２０１９年	上江洲朝男	「沖縄国際大学厚生会館」など
いのち―沖縄戦七十七年	２０２２年	未上演	
◇戯曲・脚本			
山のサバニ	１９９７年	幸喜良秀	「沖縄市民小劇場あしびなー」など
じんじん	２０１０年	幸喜良秀	「国立劇場おきなわ」など
でいご村から	２０１４年	幸喜良秀	「うるま市民芸術劇場」など
海の太陽	２０１９年	未上演	
一条の光を求めて	２０１５年	平田太一	「読谷村文化センター鳳ホール」など
フィッティングルーム	２００５年	未上演	
とびら	２０１２年	沖縄県中学校文化連盟	浦添市てだこホール

大城貞俊　未発表作品集　第四巻　解説

田場裕規

大城貞俊と劇の希望

本書は、大城貞俊の朗読劇および戯曲が収録されている。ほとんどの作品は、舞台化されている。
本書に収録されたテキストの発表年、初演等について、整理すると次のようになる。

「にんげんだから」　二〇一九年四月二〇日　沖縄国際大学厚生会館四階ホール
「いのち―沖縄戦七十七年」（未上演）
「山のサバニ」　一九九八年五月　沖縄市民小劇場あしびなー
※「山のサバニ～ヤンバル・パルチザン伝」（一九九七年、第一回沖縄市戯曲大賞）を改題。
後に、戯曲をもとに小説化された（一九九八年）。

「じんじん　〜椎の川から」　二〇一〇年六月一九日・二〇日（国立劇場おきなわ大劇場）、二六日・二七日（うるま市民芸術劇場響ホール）、七月四日（名護市民会館大ホール）
※「椎の川」（一九九三年、具志川市文学賞）を戯曲化した作品。
「でいご村から」　二〇一四年四月二〇日（うるま市民芸術劇場響ホール）、二九日（国立劇場おきなわ大劇場）
※演劇集団創造創立五三周年公演において上演。
「海の太陽」（未上演）
※「海の太陽」（二〇一九年五月）を戯曲化した作品。
「一条の光を求めて」二〇一五年一二月二〇日（読谷村文化センター鳳ホール）
※「沖縄偉人劇　屋良朝苗物語　〜一条の光を求めて〜」（屋良朝苗顕彰事業推進期成会より依頼）
「フィッティングルーム」（未上演）
「とびら」　二〇一二年一二月八日（浦添市てだこホール）
※復帰四〇周年記念第一八回沖縄県中学校総合文化祭

大城が、戯曲に取り組むようになったのは「山のサバニ」からであった。沖縄市文化協会が、一九九七年に創設した沖縄市戯曲大賞の第一回受賞作である。戯曲に初めて取り組んで、受賞することは快挙というよりほか言いようがない。以前、三谷幸喜がテレビ番組に出た際、戯曲を書くことについて「特段、これといった才能は必要ないが、戯曲賞に輝く人は、漏れなくシナリオ学校に通っている。シナリオを書くには、決まったルールがあり、書き方に習熟していないと審査をしてもらえない」という主旨のことをいっていた。これは、原稿を書く際、予め知っておかなければならないルールがあるということだろう。果たして、大城は、戯曲を書くためのルールを、どこで身につけたのだろうか。すでに、先輩作家である大城立裕は、沖縄芝居実験劇場等で戯曲を手がけていたので、先輩の流儀にしたがったのだろうか。

方言と共通語の響きが交錯するうちに、本土出身の日本兵と沖縄の住民のコミュニケーションが縺れにもつれる場面は、大城立裕の作品にも数多く登場するが、「山のサバニ」にも同様の場面が散見され、日本兵と沖縄住民のズレを如実に描き出している。

方言を使用する者は間諜とみなすと令達された日本兵との間に出現する緊張感は、方言使用によって処刑された沖縄住民のことを想起させ、その悲劇を知る観客の心情を撹乱する。しかし、その緊張から解き放たれたときの笑いは、安堵の中にうまれた救済として、舞台をほのぼのとさせる。「山のサバニ」には、このような緊張の緩和が随所に散りばめられている。

「山のサバニ」の舞台は、沖縄本島北部のヤンバルである。沖縄戦において、ヤンバルの山に避難せざるを得ない状況にあった日本軍と住民の悲喜劇を、山という空間の中で、巧みに描き出している。炭焼き小屋やアシャギ前は、作者の故郷の山の様子と重なり、やはり大城貞俊文学の原風景として位置づけられるものである。

「山のサバニ」の演出は、演劇集団創造の幸喜良秀が担当した。沖縄演劇界の重鎮であり、数多くの作品の舞台化を手がけてきた幸喜は、「山のサバニ」の演出にこだわりを見せたという。幸喜がいうには、演劇空間には対立構造が必要で、ある種の悪人と善人の出現によって、効果的なドラマが展開できると強調したという。すなわち、日本軍と沖縄住民の対立が、ドラマを創出し、その劇的なるものによって、脚本の真意を強化することができるということだったようだ。そこに、演劇性を見いだしていくことが肝心だということだろう。そのため、本来は脚本にないシーンを挿入した。それは、日本兵を殺害するシーンだったという。大城はこのことには、承服できなかったという。「いくら、尊敬する先輩、幸喜さんの主張といっても、これだけは受け入れることができなかった。大分突っ込んだ議論をした」と語った。ギリギリまで議論をつくしたが、幸喜は決して折れなかった。一種の二次創造である演劇は、作者の手を離れると、次々と本来のモチーフとは異なるものが取り入れられることがある。それはよくあることである。しかし、大城は、「山のサバニ」の最終場面に、作家としての強い思い入れがあった。

結果的に、幸喜の主張を飲むことになったが、今でも日本兵殺害のシーンを挿入したことを後悔しているようだ。それは、大城には、演劇の創作について、一つのゆるぎない信念があるからである。

ある時、大城は私に、「劇には希望が必要だ」と不意に語ったことがあった。

すでに、鈴木智之が指摘する（『死者の土地における文学—大城貞俊と沖縄の記憶』）ように、大城貞俊文学では、多くの死を取り上げる。言い方を変えるとするならば、「作品中でよく人が死ぬ」と言っても良いだろう。鈴木は、そのような大城の作品について「死者のまなざし」や「死を生きる」等の言葉で巧みに紡いでいったが、小説には、人を殺害する場面は殆どないといってよい。つまり、敵と味方、悪人と善人を明確に線引きするようなことはしないのである。それは、被害と加害を同時に見る目を大事にしていて、大城の文学表現に対するポリシーといってもよいだろう。このような考え方は、ポスト・モダンの影響とみることもできるが、普段の大城の人づきあいにもよく表れている。私の目からは、悪人に見えるような人であっても、その人物への希望を捨てずに、人間の心の深いところでつきあおうとする。その性格は、物事を即断し、切り捨てることを忌避しているようにも見える。演劇における人物造型も、同様で、人へのまなざしは多面的でありたいという意志がはたらいているように思う。

「劇には希望が必要だ」と語ったのは、演劇を観る人を恐怖や不条理のどん底に落とすのではなく、すべてのものが救われる方向を見いだしてこそ演劇たりえるという、大城貞俊ならではの哲学が存在しているからこそ、発した言葉といえるだろう。

「にんげんだから」の初演は、二〇一九年四月のこと。沖縄の教育・伝統芸能文化・文学を考える「Kuu の会」の学習会で行われた。「Kuu の会」は、大城と筆者、そして桃原千英子（沖国大教授）の三名で始めた学習会で、二か月に一回の割合で様々なテーマで行われる学習会のことである。学習会のテーマは、「朗読を楽しもう」とした。気心の知れた仲間に声をかけたが、仲間の輪は広がり六〇名ほどになった。

その案内文には、次のとおりである。

「朗読劇」を楽しもう！「にんげんだから」

演出：上江洲朝男　朗読：上江洲朝男　高宮城六江　沖国大学生　脚本：大城貞俊　音楽：新垣雄　音響・照明：嘉数貞夫

◇平成の年も、やがて終わろうとしています。沖縄には、いまだ様々な課題があります。苦しい状況の中で、今一度、原点に戻り、沖縄の現状を相対化し、「にんげん」の未来を、希望を持って語りたいものです。／この度、朗読劇『にんげんだから』を楽しむ機会を設けました。この朗読劇の鑑賞をとおして、人間を考え、沖縄を考える多様な視点の一つとして、言葉の力を考える機会になればと思います。どなたでも参加できます。ふるってご参加下さい。

一か月ほど前から、稽古がはじまった。上江洲朝男、高宮城六江という役者は、稀有な芸才の持ち主で、稽古の初回からほぼ完璧な朗読を見せてくれた。稽古前に交わされる談笑とはうって変わって、朗読が始まると役者のスイッチが入る。言葉の力を強調した大城の意図を上江洲と高宮城は、的確に感じ取り、一つ一つの言葉に魂を込めていった。稽古は、作品を一回とおして終わるだけだったが、毎回、充実していた。二人の朗読の稽古を見守りながら、大城は、二言三言感想を述べ、笑みを浮かべながら家路についていた。

渡嘉敷島の「集団自決」を題材にした朗読では、上江洲が熱演した。カマーと名乗る女は、あの世から、自分の兄を迎えに来た。その兄は、自分を殺した人だった。軽口を叩きながら、快活に兄に話しかけるカマーとは対照的に、兄は精神に異常をきたしている様子で、体のあちこちが強張り、ろれつが回らない。この二役を演じ分ける上江洲の言葉は、真に迫り観客をどんどん引き付けていった。「朗読劇を楽しもう」と呼びかけたものの、軽やかに楽しむようなものではなかったと、後になって気づかされる。

終盤、客席に座っていた学生が、次々に立って、舞台に上がって群読に参加した。このアイディアは上江洲によるものであった。間髪入れずに、軽快に次々と言葉を交わし合う雰囲気は、さっきまでの陰鬱な雰囲気を一掃した。さわやかな風が流れ始めた。「つくる/平和をつくる/つくる/夢をつくる/つくる/幸せをつくる/つくる/人間をつくる/つくる/社会をつくる/にんげんだから/にんげんだから」と力強く観客に問う姿は、まさに劇の希望と呼ぶにふさわしいものだった。「Kuu の会」の案内において、「苦しい状況の中で、今一度、原点に戻り、沖縄の現状を相対化し、「にんげん」の未来を、希望を持って語りたい」と投げかけた大城の真意は、まさにこの最終場面にあったといってもよい。

「劇には希望が必要だ」と強調する大城の演劇活動は、草の根運動のような活動で、出演者も協力者も、毎回手弁当で活動している。大きな仕掛けが要る劇場で、大掛かりな音響や照明を準備するのではなく、気軽に、フットワーク軽く行うことを旨としている。それは、劇の希望を、言葉にのせて、人々に届けようとする大城貞俊の信念そのものといっても過言ではない。

沖縄国際大学総合文化学部教授

大城　貞俊

（おおしろ さだとし）

一九四九年沖縄県大宜味村に生まれる。元琉球大学教育学部教授。詩人、作家。県立高校や県立教育センター、県立学校教育課、昭和薬科大学附属中高等学校勤務を経て二〇〇九年琉球大学教育学部に採用。二〇一四年琉球大学教育学部教授で定年退職。

主な受賞歴

沖縄タイムス芸術選賞文学部門（評論）奨励賞、具志川市文学賞、沖縄市戯曲大賞、九州芸術祭文学賞佳作、文の京文芸賞最優秀賞、山之口貘賞、沖縄タイムス芸術選賞文学部門（小説）大賞、やまなし文学賞佳作、さきがけ文学賞最高賞、、琉球新報活動賞（文化・芸術活動部門）などがある。

主な出版歴

詩集『夢（ゆめ）・夢夢（ぼうぼう）街道』（編集工房・貘）一九八九年／評論『沖縄戦後詩人論』（編集工房・貘）一九八九年／評論『沖縄戦後詩史』（編集工房・貘）一九八九年／小説『椎の川』（朝日新聞社）一九〇三年／評論『憂鬱なる系譜―「沖縄戦後詩史」増補』（ZO企画）一九九四年／詩集『或いは取るに足りない小さな物語』（なんよう文庫）二〇〇四年／小説『記憶から記憶へ』（文芸社）二〇〇五年／小説『アトムたちの空』（講談社）二〇〇五年／小説『運転代行人』（新風舎）二〇〇六年／小説『G米軍野戦病院跡辺り』（人文書館）二〇〇八年／小説『ウマーク日記』（琉球新報社）二〇一一年／大城貞俊作品集〈上〉『島影』（人文書館）二〇一三年／大城貞俊作品集〈下〉『樹響』（人文書館）二〇一四年／『「沖縄文学」への招待』琉球大学ブックレット（琉球大学）二〇一五年／『奪われた物語―大兼久の戦争犠牲者たち』（沖縄タイムス社）二〇一六年／小説『一九四五年 チムグリサ沖縄』（秋田魁新報社）二〇一七年／小説『カミちゃん、起きなさい！生きるんだよ』（インパクト出版会）二〇一八年／小説『六月二十三日 アイエナー沖縄』（インパクト出版会）二〇一八年／『椎の川』コールサック小説文庫（コールサック社）二〇一八年／評論『抗いと創造―沖縄文学の内部風景』（コールサック社）二〇一九年／小説『海の太陽』（インパクト出版会）二〇一九年／小説『沖縄の祈り』（インパクト出版会）二〇二〇年／評論集『多様性と再生力―沖縄戦後小説の現在と可能性』二〇二一年（コールサック社）／小説『風の声・土地の記憶』（インパクト出版会）二〇二一年／小説『この村で』（インパクト出版会）二〇二二年／小説『蛍の川』（インパクト出版会）二〇二二年。／小説『父の庭』（インパクト出版会）二〇二三年／小説『ヌチガフウホテル』（インパクト出版会）二〇二三年

大城貞俊　未発表作品集　第四巻
『にんげんだから』

二〇二三年十一月二〇日　第一刷発行

著者……大城貞俊
企画編集……なんよう文庫

〒九〇一－〇四〇五　八重瀬町後原三五七－九
Email:folkswind@yahoo.co.jp

発行人……川満昭広
発行……インパクト出版会

〒一一三－〇〇三三　東京都文京区本郷二－五－一一服部ビル二階
電話〇三－三八一八－七五七六　ファクシミリ〇三－三八一八－八六七六
Email:impact@jca.apc.org
郵便振替〇〇一一〇・九・八三一四八

装幀……宗利淳一
印刷……モリモト印刷株式会社